Herta Müller

Der Fuchs war damals schon der Jäger

Roman · Rowohlt

Der Roman entstand auf der Grundlage des Drehbuchs
zu dem Spielfilm «DER FUCHS DER JÄGER»
von Herta Müller und Harry Merkle

1. Auflage August 1992

Einband- und Umschlaggestaltung Walter Hellmann
Satz aus der Linotype Walbaum (Linotronic 500)
Gesamtherstellung Clausen & Bosse, Leck
Printed in Germany
ISBN 3 498 04352 8

Macht nichts, macht nichts,
sagte ich mir, macht nichts.

Wenedikt Jerofejew

Der Weg des Apfelwurms

Die Ameise trägt eine tote Fliege. Die Ameise sieht den Weg nicht, sie dreht die Fliege um und kriecht zurück. Die Fliege ist dreimal größer als die Ameise. Adina zieht den Ellbogen ein, sie will der Fliege den Weg nicht versperren. Neben Adinas Knie glänzt ein Teerklumpen, er kocht in der Sonne. Sie tupft mit dem Finger darauf, hinter der Hand zieht sich ein Teerfaden, erstarrt in der Luft und bricht.

Die Ameise hat einen Stecknadelkopf, darin findet die Sonne keinen Platz zum Brennen. Sie sticht. Die Ameise verirrt sich. Sie kriecht, doch sie lebt nicht, sie ist für das Auge kein Tier. Auch die Schoten der Gräser kriechen am Stadtrand wie sie. Die Fliege lebt, weil sie dreimal größer ist und getragen wird, sie ist für das Auge ein Tier.

Clara sieht die Fliege nicht, die Sonne ist ein glühender Kürbis, sie blendet. Claras Schenkel sind weit auseinandergestellt, zwischen ihren Knien liegen ihre Hände. Wo das Höschen in die Schenkel schneidet, steht Schamhaar. Unterm Schamhaar liegt eine Schere, eine Spule mit weißem Zwirn, eine Sonnenbrille und ein Fingerhut. Clara näht sich eine Sommerbluse. Die Nadel taucht, der Zwirn macht Schritte, deine Mutter auf dem Eis, sagt Clara, sie leckt das Blut vom Finger. Ein Fluch mit Eis, mit der Mutter der Nadel, des Fadens, des Zwirns. Wenn Clara flucht, hat alles eine Mutter.

Die Mutter der Nadel ist die Stelle, die blutet. Die Mutter der Nadel ist die älteste Nadel der Welt, die alle Nadeln geboren hat. Sie sucht für all ihre Nadeln an jeder nähenden Hand auf der Welt einen Finger zum Stechen. Im Fluch ist die Welt klein, über ihr hängt ein Nadelklumpen und ein Blutklumpen. Und im Fluch lauert die Mutter des Zwirns mit verknäulten Fäden über der Welt.

In dieser Hitze fluchst du mit Eis, sagt Adina, und Claras Backenknochen mahlen, ihre Zunge schlägt im Mund. Clara hat, wenn sie flucht, immer Falten im Gesicht, denn im Fluch ist jedes Wort eine Kugel und kann die Dinge mit den Worten auf den Lippen treffen. Auch die Mutter der Dinge.

Adina und Clara liegen auf einer Decke. Adina ist nackt, Clara trägt nur das Höschen des Badeanzugs.

Flüche sind kalt. Flüche brauchen keine Dahlien, kein Brot, keine Äpfel, keinen Sommer. Sie sind nicht zum Riechen und nicht zum Essen. Nur zum Wirbeln und flachen Hinlegen sind Flüche, zum kurzen Toben und langen Stillhalten. Sie senken das Klopfen der Schläfen in die Handgelenke und heben den dumpfen Herzschlag ins Ohr. Flüche steigern sich und würgen sich.

Wenn Flüche gebrochen sind, hat es sie nie gegeben.

Die Decke liegt auf dem Dach des Wohnblocks, um das Dach stehen Pappeln. Sie sind höher als alle Dächer der Stadt, sind grünbehängt, sie tragen keine einzelnen Blätter, nur Laub. Sie rascheln nicht, sie rauschen. Das Laub steht senkrecht an den Pappeln wie die Äste, man sieht das Holz nicht. Und wo nichts mehr hinreicht, zerschneiden die Pappeln die heiße Luft. Die Pappeln sind grüne Messer.

Wenn Adina die Pappeln zu lange ansieht, drehen sie die Messer von einer Seite zur anderen im Hals. Dann wird ihr Hals schwindlig. Und ihre Stirn spürt, daß kein Nachmittag auch nur eine Pappel so lange halten kann, wie das Licht sich Zeit läßt, um hinter der Fabrik im Abend zu verschwinden. Der Abend müßte sich beeilen, die Nacht könnte die Pappeln halten, weil man sie nicht sieht.

Zwischen den Wohnblocks zerbricht das Teppichklopfen den Tag, es hat oben auf dem Dach ein Echo und wirft die Schläge ineinander, wie Claras Fluch die Wörter.

Den dumpfen Herzschlag in die Ohren heben kann das Teppichklopfen nicht.

Nach dem Fluch ist Clara müde, und der Himmel ist so leer, daß Clara vom Licht geblendet die Augen schließt und Adina die Augen aufreißt und viel zu lange hinauf ins Leere sieht. Ganz oben, wo auch die grünen Messer nicht mehr hinreichen, spannt sich ein Faden aus heißer Luft ins Auge hinein. An ihm hängt das Gewicht der Stadt.

Am Morgen in der Schule hat ein Kind zu Adina gesagt, der Himmel ist heute so anders. Ein Kind, das zwischen den anderen Kindern immer sehr still ist. Seine Augen stehen weit voneinander entfernt, das macht seine Schläfen schmal. Heute morgen um vier hat meine Mutter mich geweckt, hat das Kind gesagt, sie gab mir den Schlüssel, weil sie zum Bahnhof mußte. Als sie ging, bin ich mit ihr zum Tor gegangen. Als ich mit ihr durch den Hof ging, spürte ich an der Schulter, daß der Himmel ganz nahe stand. Ich hätte mich anlehnen können, doch ich wollte nicht, daß meine Mutter erschrickt. Als ich allein durch den Hof zurückging, waren die Steine durchsichtig. Ich ging schnell. Am Eingang war die Tür anders, das Holz war leer. Ich hätte noch drei Stunden schlafen können, sagte das Kind, aber ich schlief nicht mehr ein. Dann schreckte ich auf, obwohl ich nicht geschlafen hatte. Vielleicht habe ich doch geschlafen, denn meine Augen spannten. Ich hatte geträumt, ich liege in der Sonne am Wasser und habe eine Blase auf dem Bauch. Ich zog die Haut von der Blase, und es tat nicht weh. Denn unter der Haut war Stein. Der Wind blies und hob das Wasser in die Luft, es war nur ein Tuch mit Falten, kein Wasser. Darunter lagen keine Steine, unter dem Tuch lag Fleisch.

Das Kind lachte in den letzten Satz hinein, und in die Stille danach. Und seine Zähne waren wie Kies, die angeschwärzten halben und die glatten weißen Zähne. Im Gesicht des Kindes stand ein Alter, das die Kinderstimme nicht ertrug. Das Gesicht des Kindes roch nach abgestandenem Obst.

Es war der Geruch alter Frauen, die sich das Gesicht dick pudern, bis der Puder so welk ist wie die Haut. Frauen, die vor dem Spiegel mit den Händen zittern, mit dem Lippenstift an die Zähne stoßen und eine Weile später unterm Spiegel ihre Finger ansehen. Die Nägel sind gebürstet und haben einen weißen Hof.

Als das Kind zwischen den anderen Kindern im Schulhof stand, war der Fleck an seiner Wange der Griff der Einsamkeit. Er dehnte sich aus, denn über die Pappeln fiel schiefes Licht.

Clara ist eingeschlafen, sie schläft sich weit weg, ihr Schlaf in der Sonne läßt Adina allein. Im Teppichklopfen bricht der Sommer in grüne Schalen. Im Rauschen der Pappel sind die grünen Schalen alle liegengebliebenen Sommer. Alle Jahre, in denen man ein Kind ist und noch wächst, und dennoch spürt, daß jeder Tag abends über eine Kante fällt. Kindertage mit rechtwinklig geschnittenem Haar, der trockene Schlamm in der Vorstadt, der Staub hinter der Straßenbahn, und auf dem Gehsteig die Schritte der großen ausgemergelten Männer, die Geld verdienten für Brot.

Die Vorstadt war mit Drähten und Rohren an die Stadt gehängt und mit einer Brücke ohne Fluß. Die Vorstadt war an beiden Enden offen, auch die Wände, die Wege und Bäume. In das eine Ende der Vorstadt rauschten die Straßenbahnen der Stadt, und die Fabriken bliesen Rauch über die Brücke ohne Fluß. Das Rauschen der Straßenbahn unten und der Rauch oben waren manchmal dasselbe. Am anderen Ende der Vorstadt fraß das Feld und lief mit Rübenblättern weit hinaus, dahinter blinkten weiße Wände. Sie waren so groß wie eine Hand, dort lag ein Dorf. Zwischen dem Dorf und der Brücke ohne Fluß hingen Schafe. Sie fraßen keine Rübenblätter, am Feldweg wuchs Gras und sie fraßen den Weg, bevor der Sommer vorbei war. Dann standen sie vor der Stadt und leckten an den Wänden der Fabrik.

Die Fabrik lag vor und hinter der Brücke ohne Wasser, sie war groß. Hinter den Wänden schrieen Kühe und Schweine. Abends wurden Hörner und Klauen verbrannt, es stieg stechende Luft in die Vorstadt. Die Fabrik war ein Schlachthaus.

Morgens, wenn es noch dunkel war, krähten Hähne. Sie gingen durch die grauen Innenhöfe, wie die ausgezehrten Männer auf der Straße gingen. Und sie hatten das gleiche Geschau.

Von der letzten Haltestelle gingen die Männer zu Fuß über die Brücke. Auf der Brücke hing der Himmel tief, und wenn er rot war, trugen die Männer einen roten Kamm im Haar. Der Frisör der Vorstadt sagte, wenn er Adinas Vater das Haar schnitt, es gibt nichts Schöneres als einen Hahnenkamm für die Helden der Arbeit.

Adina hatte den Frisör nach dem roten Kamm gefragt, denn er kannte jede Kopfhaut und die Wirbel. Er sagte, die Wirbel sind im Haar, was bei Hähnen die Flügel sind. Deshalb wußte Adina, daß jeder der ausgezehrten Männer einmal in all den Jahren über die Brücke fliegen wird. Doch niemand wußte wann.

Denn die Hähne flogen über die Zäune, und vor dem Fliegen tranken sie Wasser aus leeren Konservenbüchsen in den Innenhöfen. Sie schliefen in der Nacht in Schuhschachteln. In diese Schachteln krochen, wenn nachts die Bäume kalt wurden, die Katzen.

Die Endhaltestelle lag siebzig Schritte weiter in der Vorstadt als die Brücke ohne Fluß. Adina hatte die Schritte gezählt, weil die letzte Haltestelle auf der einen Straßenseite auf der anderen die erste war. Die Männer stiegen an der letzten Haltestelle langsam aus, und die Frauen stiegen an der ersten schnell ein. Und vor dem Einsteigen liefen die Frauen. Sie hatten früh morgens zerdrücktes Haar und fliegende Taschen, sie hielten Schweißflecken unterm Arm. Die waren oft getrocknet und hatten weiße Ränder. An den Fingern der Frauen fraß Maschinenöl und Rost den Nagellack. Schon beim Laufen zur Straßenbahn stand zwischen Kinn und den Augen die Müdigkeit der Fabrik.

Wenn die ersten Straßenbahnen rauschten, wachte Adina auf und fror in ihrem Sommerkleid. Auf dem Kleid war ein Muster aus Bäumen. Die Baumkronen hingen verkehrt. Die Schneiderin hatte beim Nähen den Stoff auf den Kopf gestellt.

Die Schneiderin wohnte in zwei kleinen Zimmern, der Fußboden war eckig, und die Wände waren feucht, sie hatten überall einen Bauch. Die Fenster sahen in den Innenhof. In einem Fenster lehnte ein Blechschild, darauf stand GENOSSENSCHAFT DER FORTSCHRITT.

Die Schneiderin nannte die Zimmer WERKSTATT. Auf dem Tisch, auf dem Bett, auf den Stühlen und Truhen lagen Stoffe. Auf den Fußböden und Türschwellen lagen Stoffreste. An jeden Stoff war ein Zettel geheftet mit einem Namen. Hinter dem Bett in einer Holzkiste stand ein Sack mit Stoffresten. Und auf der Holzkiste stand NICHT MEHR ZU GEBRAUCHEN.

Die Schneiderin suchte die Maße der Leute in einem kleinen Heft. Wer seit Jahren kam, gehörte zu den Zeitkunden. Wer selten, zufällig, oder nur einmal kam, zu den Laufkunden. Wenn die Zeitkunden einen Stoff brachten, schrieb die Schneiderin ihre Maße nicht mehr in das Heft. Nur die Maße einer Frau, die ausgemergelt wie die Männer war und jeden Tag ins Schlachthaus ging, schrieb die Schneiderin jedesmal auf. Sie nahm das Meßband in den Mund und sagte, du müßtest zum Tierarzt gehen, wenn du ein Kleid willst. Wenn du jeden Sommer dünner wirst, ist mein Heft bald voll mit deinen Knochen.

Die Frau brachte der Schneiderin öfter im Jahr ein neues Heft. Auf dem Umschlag stand BRIGADEHEFT und über den Rubriken LEBENDGEWICHT und SCHLACHTGEWICHT.

Adina durfte in der Werkstatt nie barfuß gehen, zwischen den Stoffresten auf dem Fußboden lagen Stecknadeln. Nur die Schneiderin wußte, wie man auftritt, ohne sich zu stechen. Sie kroch einmal in der Woche mit einem Magnet durch die Zimmer, dann sprangen alle Nadeln vom Fußboden in ihre Hand.

Bei der Anprobe des Kleids hatte Adinas Mutter zur Schneiderin gesagt, die Bäume hängen nach unten, siehst du nicht, du hast den Stoff verdreht. Die Schneiderin hätte den Stoff noch umdrehen können, er war nur mit weißem Zwirn geheftet. Sie hielt zwei Stecknadeln im Mund, hinten und vorne ist wichtig, sagte sie, und daß der Reißverschluß links ist, wenn ich von hier schau, ist unten oben. Sie bückte ihr Gesicht auf den Boden, die Hühner sehen das so, sagte sie. Und die Zwerge, sagte Adina. Ihre Mutter sah durchs Fenster in den Innenhof.

An der Straßenseite war ein Schaufenster mit Kreuzen, Ofenrohren und Gießkannen aus Zinkblech. Sie lehnten auf alten Zeitungen, und vor ihnen lag auf einer gestickten Decke ein Blechschild, auf dem stand GENOSSENSCHAFT DER FORTSCHRITT.

Die Kreuze, Ofenrohre und Gießkannen zitterten, wenn die Straßenbahn vorbeifuhr. Sie fielen nicht um.

Hinter dem Schaufenster stand ein Tisch mit Scheren, Zangen und Schrauben, hinter dem Tisch saß ein Mann. Er war Spengler. Er trug eine Lederschürze. Sein Ehering hing an seinem Hals an einer Schnur, weil ihm an beiden Händen die Ringfinger fehlten.

Auch er hatte Zeitkunden und Laufkunden. Die Zeitkunden sagten, seine erste Frau sei schon lange tot, und er habe keine zweite gefunden, weil der Ehering an einer Schnur hing. Der Frisör sagte, der Spengler habe nie eine Frau gehabt, er sei viermal mit diesem Ring verlobt gewesen, verheiratet nie. Wenn das Schaufenster mit Kreuzen, Ofenrohren und Gießkannen vollstand, lötete der Spengler alte Kochtöpfe.

Wenn die Straßenbahn am Schaufenster vorbeifuhr, standen die Gesichter aus den Wagen zwischen den Kreuzen und Ofenrohren. Auf den Gießkannen waren die Gesichter gewellt vom Fahren und vom Glänzen des Zinkblechs. Wenn die Straßenbahn vorbei war, stand auf den Gießkannen nur noch ein Leuchten von glattgetretenem Schnee.

Adina trug das Sommerkleid mit den fallenden Bäumen mehrere Sommer. Sie wuchs, und das Kleid wurde jeden Sommer kürzer. Und die Baumkronen hingen alle Sommer nach unten und blieben schwer. Das Vorstadtmädchen hatte am Rand des Gehsteigs, unter hinaufwachsenden Bäumen, ein scheues Gesicht. Die Baumschatten bedeckten nie das ganze Gesicht. Die Wange im Schatten blieb kühl, und die in der Sonne wurde heiß und weich. In der kühlen Wange spürte Adina einen Reißverschluß.

Nach einem Sommerregen, der die Steine nicht abkühlte, krochen in den Steinrissen im Innenhof schwarze Ameisenketten. Adina ließ Zuckerwasser in den durchsichtigen Schlauch einer Rundstricknadel laufen. Sie legte den Schlauch in einen Riß. Die Ameisen krochen hinein, reihten sich aneinander, mal ein Kopf, mal ein Bauch. Adina klebte die Enden des Schlauchs mit einer Streichholzflamme zusammen und legte sich die Kette um den Hals. Sie ging vor den Spiegel und sah, daß die Kette lebte, obwohl die Ameisen tot am Zucker klebten, jede an der Stelle, wo sie erstickt war.

Erst in der Kette war jede Ameise für das Auge ein Tier.

Adina ging jede Woche zum Frisör, weil das Haar schnell wuchs und die Ohrenränder nicht bedecken durfte. Auf dem Weg zum Frisör ging sie an dem Schaufenster mit den Kreuzen, Ofenrohren und Gießkannen vorbei. Der Spengler winkte hinter der Scheibe, sie ging hinein. Er gab ihr eine Tüte aus Zeitungspapier. Es waren Maikirschen drin, im Juni schon Aprikosen, im Sommer schon Trauben, obwohl sie noch nirgends reif waren in den Gärten. Adina glaubte damals, das Zeitungspapier verändert das Obst.

Wenn er ihr die Tüte gab, sagte der Spengler, iß, sonst fault es. Sie aß schnell, das Obst hätte, schon während er das sagte, faulen können. Dann sagte der Spengler, iß langsam, damit du jeden Bissen lange spürst.

Sie kaute und schluckte und sah, wie das Feuer am Lötkolben flackerte, wie es die Löcher am Topfboden überzog und füllte. Die gefüllten Löcher glänzten wie die Ofenrohre, Gießkannen und Kreuze im Fenster. Wenn das Feuer nicht am Topf frißt, beißt der Tod in den Arsch, sagte der Spengler.

Einmal, an einem Nachmittag, war Adina mit der Kette aus Ameisen zum Haareschneiden gegangen. Sie saß vor dem großen Spiegel auf dem Stuhl und ließ die Beine baumeln. Der Frisör kämmte ihr Haar in den Nacken, hielt sich den Kamm vor die Augen, entweder verschwinden die Ameisen, oder du mit den Ameisen, sagte er.

In der Ecke schlief ein Mann. Auf seinen Schenkeln lag die Katze des Frisörs. Der Mann war ausgemergelt und hatte jeden Morgen, wenn er ins Schlachthaus ging, auf der Brücke einen Hahnenkamm. Er schreckte aus dem Schlaf und warf die Katze am Spiegel vorbei vor die Tür. Mir reicht es schon im Schlachthaus von totem Getier, schrie er. Er spuckte auf den Boden.

Der Boden war mit abgeschnittenem Haar bedeckt, mit dem Haar ausgemergelter Männer, die sich kannten. Es war spröd, dunkelgrau und hellgrau, und weiß. Es war dicht wie auf einer großen Kopfhaut. Zwischen den Strähnen krochen Küchenschaben. Die Strähnen hoben und senkten sich. Das Haar lebte, weil die Küchenschaben es trugen. Auf den Köpfen der Männer lebte es nicht.

Der Frisör ließ die Schere in die offene Schublade fallen, so kann ich die Haare nicht schneiden, sagte er, die Ameisen kriechen mir unter die Kleider. Er riß das Hemd aus der Hose und kratzte sich, auf seinem Bauch blieben, als er die Finger wegzog, rote Strähnen. Er fluchte mit der Mutter der Ameisen. Der aus dem Schlachthaus fluchte mit der Mutter der Leichen. Der Spiegel war auf einmal so hoch und die Schublade so tief, daß Adina ihre Füße unterm Stuhl von einem Dach herunterhängen sah. Sie lief hinaus vor die Tür, wo die Katze lag. Die Katze sah ihr nach, sie hatte drei Augen.

Eine Woche später gab der Frisör Adina Bonbons. Sie waren mit Haaren verklebt, sie kratzten auf der Zunge. Adina wollte die Haare ausspucken, und er sagte, die putzen den Hals.

Die Bonbons krachten im Mund, Adina fragte, wann stirbt der Mann, der die Katze weggeworfen hat. Der Frisör steckte eine Handvoll Bonbons in seinen Mund, wenn von einem Mann so viele Haare geschnitten sind, daß sie einen Sack füllen, sagte er, einen gestampften Sack. Wenn der Sack so schwer ist wie der Mann, dann stirbt der Mann. Ich stecke die Haare aller Männer in einen Sack, bis der Sack gestampft voll ist, sagte der Frisör. Ich wiege die Haare nicht mit der Waage, ich wiege sie mit den Augen. Ich weiß, sagte er, wie viele Haare ich von jedem in Jahren und Jahren geschnitten habe. Ich spüre das Gewicht in den Augen, ich kann mich nicht täuschen. Er blies Adina in den Nacken.

Der Kunde, der die Katze weggeworfen hat, kommt noch sieben- oder achtmal, sagte er. Deshalb habe ich nichts gesagt, obwohl die Katze seither nicht mehr frißt. Ich will einen langjährigen Kunden mit den letzten Haarschnitten nicht zu einem anderen Frisör ins Ungewisse treiben. Aus seinem Mundwinkel lief eine Falte, sie schnitt ihm in die Wange.

Clara steht neben der Decke, sie zieht die Sommerbluse an. Auf ihrem Zeigefinger brennt in der Sonne der Fingerhut. Ihre Beine sind knochig, sind zum Anprobieren der Bluse für einen einzigen Gang an den Bauch gestellt. Es ist der Gang eines knochigen Vogels, der nichts tun muß als in den Sommer schauen und schön sein. Die Pappel mit dem nahen Messer sieht zu. In Claras rasierten Armhöhlen wachsen die Stoppeln nach. Sie sind unter ihren Armen schon das Kinn des Mannes, von dem Clara spricht. Ein Mann mit Stil, sagt sie, ist mir noch nicht begegnet. Ein Wunsch.

Clara lacht, stelzt ihren Beinen nach, der Wunsch ist von der Sonne angeheizt und schwindlig vom Dach. Ihr Kopf weiß nichts vom grünen Messer der Pappeln, vom Rand des Daches, der Wolken, der Stadt. Und daß dieses Dach in der Sonne voller Ameisen ist, die tote Fliegen tragen. Und daß dieses Dach in der Sonne nichts als eine Kante im Himmel ist.

Das Sommerkleid mit den fallenden Bäumen und der Reißverschluß auf der einen Wange haben Adina für alle Jahre vor Kleidern scheu gemacht. Adina begann, bei der Schneiderin das Leben der Frauen am Gewicht der Stoffreste zu messen. Sie ging oft hin, saß und schaute. Sie hängte ihr stures Augenmaß an alle Kunden. Sie wußte, bei welcher Frau die Stoffreste bald den Sack füllten, einen gestampftvollen Sack, der so schwer ist wie die Frau. Daß die Frau aus dem Schlachthaus noch vier Kleider brauchte, bis sie starb.

Clara nimmt einen kleinen, rotgefleckten Sommerapfel aus der Tasche und hält ihn unter Adinas Kinn. Der Fingerhut funkelt und schneidet knapp an der Apfelschale vorbei. Ein kleiner Apfel mit einem langen Stiel, viel, was noch hätte Apfel werden müssen, ist verholzt und in den Stiel gewachsen. Adina beißt tief in den Apfel hinein. Spuck aus, ein Wurm, sagt Clara. Ein brauner Krümelfaden ist ins Apfelfleisch gegraben. Adina schluckt den Bissen und den Wurm. Es ist doch nur ein Apfelwurm, sagt sie, er wächst im Apfel, er ist aus Apfelfleisch. Er wächst nicht im Apfel, sagt Clara, er kriecht in den Apfel hinein, er frißt sich einmal durch und kriecht heraus. Das ist sein Weg.

Adina ißt, die Bissen knirschen ihr im Ohr, was soll er draußen, sagt sie, er ist doch nur aus Apfelfleisch, er ist weiß und frißt weißes Fleisch und scheißt einen braunen Weg, er frißt sich einmal durch und stirbt im Apfel. Das ist sein Weg.

Claras Augen sind nicht geschminkt, und der Himmel ist leer, und die Messer der Pappeln stehen senkrecht und grün. Claras Augen sind klein. Die Pupillen suchen sich unter ihren Wangen den schnurgeraden Weg in den Mund. Clara schweigt, legt sich auf die Decke und schließt die Augen.

Über dem Wohnblock steht eine Wolke, weiß und aufgewühlt. Greise, die im Sommer sterben, bleiben eine Weile zwischen Bett und Grab über der Stadt.

Clara und der Sommergreis liegen im gleichen Schlaf. Adina spürt den Weg des Apfelwurms im Bauch. Er läuft durchs Schamhaar an der Innenseite der Schenkel in die Kniekehlen.

Der Mann in der Hand

Hinter einer Frau geht ein Schatten, die Frau ist klein und schief, der Schatten hält den Abstand. Die Frau geht über das Gras und setzt sich neben den Wohnblock auf eine Bank.

Die Frau sitzt, der Schatten bleibt stehen. Er gehört nicht zu der Frau, wie der Schatten der Wand nicht zur Wand gehört. Die Schatten haben die Dinge, denen sie gehören, im Stich gelassen. Sie gehören nur dem späten Nachmittag, der vorbei ist.

Vor den untersten Fensterreihen der Wohnblocks wachsen Dahlien, sie sind groß aufgeblättert, an den Rändern wegen der heißen Luft schon aus Papier. Sie sehen in Küchen und Zimmer, in Teller und Betten hinein.

Aus einem Küchenfenster fliegt Rauch auf die Straße, er riecht nach verbrannten Zwiebeln. Über dem Herd hängt ein Wandteppich, eine Waldlichtung mit Hirsch. Der Hirsch ist so braun wie das Nudelsieb auf dem Tisch. Eine Frau leckt einen Holzlöffel ab, ein Kind steht auf einem Stuhl und weint. Um seinen Hals hängt ein Eßlappen. Die Frau wischt dem Kind mit dem Eßlappen die Tränen vom Gesicht.

Das Kind ist zu groß, um auf dem Stuhl zu stehen, zu groß, um einen Eßlappen zu tragen. Am Ellbogen der Frau klebt ein blauer Farbfleck. Eine Männerstimme schreit, die Zwiebel stinken, du stehst am Topf wie eine Kuh, ich geh in die Welt, ich gehe, so weit mich die Füße tragen. Die Frau sieht in den Topf, bläst in den Rauch. Leise und hart sagt sie, geh doch, pack deine Scheißereien in den Koffer und geh in deine Mutter. Der Mann zieht die Frau am Haar, seine Hand schlägt ihr ins Gesicht. Dann steht die Frau weinend neben dem Kind, und das Kind schweigt und sieht zum Fenster.

Du warst auf dem Dach, sagt das Kind, ich hab deinen Arsch gesehn. Der Mann spuckt zum Fenster hinaus über die Dahlien. Sein Oberkörper ist nackt, auf seiner Brust sind blaue Farbflecken. Was gibts da zu sehen, sagt er, ich spuck dir zwischen die Augen. Die Spucke fällt auf den Gehsteig, in ihr liegt ein Sonnenblumenkern. Komm herein und schau hinaus, dann siehst mehr, sagt der Mann. Das Kind lacht, die Frau hebt das Kind vom Stuhl, drückt es an sich. Du lachst und wächst, sagt sie, du wirst groß, und er schlägt mich tot. Der Mann lacht leise, dann laut. Du warst mit dem Kind auf dem Dach, sagt die Frau.

Von einem Schritt zum anderen liegen Spucke, Zigarettenkippen und Sonnenblumenschalen auf dem Gehsteig. Und hier und da eine zerquetschte Dahlie. Am Randstein liegt ein Blatt aus einem Schulheft. Die Geschwindigkeit des blauen Traktors ist sechsmal größer als die Geschwindigkeit des roten Traktors, steht darauf.

Die Schrift aller Schultage, die Buchstaben fallen in einem Wort auf den Rücken, im nächsten aufs Gesicht. Und die Warzen an den Fingern der Kinder, der Dreck an den Warzen, Warzenketten aus grauen Beeren, Finger wie Truthahnhälse.

Warzen übertragen sich auch durch Gegenstände, hat Paul gesagt, sie wandern auf jede Haut. Adina faßt jeden Tag die Hefte und Hände der Kinder an. Die Kreide kratzt auf der Tafel, jedes geschriebene Wort könnte eine Warze werden. In den Gesichtern sind müde Augen, sie hören nicht zu. Dann läutet die Glocke, und Adina steht in der Lehrertoilette vor dem Spiegel. Sie sieht ihr Gesicht und ihren Hals an, sie sucht eine Warze. An den Fingern frißt die Kreide.

In den Warzenketten der Kinder ist das Greifen, das Stoßen und Treten, das Drücken und Pressen, der Haß im Quetschen und Packen. Das Vernarren und Weglaufen ist in den Warzenketten, die Verschlagenheit der Mütter und Väter, der Verwandten und Nachbarn und Fremden. Wenn das Auge quillt, wenn ein Zahn bricht, wenn im Ohr Blut steht, kommt ein Achselzucken.

Ein Bus fährt mit beleuchteten Fenstern vorbei, in der Mitte ist ein faltiger Gummischlauch, ein Akkordeon. Die Hörner gleiten oben am Draht, das Akkordeon öffnet und schließt sich, es fliegt Staub aus den Falten. Der Staub ist grau und feinbehaart, wärmer als Abendluft. Wenn der Bus fährt, ist Strom in der Stadt. Die Hörner sprühen Funken in die Bäume, aus zu tiefen Ästen fallen Blätter auf den Weg. Die Pappeln reichen über alle Straßen, sie sind dunkler als andere Bäume in der Dämmerung.

Vor Adina geht ein Mann, er trägt eine Taschenlampe in der Hand. In der Stadt ist oft kein Strom, die Taschenlampen gehören wie Finger zu den Händen. Auf sackdunklen Straßen ist die Nacht aus einem Stück, und ein Gehender ist nur ein Geräusch unter einer beleuchteten Schuhspitze. Der Mann hält die Taschenlampe mit der Glühbirne nach hinten. Der Abend zieht den letzten weißen Faden durch das Straßenende. Im Schaufenster schimmern weiße Suppenteller und rostfreie Löffel. Die Taschenlampe brennt noch nicht, der Mann wartet, bis das Straßenende in die nächste kleine Straße fällt. Wenn er die Taschenlampe anknipst, verschwindet er. Dann ist er ein Mann in der Hand.

Erst wenn es ganz dunkel ist, wird der Strom abgestellt. Die Schuhfabrik summt nicht, im Pförtnerhaus brennt eine Kerze, neben ihr sitzt ein Ärmel. Vor dem Pförtnerhaus bellt ein Hund, man sieht nicht ihn, man sieht seine Augen glänzen und hört seine Pfoten auf dem Asphalt.

Die Pappeln rücken in alle Straßen vor. Die Häuser drängen sich eng aneinander. Hinter den Gardinen steht Kerzenlicht. Die Leute halten ihre Kinder ans Licht, wollen vor dem nächsten Morgen noch einmal ihre Wangen sehen.

Wo Gestrüpp wächst, ist die Nacht auf dem Sprung zwischen Laub und Überfall. Wenn in der dunklen Stadt kein Strom ist, kommt die Nacht von unten, sie schneidet zuerst die Beine ab. Um die Schultern hängt noch graues Licht, das zum Schaukeln des Kopfes reicht, zum Zudrücken der Augen. Zum Sehen reicht es nicht.

Nur manchmal leuchten die Pfützen, sie leuchten nicht lang, denn der Boden hat Durst, der Sommer ist trocken, wochenlang staubig. Ein Strauch streift Adinas Schulter. Er hat unruhige, weiße Blüten. Sie riechen schwer, der Duft drückt. Adina knipst die Taschenlampe an, ein Kreis fällt ins Dunkle, ein Ei. Darin wächst ein Kopf mit einem Schnabel. Das Licht der Taschenlampe reicht nicht zum Sehen, es reicht nur zur Gewißheit, daß die Nacht nicht den ganzen Rücken fressen kann, nur den halben.

Vor dem Eingang des Wohnblocks spinnen Rosen ein löchriges Dach, ein Sieb aus dreckigen Blättern und dreckigen Sternen. Die Nacht drückt sie hinaus aus der Stadt.

Die Stirnlocke

Die Zeitung ist rauh, doch die Stirnlocke des Diktators hat auf dem Papier einen hellen Schimmer. Sie ist geölt und glänzt. Sie ist aus gequetschtem Haar. Die Stirnlocke ist groß, sie treibt kleinere Locken auf den Hinterkopf des Diktators hinaus. Die werden geschluckt vom Papier. Auf dem rauhen Papier steht: Der geliebteste Sohn des Volkes.

Was glänzt, das sieht.

Die Stirnlocke glänzt. Sie sieht jeden Tag ins Land. Der Bilderrahmen des Diktators ist jeden Tag in der Zeitung so groß wie der halbe Tisch. Unter der Stirnlocke ist das Gesicht wie beide Hände, wenn Adina sie auf den Handrücken nebeneinander legt, geradeaus ins Leere sieht und den eigenen Atem wieder schluckt.

Das Schwarze im Auge des Diktators ist wie Adinas Daumennagel, wenn sich der Daumen krümmt, ohne nach etwas zu greifen. Das Schwarze im Auge sieht jeden Tag aus der Zeitung ins Land.

Im Land läuft der Sehnerv. Städte und Dörfer, mal zusammengetrieben, mal auseinandergerissen, Wege verirren sich auf den Feldern, hören an Gräben ohne Brükken auf, oder vor Bäumen. Und Bäume, wo keiner sie gepflanzt hat, würgen sich. Hunde streunen. Wo kein Haus ist, haben sie das Bellen längst verlernt. Sie verlieren ein Winterfell, dann ein Sommerfell, sind mal scheu und mal wild, wenn man es nicht erwartet. Sie haben Angst und treten sich beim Laufen durch die Stirn, bevor sie beißen.

Und Menschen, da wo das Licht aus dem Schwarzen im Auge fällt, stehen sie im Land und haben Orte unter den Füßen, die an den Kehlen steil hinauf und an den Rücken steil hinunter gehen.

Auch das Café, auch der Park, auch Tische und Stühle aus Eisen. Sie sind zu Blättern und Stielen gebogen, weiß und dünn wie Zwirn. Nur schwer, die Stühle, wenn man sie hebt oder wegschiebt. Man faßt sie nur mit den Fingern an und sieht schon aufs Wasser, weil man das Eisen an den Händen nicht erwartet.

Der Weg neben dem Café läuft dem Fluß nach, der Fluß dem Weg. Angler stehen am Fluß, und im Wasser steht es noch einmal, das Schwarze im Auge. Und glänzt.

Was glänzt, das sieht.

Pappelschatten fallen am Ufer die Treppen herunter, zerbrechen an den Kanten und tauchen nicht. Wenn die Straßenbahn über die Brücke fährt, treiben die Schatten kleinere Schatten hinaus in den Wasserlauf, wie die

Stirnlocke des Diktators kleinere Locken auf den Hinterkopf des Diktators treibt.

Pappellicht und Pappelschatten, bis die ganze Stadt gestreift ist. Steinplatten, Wände, Grasbüschel, Wasser und Bänke.

Neben dem Fluß geht niemand, obwohl es ein Sommertag ist, ein Sommer sein könnte zum sinnlosen Gehen am Fluß.

Die Angler trauen dem gestreiften Sommer nicht. Sie wissen, daß Pappelschatten unten das bleiben, was Pappeln oben sind, Messer.

Da gehen die Fische nicht dran, sagen die Angler. Wenn ein dunkler Streifen aus den Pappeln auf die Angeln fällt, stellen sie die Ruten auf helleres Gras und werfen die Schnüre in eine helle Wasserscheibe.

Auf dem Weg neben dem Fluß geht eine Frau. Sie trägt ein Kissen, es ist zusammengeschnürt, sie trägt es mit beiden Armen, sie hält es gerade, hinter ihr schlägt der Wind. Vielleicht liegt ein Kind in dem Kissen, vielleicht ein Wickelkind, das mit zwei Köpfen schläft, an beiden Enden, wo die Schnüre nicht so fest gebunden sind. Die Arme der Frau sind braun, ihre Waden so weiß wie das Kissen. Ein Angler sieht den Waden nach. Ihr Hintern wiegt sich. Der Blick des Anglers fällt ins Wasser, müde und klein vom Kopfstand der Pappeln. Die Augen des Anglers spüren den kleinsten Abend. Er dehnt sich auf dem Nasenrücken mitten am Tag. Die Finger greifen in die Hosentasche, stecken eine Zigarette in den Mund. Am Mundwinkel ist die Flamme hell, die Hand wird groß und deckt sie zu, der Wind kommt.

Die Angler fischen ertrunkenes Gras aus dem Fluß, zerfressene Socken und verquollene Unterhosen. Und einmal am Tag, wenn die Ruten krumm und die Schnüre vom Grund besoffen sind, einen schmierigen Fisch. Es könnte eine tote Katze sein.

Der kleinste Abend auf den Nasenrücken stiehlt alles. Was er nicht stehlen kann, verbietet er. Er verbietet das Glück, sagen die Angler, der gestreifte Sommer frißt das Glück beim Fischen.

In den Pappeln hängen Schoten, sind weder Samen noch Frucht, schiefe Fingerhüte für das Ungeziefer, für Fliegen und Blattläuse. Sie fallen aus den Pappeln und kriechen über die Zeitung. Adina schiebt das Ungeziefer mit der Fingerspitze in die Stirnlocke des Diktators, die Fliegen kriechen dem Haar an der Ohrmuschel nach, die Blattläuse spüren den hellen Schimmer und stellen sich tot.

Die Kellnerin senkt das Tablett, sieht das Gesicht auf dem Tisch, ihr Backenknochen stößt, ihr Ohr brennt. Sie dreht das Auge weg, so schnell, daß die Angst sich eine blaue Ader in die Schläfe spannt, sie stellt das Glas auf die Stirn, auf den Tisch. Die Limonade ist dünn und wirbelt gelbe Schlieren auf, die Stirnlocke steht im Glas. Adina stößt mit dem Löffel, der Löffel glänzt, die Limonade, was glänzt, das sieht. Eine heiße Nadel liegt in der Stirn, die Straßenbahn fährt auf der Brücke, treibt Wellen im Fluß. Adina läßt den Löffel stehen, sie faßt das Glas nicht an, ihre Hand ist wie der Löffel. Adina wartet auf Clara und Paul. Sie dreht den Kopf weg.

Hinter dem flachen Dach des Cafés liegt der Park, dahinter stehen spitze Dächer. Hier sind die Straßen der

Direktoren, Inspektoren, der Bürgermeister, Geheimdienstler und Offiziere. Die stillen Straßen der Macht, wo der Wind, wenn er anstößt, Angst hat. Und wenn er fliegt, nicht wirbelt. Und wenn er poltert, lieber seine Rippen bricht, als einen Ast. Das dürre Laub kratzt auf den Wegen, deckt gleich hinter den Schritten die Spuren zu. Wenn hier einer geht, der nicht hier wohnt, der nicht hierhergehört, ist für diese Straßen nichts gewesen.

Die stillen Straßen der Macht stehen im Hauch, der im Park die Äste gabelt und zum Horchen belaubt, der neben dem Fluß den Weg zum Klappern hinhält, der an beiden Ufern, noch im gemähten Gras, die Schritte senkrecht macht, das Knie an die Kehle hebt. Die Gehenden wollen hier nicht auffallen, sie gehen steil und langsam. Und laufen doch, sie hetzen im Hals. Wenn die Gehenden dann auf der Brücke sind, deckt in unbekümmerten Geräuschen die Stadt sie zu. Sie atmen auf, die Straßenbahn rauscht, zieht die Stirn und das Haar aus der Stille.

Die Herren der stillen Straßen sind in den Häusern und Gärten nie zu sehen. Hinter Tannen, über Steintreppen gehen Dienstboten. Wenn die Füße der Dienstboten auf den Rasen treten, heben sie die Eingeweide in den Hals, damit das Gras nicht bricht. Wenn sie den Rasen schneiden, steht ihnen im Augenweiß ein Spiegel, darin glänzen Sichel und Rechen wie Schere und Kamm. Die Dienstboten trauen ihrer Haut nicht, weil ihre Hände beim Greifen Schatten werfen. Ihre Schädel wissen, daß sie mit dreckigen Händen in dreckigen Straßen geboren sind. Daß ihre Hände, jetzt in der

Stille, nicht sauber werden. Nur alt. Wenn die Dienstboten in den Kühlschrank der Herren sehen, erschrecken die Augen, weil das Licht im Viereck auf die Füße fällt. Die Wanduhr tickt, der Vorhang bläht sich, die Wange friert bei dem, was sie denken. Das Fleisch ist in Zellophan verpackt, das Zellophan mit Reif bedeckt, weißer Reif, wie der Stein, der Marmor im Garten.

In den Gärten der stillen Straßen sind keine Gartenzwerge mit Mützen. In den Gärten stehn traurige Steine, barfuß bis in den Kopf hinein. Nackte Löwen, so weiß wie eingeschneite Hunde, und nackte Engel ohne Flügel, wie eingeschneite Kinder. Und, wenn sich im Winter der Frost an der Sonne vorbei dreht, wird auch hier der Schnee gelb und bricht, ohne zu schmelzen.

Die Dienstboten wohnen unter den Häusern im Keller. Was sie im Schlaf nachts streifen, ist näher bei Asseln und Mäusen, als bei den Fußböden oben. Die Männer der Dienstboten sind unter die Erde gegangen, die Kinder der Dienstboten sind aus dem Haus gewachsen. Die Dienstboten sind Witwen.

Eine Lehrerin aus Adinas Schule ist die Tochter einer Dienstbotin. Im gelben Haus hinter dem runden Garten ist meine Mutter Dienstbotin, hat die Lehrerin zu Adina gesagt. Am anderen Flußufer hob sie den Zeigefinger über den Kopf und zeigte Adina das Haus. Ihre Augen waren stumpf, oder war nur ihr Blick starr, weil der Tag sehr kalt war und das Wasser nahe. Auf der Brücke oben kicherte sie, die Straßenbahn fuhr vorbei, zerdrückte das Kichern. Am Abend, sagte die Tochter der Dienstbotin, wenn es schon dunkel ist, kommt der Herr nach Hause, er ist Offizier, er versäuft seine Tage im Militärkasino am Freiheitsplatz. Am Abend findet der Weg ihn, nicht er den Weg. Die Kellnerinnen setzen ihm, bevor er geht, die Uniformmütze verkehrt auf den Kopf. So schaukelt er sich auf den Straßen, bis der Heimweg ihn findet, den Schirm der Mütze in den Nacken. Jeden Abend, sagte die Tochter der Dienstbotin, geschieht in diesem Haus dasselbe: DONAUDELTA. Im Turm der Kathedrale schlug die Glocke, die Tochter der Dienstbotin sah hinauf, lachte und lachte, der Glockenschlag hing ihr an der Zunge. In den Schaufenstern spürte Adina noch einmal die Nähe des Wassers. Die Tochter der Dienstbotin bückte sich, sah die Schuhe von unten an. Da stand die Sohle in ihren Augen, die Absätze gefallen mir nicht, sagte sie. Ihr Mund verzog sich, sagte DONAUDELTA, und fand zum Offizier wieder zurück.

Wenn der Offizier zwischen den Löwen die Treppen hochgeht, hört seine Frau die Stiefel schürfen. Sie sagt zu meiner Mutter: DONAUDELTA. Meine Mutter nimmt einen Topf mit heißem Wasser aus der Küche und trägt ihn ins Bad. Sie gießt das Wasser in eine Schüssel, die auf dem Boden steht. Sie gießt kaltes Wasser nach, bis die Waschschüssel randvoll und das Wasser lauwarm ist. Die Frau des Offiziers wartet im Flur. Bevor sich der Schlüssel von außen dreht, öffnet sie von innen die Tür. Sie nimmt dem Mann die Aktentasche aus der Hand und die Mütze vom Kopf und sagt DONAUDELTA. Der Offizier brummt und nickt. Er geht hinter der Frau quer durchs Zimmer ins Bad. Die Frau sitzt schon auf dem zugeklappten Klodeckel, er zieht seine Stiefel aus und legt sie vor die Tür. Die Frau sagt, nimm den Storch heraus. Der Offizier zieht die Uniformhose aus und gibt sie der Frau, sie faltet die Hose und hängt sie auf ihren Arm. Er zieht die Unterhose aus und setzt sich mit gespreizten Beinen über die Waschschüssel, er läßt sich auf die Knie und sieht die blauen Kacheln überm Spiegel an. Sein Glied hängt ins Wasser. Wenn seine Hoden ins Wasser sinken, sagt seine Frau, gut. Wenn seine Hoden auf der Wasserfläche schwimmen, weint sie und schreit, du hast dich leergefickt, sogar deine Stiefel sind schlaff. Der Offizier bückt sein Gesicht zwischen die Knie, sieht seine schwimmenden Hoden an, ich schwöre, sagt er, Liebste, ich schwör.

Die Tochter der Dienstbotin sah in den kahlen Strauch, der ihren Mantel streifte, was er schwört, weiß meine Mutter nicht, sagte sie, der Spiegel ist beschlagen, er wiederholt seinen Schwur. Seine Frau ist längst still, dann weint er. Es ist nur ein Jammern bei ihm, bei ihr ist es mehr. Meine Mutter sitzt im Wohnzimmer, ihr Stuhl steht am langen Tischende. Sie sieht ins Bad, sie schämt sich bis hinter die Augen. Sie versteckt ihre Hände, die zittern, unter der Tischplatte. Wenn meine Mutter den Hausschuh bewegt, sagt die Frau, Lenuza, du bleibst. Und zum Offizier sagt sie, häng den Storch in die Hose. Er steht auf und zieht die Unterhose an. Sie geht mit der Hose auf dem Arm durchs Wohnzimmer, faßt jedesmal die Tischkante an, dann die Schulter meiner Mutter. Sie sagt, Lenuza, räum weg, geht wieder an der Tischkante wie an einem Treppengeländer zur Schlafzimmertür. Er geht mit den Stiefeln in der Hand hinter ihr her.

Die Tochter der Dienstbotin blies sich warme Luft aus dem Mund in die Hände. Mein Mantel hat keine Taschen, sagte sie, er ist von der Frau. Meine Mutter räumt das Bad auf und knipst das Licht aus. Eigentlich glaub ich das alles nicht, sagte die Tochter der Dienstbotin, rieb die Finger am Mantel, stieß an die Knöpfe mit den Nägeln, und es gab ein Geräusch, es stießen Steine auf Steine.

Meine Mutter hat noch nie gelogen, sagte die Tochter der Dienstbotin, hinter der Schlafzimmertür schnarcht der Offizier, die Frau summt ein Lied:

Rosen im Tal
Blühen nochmal
Nochmal so schön
Rosen im Tal

Meine Mutter kennt das Lied, die Frau singt es jeden Morgen in der Küche. Meine Mutter geht auf den Zehenspitzen, doch die Fußböden knarren. Die Frau horcht und sagt, wenn meine Mutter vor der Wohnungstür im Flur steht, Lenuza, sperr zweimal zu. Die Frau hat Angst, sagte die Tochter der Dienstbotin, daß der steinerne Engel nachts durchs Haus geht. Deshalb gibt es die Löwen. Die Frau sagt manchmal zu meiner Mutter, zwischen meinen Löwen kann sein Engel nicht durch. Der Offizier hat den Engel gegen die Löwen seiner Frau gekauft. Vom gleichen Steinmetz sind Engel und Löwen, meine Mutter sagt, die tun sich nichts an.

Der Offizier weiß das, sagte die Tochter der Dienstbotin, die Frau weiß das nicht. Am Morgen, wenn der Offizier in Mütze und Stiefeln ist, bürstet die Frau seine Uniformjacke im Flur. Er bückt sich langsam und nimmt seine Aktentasche, und sie bückt sich und bürstet. Die Bürste ist so klein, daß meine Mutter, als sie noch nicht lange im Haus war, die Bürste in der Hand der Frau nicht sah. Meine Mutter hat sich gewundert, daß die Frau ihre Hand krümmt, wenn sie dem Offizier über die Jacke streift. Einmal dann ist ihr die Bürste aus der Hand gefallen. Die Frau hat sehr kleine Hände, meine Mutter hat bis dahin geglaubt, daß die Frau nichts in den Händen halten kann, was man nicht sieht. Sie ist sehr groß, die Frau, sagte die Tochter der Dienstbotin, so kleine Hände habe ich bei einer so großen Frau noch nie gesehen. Wenn der Offizier gegangen ist, stellt die Frau sich ans Fenster und sieht ihm nach. Zwei Häuser weit, dann ist er verschwunden, und sie wartet, bis sie ihn am Anfang der Brücke wieder sieht, dann auf der Brücke. Die Frau sagt, sie habe Angst, daß ihm gerade morgens, wenn er nüchtern ist, auf der Brücke etwas passiert.

Dann sei da noch die Geschichte mit dem Parfumfläschchen, sagte die Tochter der Dienstbotin. Die Frau trage es versteckt in der Handtasche, seit Jahren sei es leer. Es sei eine Rose ins Glas geschliffen, der Verschluß sei einmal vergoldet gewesen, doch inzwischen sei er abgewetzt vom Tragen. Am Rand des Verschlusses seien kyrillische Buchstaben eingeritzt, es müsse russisches Parfum in dem Fläschchen gewesen sein. Es sei vor Jahren ein russischer Offizier, von dem nie gesprochen werde, im Haus gewesen, einer mit blauen Augen. Denn die Frau sage manchmal, die schönsten Offiziere haben blaue Augen. Ihr Mann habe braune Augen und sage manchmal zu der Frau, du stinkst wieder nach Rosen. Es müsse etwas Besonderes mit dem Fläschchen sein, etwas Trauriges, sagte die Tochter der Dienstbotin, sie feuchtete die Unterlippe an und ließ die Zungenspitze im Mundwinkel stehen. Etwas, was einen Wunsch öffnet und eine Tür zuschlägt, sagte sie, müsse es gewesen sein, denn nicht die Abwesenheit ihres Mannes, sondern das Tragen des leeren Parfumfläschchens mache die Frau zu einer einsamen Person. Manchmal komme es ihrer Mutter vor, als sinke der Kopf der Frau den Hals hinunter, in die Frau hinein, als seien vom Kehlkopf bis zu den Knöcheln Treppen in der Frau, als gehe sie mit dem Kopf auf diesen Treppen in sich hinein. Vielleicht, weil meine Mutter im Keller wohnt, sagte die Tochter der Dienstbotin. Die Frau des Offiziers sitze halbe Tage am Tisch, und ihre Augen seien stechendleer, dürre Sonnenblumenrosen. Die Tochter der Dienstbotin wischte sich mit dem zerknüllten Taschentuch die roten Nasenlöcher, rieb und steckte das Taschentuch wie einen Schneeball in die Handtasche zurück. Die Frau kaufe ihrer Mutter, sagte sie, jedes Jahr zu Weihnachten ein Paar Hausschuhe aus echtem Lamm, gebe ihr wöchentlich Kaffeebohnen und russischen Tee.

Das bekomme ich, sagte die Tochter der Dienstbotin, weil meine Mutter spart. Nur die Hausschuhe kann meine Mutter mir nicht geben, weil die Frau das sehen würde. Die vorletzten konnte sie verschwinden lassen, sie konnte sagen, der Hund des Briefträgers habe sie weggeschleppt und so zerbissen, daß man sie nicht mehr hätte tragen können. Der Briefträger hat das geleugnet, beweisen konnte er nichts.

Die Stelle in der Schule, sagte die Tochter der Dienstbotin, habe sie durch ihre Mutter, durch die Frau des Offiziers, bekommen.

Am Fluß stehen zwei Angler nebeneinander. Der eine nimmt die Mütze vom Kopf, sein Haar ist eingedrückt, auf seinem Hinterkopf läuft eine Schnur. Barhäuptig trägt er eine Mütze aus weißem Haar. Der andere Angler spuckt Schalen in den Fluß, sie schwimmen, sind innen weiß und außen schwarz. Er hält dem mit der barhäuptigen Mütze eine Handvoll Sonnenblumenkerne hin, iß, sagt er, damit die Zeit vergeht. Der mit der barhäuptigen Mütze drückt die Hand mit den Kernen von sich weg, die sind wie Melonenkerne, sagt er. Als ich von der Front nach Hause kam, war alles, was die hier zu Hause aßen, ein Friedhof für mich. Wurst, Käse, Brot, sogar Milch und Gurken waren hinter der Küchenschranktür, unter Deckeln, ein Grab. Jetzt, nach Jahr und Tag, weiß ich nicht, sagt er. Er bückt sich, nimmt einen Kieselstein, dreht ihn in der Hand, kneift das rechte Auge zu. Er wirft den Stein in den Fluß, wirft so, daß der Stein das Wasser berührt und abspringt, und viermal das Wasser berührt und viermal weiterfliegt. Daß der Stein auf dem Wasser tanzt, bevor er sinkt. Der Ekel ist vorbei, sagt er, doch ich fürchte mich vor dem

Inneren der Melonen. Der Angler mit den Sonnenblumenkernen zieht den Kopf ein, sein Mund ist schmal, seine Augen schief. Er stellt beide Ruten auf helles Gras.

Die Sonne steht hoch, sie steht auf der Stadt. Die Ruten werfen Schatten, der Nachmittag lehnt auf den Schatten der Angelruten. Wenn er kippt, denkt Adina, wenn der Tag abrutscht, wird er in die Felder um den Stadtrand tiefe Gräben schneiden, der Mais wird brechen.

Die Angler stehen reglos, wenn sie schweigen. Wenn sie nicht miteinander reden, leben sie nicht. Ihr Schweigen hat keinen Grund, nur daß die Wörter stocken. Im Turm der Kathedrale geht die Uhr, die Glocke schlägt, dann ist eine Stunde leer und vergangen, könnte heute und morgen sein. Niemand spürt sie am Fluß, der Schlag wird im Wasser leise und wimmert, bis er zu Ende ist.

An der Hitze des Himmels messen die Angler den Tag und sehen den Regen, wenn er noch in anderen Gegenden hängt, am Rauch der Drahtfabrik. Und spüren am Brennen auf den Schultern, wie lange die Sonne wächst und ab wann sie absteigt und bricht.

Wer den Fluß kennt, hat den Himmel von innen gesehen, sagen die Angler. Wenn es dunkel wird in der Stadt, kann die Uhr im Turm eine Weile die Zeit nicht messen. Das Zifferblatt wird weiß, daß ein Schein sich loslöst und in den Park fällt. Dann sehen die feingezahnten Blätter der Akazien wie Kämme aus. Die Zeiger springen, der Abend glaubt ihnen nicht. Der weiße Schein hält nicht lange.

Solange der weiße Schein hält, legen sich die Angler nebeneinander, auf den Bauch. Sie schauen in den Fluß. Der Fluß zeigt dem, den er kennt, solange der weiße Schein hält, sagen die Angler, eine faulige Gicht. Das ist der Himmel von innen. Die Gicht liegt in der Mitte der Tiefe, nicht auf dem Grund. Sie hat so viele Kleider, daß sie von einer Brücke zur anderen reichen. Die Gicht ist nackt, sie hält die Kleider in den Händen. Es sind die Kleider der Ertrunkenen, sagen die Angler.

Die Angler sehen die Gicht nicht lange an, sie legen nach kurzen Blicken ihre Gesichter ins Gras und lachen, daß ihre Beine zittern. Der Angler mit der barhäuptigen Mütze lacht nicht. Wenn er von den anderen gefragt wird, weshalb seine Beine zittern, obwohl er nicht lacht, sagt er, wenn ich das Gesicht ins Gras lege, sehe ich mein nacktes Hirn im Wasser stehen.

Im Café, neben dem letzten Tisch, steht ein Zigeunerjunge. Er hebt ein leeres Bierglas über sein Gesicht, der Schaumfaden rinnt langsam, sein Mund schluckt, bevor der Schaumfaden an seinen Lippen ist. Hör auf zu trinken, sagt Adina, du hast keinen Mund, du trinkst mit der Stirn. Sie sagt es laut, der Junge steht an ihrem Tisch, gib mir einen Leu, sagt er, streckt die Hand über die Zeitung. Adina legt den Leu neben das Glas, er zieht die Münze unter der Hand vom Tisch. Der Herrgott, sagt er, soll dir helfen, daß du schön und gut bleibst. Er spricht von Gott, und Adina sieht sein Gesicht in der Sonne nicht, nur zwei weißgelbe Augen. Trink Limonade, sagt sie.

Im Glas schwimmt eine Fliege, er fischt sie mit dem Löffel heraus, bläst sie auf den Boden und steckt den Löffel in die Hosentasche.

Schoschoj, ruft die Kellnerin.

Sein Hals ist trocken, es gluckst in seinem Hemd. Er hebt das Glas, er trinkt es in einem Zug durch das ganze Gesicht, bis zu den weißgelben Augen aus. Er steckt das Glas in die Hosentasche.

Schoschoj, schreit die Kellnerin.

Schoschoj heißt in der Sprache der Zigeuner HASE, hat Clara gesagt, Zigeuner fürchten sich vor Hasen. Vor dem Aberglauben fürchten Zigeuner sich, hat Paul gesagt, das ist mehr, denn sie fürchten sich immer.

Paul hat einem alten Zigeuner, der aus dem Krankenhaus entlassen wurde, auf einen Zettel geschrieben, was er essen darf. Der Mann konnte nicht lesen. Paul las ihm vor, was auf dem Zettel stand. Da stand auch HASENFLEISCH. Diesen Zettel kann ich nicht nehmen, sagte der Mann, Sie sind ein Herr, Sie müssen mir einen anderen Zettel schreiben. Paul strich das HASENFLEISCH mit einem Strich durch, der Mann wiegte den Kopf. Das steht immer da drauf, sagte er, Sie sind Arzt, ein Herr sind Sie nicht. Sie haben nicht verstanden, wie in Ihnen das Herz schlägt. Im Hasen schlägt das Herz der Erde, deshalb sind wir Zigeuner, weil wir das verstehen, mein Herr, deshalb müssen wir laufen.

Der Zigeunerjunge läuft durch die Pappelstreifen, sie zerschneiden ihn, er hebt die Fußsohlen an den Rücken. Die Kellnerin läuft hinter den Fußsohlen her. Der Angler mit den Sonnenblumenkernen sieht den fliegenden Fußsohlen nach. Wie Kies auf dem Wasser, sagt er.

Im Gestrüpp weht der Wind, die Augen des Jungen stehen in den Blättern. Die Kellnerin steht im Gras, keucht und lauert mit den Wimpern, alle Blätter fächeln, sie sieht den Jungen nicht. Sie läßt den Kopf hängen, zieht die Sandalen aus und geht langsam zurück zum Café, mit kleinen Schritten in die Pappelstreifen, barfuß über die Steinplatten. Unter ihrer Hand hängt der Schatten der Sandalen. Und dem Schatten sieht man an, wie hoch die Absätze sind, wie dünn die Riemen, wie unter dem Ring der Kellnerin, auf dem Stein nochmal die Schnallen blinken. Lauf mir nach, davon hast du mehr, sagt der Angler mit den Sonnenblumenkernen, ohne Schuhe hast du dicke Beine, ohne Stöckel bist du eine Bäuerin.

Der Angler mit der Angst vor den Melonen kratzt sich am Hosenlatz, im Krieg, sagt er, war ich in einem kleinen Dorf. Ich hab vergessen, wie es heißt. Ich sah durch ein Fenster, da saß eine Frau an der Nähmaschine. Sie nähte einen weißen Spitzenvorhang, er hing auf den Boden. Ich klopfte und sagte WASSER. Sie öffnete und trug den Vorhang vor sich zur Tür. Im Wassereimer hing ein Schöpflöffel. Ich trank einen Schöpflöffel nach dem anderen leer, ich sah beim Trinken ihre Waden, dick und weiß. Ich sah nur in den Wassereimer, ich sah sie ganz nackt im Wasser stehen. Das Wasser war kalt, und mein Gaumen war heiß, mein Hals klopfte in den Ohren. Sie zog mich auf den Boden, sie hatte unterm Kleid keine Hose an. Die Spitzen kratzten, und ihr Bauch hatte keinen Boden. Sie hat nichts gesagt. Ich denke oft daran, ich habe ihre Stimme nicht gehört. Auch ich habe nichts gesagt. Erst als ich wieder auf der Straße war, hab ich WASSER zu mir gesagt.

Der Angler mit den Sonnenblumenkernen beißt an seinem Hemdsaum einen Faden ab, das liegt an den Waden, sagt er. Meine Frau jammert, wenn ich auf ihr liege, daß die Nachbarn mitten in der Nacht an die Wand klopfen und rufen, hör auf, sie zu schlagen. Hinter dem Jammern ist nichts, ich weiß es schon lange, unter ihrem Nachthemd ist alles kalt, nur der Mund schreit. Ich liege da auf ihr und gewöhne mich an die Dunkelheit, ich sehe ihre aufgerissenen Augen, ihre Stirn weit oben, graugelb wie ein Mond, und ihr hängendes Kinn. Ich sehe, wie sie den Mund verzieht. Ich könnte ihr mit der Nase in die aufgesperrten Augen stoßen, ich tu es nicht. Sie jammert wie eine, die einen Schrank heben muß, nicht wie eine, der es gefällt. Ihre Rippen sind so hart, daß ihr das Herz verdorrt, ihre Beine werden jeden Tag dünner. Von den Knöcheln rauf ist kein Fleisch auf den Waden. Das Fleisch vom ganzen Körper wächst ihr in den Bauch, der wird rund und spannt sich wie bei einem fetten Schaf.

Der Angler zieht den Schuh aus und dreht ihn um, er schüttelt ihn, und es fällt ein Kirschkern auf den Boden. Manchmal steht der Mond zwischen Decke und Wand in der Zimmerecke, sagt er. Er hat eine Bügelfalte, ich kann die Muster der Weingläser in der Vitrine sehen und die Fransen des Teppichs. Ich zeichne mit den

Augen die Fransen des Teppichs nach und laß mir den Tag durch den Kopf gehen. Der Angler mit der barhäuptigen Mütze reißt einen Grashalm aus und steckt ihn in den Mund, er kaut, der Grashalm wiegt sich. Den Tag durch den Kopf gehen lassen, sagt der Angler mit den Sonnenblumenkernen, dauert nicht lange, die Pappeln, der Fluß. Heute abend dauert es länger, heute abend habe ich die Kellnerin.

Der Angler mit dem Grashalm lacht, und den Zigeuner, sagt er. Heute abend dauert es länger, sagt der Angler mit den Sonnenblumenkernen, und noch länger das Einschlafen. Ich hör die Grillen draußen. Das Bett wakkelt, weil sich das Nachthemd umlegt. Die Grillen zirpen, sie knüpfen eine dunkle Schnur, sie fressen meine Ruhe. Sie könnten unterm Wohnblock sein. Ich höre auf zu atmen, ich spüre, daß die Grillen den Wohnblock auf dem Rücken durchs Gras, durch die lange Ebene, zur Donau tragen. Wenn ich einschlafe, träume ich, daß ich aus dem Wohnblock auf die Straße gehe. Es ist keine Straße da. Ich stehe im Schlafanzug, barfuß, am Wasser und friere. Ich muß flüchten, ich muß über die Donau nach Jugoslawien flüchten. Und ich kann nicht schwimmen.

Auf der anderen Seite des Flusses sitzen zwei Männer auf einer Bank. Sie tragen Anzüge. Ihre Ohren sind durchsichtig vom Licht, sie stehen wie Blätter nebeneinander. Der eine trägt eine rotblau getupfte Krawatte. Am Ende der Bank liegt ein Schattenfleck, er könnte ein

Mantel sein, ohne Ärmel, ohne Kragen, ohne Taschen. Einer, den es, wenn das Licht sich auf den nächsten Ast legt, nicht mehr gibt. Die beiden Männer essen Sonnenblumenkerne. Die Schalen fliegen schnell ins Wasser. Der Wind hebt den Ast, der Mantel wird kleiner.

Der Angler mit der barhäuptigen Mütze zeigt mit dem Augenwinkel auf die beiden Männer, er spuckt den Grashalm aus. Kennst du die Vögel dort drüben, fragt er. Ich kann wirklich nicht schwimmen, sagt der Angler mit den Sonnenblumenkernen. Er zuckt die Schultern. Er spricht leise.

Einmal habe ich in dem Traum mit der Donau auch meine Frau gesehen, sagt er. Ich kam ans Wasser, und sie war schon da. Sie kannte mich nicht. Sie fragte, wie eine Fremde einen Fremden fragt, willst du auch flüchten. Sie ging vom Kies, vom Wasser in die andere Richtung. Dort standen Weiden- und Haselnußsträucher. Sie rief, das Wasser reißt, ich muß noch was essen. Sie suchte unterm Gestrüpp. Weil da nur Flußgras stand, suchte sie die Äste ab, sie riß die Haselnüsse mit Stielen und Blättern los. Die Haselnüsse waren nicht zum Pflücken, sie steckten noch in grünen Hauben. Sie klopfte sie auf mit einem runden Stein. Sie aß, und es floß ihr Milch aus dem Mund. Ich schaute weg, ich schaute ins Wasser. Vater unser, der du bist im Himmel und auf Erden, sagte ich. Ich hörte bei jedem Wort den Stein klopfen aus meinem Mund. Ich konnte nicht weiterbeten, ich fühlte mich vernarrt. Der Herrgott hörte auf den Stein und auf die Haselnüsse, nicht auf mich. Ich drehte mich zu ihr und schrie so laut, daß mir die Stimme in den Augen stach, komm doch her zu mir, ich kann doch nicht flüchten, ich kann doch nicht schwimmen.

Auf der Stirn des Diktators sitzt eine Blattlaus und stellt sich tot.

Adina kommt oft in dieses Café, weil es am Fluß liegt, weil der Park jedes Jahr um die Länge eines Arms hinaufwächst und das halbjährige Holz noch spät im Sommer hell und weich ist. Und weil man an den alten Ästen sieht, daß das Jahr, das vorbei ist, sich immer noch wiegt. Die Rinde ist dunkel und hart, die Blätter grobgerippt, daß der Sommer nicht so schnell ein Ende hat. Wenn der Frost kommt, ist es Oktober. Er schneidet die Blätter in einer Nacht, und es ist wie ein Unfall.

Da im Park der Hauch der Angst hängt, wird man langsam im Kopf und sieht in allem, was andere sagen und tun, sein eigenes Leben. Man weiß nie, ob das, was man denkt, ein lauter Satz wird oder ein Knoten im Hals. Oder nur das Heben und Senken der Nasenflügel.

Man wird hellhörig im Hauch der Angst.

Aus den Schornsteinen der Drahtfabrik fliegt Rauch, zerreißt, bis nur noch das Bild der Sommergreise dasteht. Und unten die Kleider der fauligen Gicht.

Wenn sich Adina an den Hauch der Angst gewöhnt hat, faßt sich das eigene Knie anders an als der Stuhl. Dann hängen sich die stillen Straßen der Macht an die Straßenbahn auf der Brücke als letzten Wagen an. Und werden in die Stadt hineingezogen, in die Vorstadt, in die dreckigen Straßen der Dienstboten. Da sieht man am trockenen Schlamm, daß die Kinder aus dem Haus gewachsen und die Männer unter die Erde gegangen sind. Die Fenster sind zugeklebt mit alten Zeitungen, die Witwen sind, mit den Händen voraus, in die Straßen der Macht geflohen.

Wenn man lange im Café sitzt, legt sich die Angst und wartet. Und wenn man morgen wiederkommt, liegt sie schon da, wo man sich hinsetzt. Sie ist eine Blattlaus im Kopf, sie kriecht nicht weg. Wenn man zu lange sitzen bleibt, stellt sie sich tot.

Clara rüttelt am Stuhl, sie hebt ihr Kleid, ihre Beine sind frisch enthaart, die Haut so glatt, daß in jeder Pore eine rote Sommersprosse steht. Gestern mußte Mara Drahtrollen zählen, sagt sie, der Direktor hat sie heute zu sich gerufen, er hat sich ans Fenster gestellt und die Drahtrollen nachgezählt. Als er fertig gezählt hatte, sagte er, du hast Beine wie ein Reh. Mara wurde rot und sagte, danke. Und der Direktor sagte, so behaart wie ein Reh.

Auf dem Wasser rudern vier Frauen in einem Boot, ihre Muskeln an den Armen sind wie Bäuche. Die fünfte Frau hält einen Trichter vor den Mund, sie schreit in den Trichter, ohne die Ruderinnen anzusehn, sie schreit aufs Wasser.

Clara geht durch die Pappelstreifen in die Stadt. Ihre Schuhe klappern neben dem Fluß. Die Stirnlocke sieht, daß sich die Schreie aus dem Trichter zwischen Claras Schritte stellen.

Der Angler mit der barhäuptigen Mütze pfeift ein Lied.

Der Mann mit der rotblau getupften Krawatte steht von der Bank auf, im Gehen steckt er die Krawatte in die Jacke, im Gehen spuckt er eine Sonnenblumenschale in den Fluß, auf der Treppe kämmt er sich im Gehen. Er steht auf der Brücke, er geht Claras Beinen nach, ihr Sommerkleid fliegt. Im Gehen zündet er sich eine Zigarette an.

Adina öffnet einen weißen Briefumschlag, Paul hält die Zeitung vor das Gesicht, sein Daumennagel ist eingerissen. An seinem Zeigefinger ist die Haut gelb, da wächst ein Tabakblatt vom Rauchen. Der Brief ist von Liviu, es ist eine Einladung mit zwei ineinandergeschlungenen Eheringen.

Liviu ist Pauls Schulfreund, er ist seit zwei Jahren

Lehrer in einem kleinen Dorf im Süden, wo die Donau das Land abschneidet, wo die Felder in den Himmel stoßen und die verblühten Disteln weiße Kissen in die Donau werfen. Im Dorf trinken die Bauern vor dem Frühstück Schnaps und gehen aufs Feld, hat Liviu gesagt. Und die Frauen stopfen Gänse mit eingefettetem Mais. Und der Polizist, der Pfarrer, der Bürgermeister und die Lehrer tragen Goldzähne im Mund.

Die rumänischen Bauern essen und trinken zuviel, weil sie zuwenig haben, hat Liviu gesagt, und sie reden zuwenig, weil sie zuviel wissen. Und den Fremden trauen sie nicht, auch wenn sie dasselbe essen und trinken, weil Fremde keinen Goldzahn haben. Fremde sind hier sehr allein, hat Liviu gesagt.

Das ist der Grund, weshalb Liviu eine Lehrerin aus dem Dorf heiratet, eine Frau, die dazugehört.

Ein Mensch so gut wie ein Stück Brot

Ein Mann geht neben einem Pferd am Straßenrand. Er pfeift ein Lied. Das Lied ist langsamer als seine Schritte, die Pferdehufe verwirren den Takt nicht. Der Mann sieht beim Gehen auf den Boden. Der Staub ist jeden Morgen älter als der Tag.

Adina spürt das Lied in den Fußsohlen, in ihrer Stirn singt der Mund des Mannes den Text:

Immer immer drückt mich der Gedanke
Mein Haus und mein Feld zu verkaufen

Ein kleiner Mann, ein dünner Strick, ein großes Pferd.

Ein dünner Strick für ein Pferd ist ein dicker Strick für einen Mann. Ein Mann mit einem Strick ist ein Erhängter. So wie der Spengler aus den liegengelassenen Jahren, aus der Vorstadt.

Er war eines Tages, als vor seinem Schaufenster mit Ofenrohren, Gießkannen und Friedhofskreuzen die Straßenbahn wie alle Tage rauschte, ein Erhängter.

Die Fahrenden standen hinter den Scheiben, und jeder trug ein Lamm im Arm, weil es bald Ostern war.

Das Feuer fraß nicht mehr an den Töpfen, doch der Tod hatte dem Spengler nicht, wie er immer sagte, in den Arsch gebissen. Der Tod hatte ihm den Hals gequetscht, als man ihn fand.

Seine wenigen Finger hatten einen Strick genommen und eine Schlinge gemacht. Der Mann aus dem Schlachthaus, der die Katze des Frisörs vor die Tür geschmissen hatte, fand ihn. Er hatte beim Spengler ein Ofenrohr bestellt und ging es abholen. Er kam vom Frisör. Sein Haar war frisch geschnitten, und sein Kinn war frisch rasiert, er roch nach Grasöl. Lavendel, sagte der Frisör zu diesem Duft, doch alle Männer, die er rasierte, glänzten im Gesicht und rochen nach Gras.

Der Mann, der nach Gras roch, sagte, als er den Erhängten fand, ein guter Handwerker und macht Pfuscherei.

Denn der Spengler hing schief und so knapp über dem Boden an der Tür, daß er sich hätte auf die Zehenspitzen stellen und lostreten können, wenn er es gewollt hätte.

Der Mann, der nach Gras roch, reichte über den Kopf des Erhängten, er sagte, schade um den guten Strick. Er schnitt den Strick nicht ab, er lockerte die Schlinge, der Spengler fiel heraus. Die Lederschürze bog sich, als er fiel. Der Erhängte bog sich nicht, seine Schulter schlug auf dem Boden auf, sein Kopf stand gerade in der Luft. Der Mann, der nach Gras roch, löste den Knoten, er wickelte sich den Strick zwischen Daumen und Zeigefinger durch die Handfläche um den Ellbogen. Mit dem kurzen Ende machte er einen Knoten, den Strick kann man im Schlachthaus gut gebrauchen, sagte er.

Die Schneiderin steckte eine Zange und neue, glänzende Nägel in die Schürzentasche. Sie ließ den Kopf hängen, und auf den Wecker, der auf dem Tisch stand, tropften ihre Tränen. Auf dem Zifferblatt des Weckers fuhr eine Lokomotive, sie tickte. Die Schneiderin sah auf die Zeiger und griff nach einer Gießkanne, die nehme ich für sein Grab, sagte sie. Und der Mann, der nach Gras roch, sagte, ich weiß nicht. Er suchte sein Ofenrohr.

Und der Frisör sagte, vor einer Stunde war der Spengler noch bei mir, ich habe ihn rasiert. Der war noch nicht trocken, und hat sich erhängt. Der Frisör steckte eine Feile in die Kitteltasche. Er sah den Mann an, der nach Gras roch, wer Erhängte abschneidet, sagte er, bindet sich selber den Strick. Der Mann, der nach Gras roch, hielt drei Ofenrohre unterm Arm und zeigte den Strick, da schau her, der Strick ist ganz.

Adina sah auf dem Boden neben dem Erhängten einen Berg aus gelöteten Töpfen. Das Email in den Töpfen innen war verfärbt und zersplittert. Petersilie und Liebstöckel, Zwiebel und Knoblauch, Tomaten und Gurken. Von allem, was der Sommer aus der Erde trieb, stand in der Verfärbung eine Zehe, eine Scheibe, ein Blatt. Das Gemüse aller Vorstadtgärten und Felder, und das Fleisch aller Innenhöfe und Ställe.

Als der Arzt kam, gingen alle einen Schritt vom Spengler weg, als käme jetzt erst der Schreck. Das Schweigen verzerrte jedes Gesicht, als hätte der Arzt den Tod mitgebracht.

Der Arzt zog den Spengler nackt aus und sah die Töpfe an. Er zerrte an den leblosen Händen und sagte, wie kann einer löten mit drei Fingern an zwei Händen. Als der Arzt die Hose des Spenglers auf den Boden warf, fielen aus der Hosentasche zwei Aprikosen. Sie waren gelb wie das Feuer, das nicht mehr an den Töpfen fraß, rund und glatt. Sie liefen unter den Tisch und leuchteten beim Laufen.

Die Schnur hing wie jeden Tag um den Hals des Spenglers, doch der Ehering fehlte an der Schnur.

Einige Tage und Nächte roch die Luft unter den Bäumen bitter, Adina sah die leere Schnur an den Kalkadern der Wände und im rissigen Asphalt. Und sie dachte am ersten Nachmittag an die Schneiderin, und am ersten Abend dachte sie an den Mann, der nach Gras roch. Und am Tag danach dachte sie an den Frisör, und in der Nacht, die ohne Dämmerung in den Abend fiel, dachte Adina an den Arzt.

Zwei Tage nach dem Tod des Spenglers ging Adinas Mutter durch die Rübenfelder in das Dorf, das mit weißen Wänden bis zur Vorstadt blinkte. Weil es bald Ostern war, kaufte sie ein Lamm. Im Dorf mit den Schafen hörte Adinas Mutter, daß bei dem Erhängten ein Kind gewesen sei. Ein fremdes, hergelaufenes Kind, sagten die Frauen im Dorf, hat vom Hals des Spenglers den Ehering gestohlen. Der Ring war aus Gold, man hätte ihn verkaufen und ein Sargtuch für den Spengler kaufen können. So aber hat das Geld in der Schublade seines Werkzeugtisches nur knapp gereicht für eine rohe, enge Bretterkiste. Ein Sarg ist das nicht, sagten sie, sondern ein hölzerner Anzug.

Der Mann mit dem Pferd bleibt am Straßenrand stehen, ein fahrender Bus deckt ihn zu. Dann ist der Bus vorbei, der Mann steht im Staub, und das Pferd geht um ihn herum. Er hebt die Beine über den Strick, er schlägt den Strick um einen Baumstamm und knotet die Schlinge fest. Er drängt sich durch die Ladentür zwischen wartenden Köpfen in die Brotschlange.

Bevor der Kopf des Mannes zwischen den schreienden Köpfen verschwindet, schaut er zurück. Das Pferd hebt die Hufe, es steht länger, als ein Bus vorbeifährt, auf drei Beinen, es reibt seinen Bauch am Stamm.

Adina spürt Staub im Auge, das Pferd sucht mit den Nüstern die Baumrinde ab. Sein Kopf verschwimmt. Der Staub im Augenwinkel ist auf Adinas Fingerspitze eine winzigkleine Fliege. Das Pferd frißt einen Ast, die Akazienblätter rascheln vor seinem Maul, das dünne Holz hat Dornen, es kracht in seinem Hals.

Aus dem Laden, in dem der Mann verschwunden ist, fällt warme Luft auf die Straße. Die Busse blasen hinter sich große Staubräder auf. Die Sonne hängt an jedem Bus, sie fährt mit. An den Ecken flattert sie wie ein offenes Hemd. Der Morgen riecht nach Benzin, und Staub, und durchgetretenen Schuhen. Und wenn jemand mit einem Brot in der Hand vorbeigeht, riecht der Gehsteig nach Hunger.

An den schreienden Köpfen im Laden hat der Hunger durchsichtige Ohren, harte Ellbogen, faule Zähne zum Beißen und gute Zähne zum Schreien. Im Laden gibt es frisches Brot. Es gibt unzählige Ellbogen im Laden, doch das Brot ist gezählt.

Wo der Staub am höchsten fliegt, ist die Straße schmal, die Wohnblocks sind krumm und dicht. Neben den Wegen wird das Gras dicht, und wenn es blüht, frech und grell, immer zerfetzt vom Wind. Je frecher die Blüten, je größer die Armut. Da drischt der Sommer sich selber, verwechselt zerrissene Kleider mit Spreu. Dem Glänzen der Fensterscheiben zählen die Augen davor und dahinter soviel, wie der fliegende Samen dem Gras.

Da ziehen Kinder die Grashalme mit milchigen Stielen aus der Erde und saugen sie aus im Spiel. Und im Spiel ist der Hunger. Das Wachsen der Lungen bleibt stehen, die Milch aus den Gräsern füttert die dreckigen Finger, die Warzenketten. Die Milchzähne nicht, sie fallen aus. Sie wackeln nicht lange, sie fallen beim Sprechen in die Hand. Kinder werfen sie, heute einen, morgen einen, über die Schultern hinter dem eigenen Rükken ins Gras. Während der Zahn fliegt, rufen sie:

Maus, Maus, bring mir einen neuen Zahn,
ich gebe dir den alten.

Erst wenn der Zahn, an der ungewissen Stelle im Gras, verloren ist, schauen sie zurück und nennen es Kindheit.

Die Maus nimmt die Milchzähne und legt sich weiße Kacheln in die Gänge unter den Wohnblock. Neue Zähne bringt sie nicht.

Am Ende der Straße liegt die Schule, am Anfang der Straße steht eine zerbrochene Telefonzelle. Die Balkons sind aus rostigem Wellblech und halten nichts aus, als müde Geranien und flatternde Wäsche am Strick. Und Clematis. Sie klettert hoch und hängt sich an den Rost.

Hier blüht keine Dahlie. Hier zerfranst Clematis ihren eigenen Sommer, verheuchelt und blau. Wo Schutt liegt, wo alles rostet, zerbricht und zerfällt, blüht sie am schönsten.

Am Anfang der Straße kriecht Clematis in die zerbrochene Telefonzelle, sie legt sich auf Glasscherben und schneidet sich nicht. Sie spinnt die Wählscheibe zu.

Die Zahlen auf der Wählscheibe sind einäugig, sie sprechen sich, wenn Adina langsam geht, selber aus: eins, zwei, drei.

Ein vernarrter Sommer beim Marschieren, ein Soldatensommer hinter der langen Ebene, im Süden. Ilije trägt eine Uniform, er trägt einen Grashalm, der in diesem Sommer erst gewachsen ist, im Mund und trägt einen Winter mit durchgestrichenen Tagen in der Uniformtasche im Kalender. Und ein Bild von Adina. In der Ebene steht die Kaserne, ein Hügel und ein Wald. Der Grashalm in seinem Mund ist vom Hügel, hat Ilije geschrieben.

Wenn Adina hohes Gras sieht, denkt sie an Ilije und sucht sein Gesicht. Sie trägt einen Briefkasten im Kopf. Wenn sie ihn öffnet, ist er leer, Ilije schreibt selten Briefe. Wenn ich Briefe schreibe, weiß ich, wo ich bin, hat er geschrieben. Wenn man sicher ist, daß man geliebt wird, schreibt man selten Briefe, hat Paul gesagt.

Solang wie die Clematis grün war, lag in der zerbrochenen Telefonzelle ein Mann. Seine Stirn war so schmal, daß über den Augenbrauen schon das Haar begann. Weil seine Stirn leer ist, sagten die Gehenden, weil sein Hirn aus Schnaps ist und weil der Schnaps verdunstet. Wo Schnaps verdunstet, bleibt nichts, sagten die Gehenden.

Der Mann lag, und seine Schuhe standen auf den Fersen. Man sah, wenn man vorbeiging, die Sohlen, seine Schuhe sah man nicht. Der Mann trank und redete laut mit sich, wenn er nicht schlief. Die Gehenden beeilten sich an dieser Stelle, gingen eine Spanne weit über ihren Schatten hinaus. Sie griffen sich ins Haar, als wären Gedanken darin. Sie spuckten abwesend auf den Gehsteig, oder ins Gras, weil im Mund etwas bitter war. Wenn der Mann laut mit sich redete, drehten die Gehenden die Augen weg, wenn er schlief, stießen sie mit ihrer Schuhspitze an seine Schuhsohlen, bis er stöhnte. Die Gehenden wollten an keinem der Tage eine Leiche wecken, doch sie hofften jedesmal, es sei der Tag.

An den Bauch des Mannes war eine Flasche gelehnt, um den Flaschenhals lagen seine Finger, er hielt die Flasche fest, lockerte die Finger nicht im Schlaf.

Vor zwei Tagen hat der Mann im Schlaf die Finger gelockert, die Flasche war umgefallen. Eine Frau stieß an die Schuhsohle des Mannes. Dann kam ein Hauswart aus dem nächsten Wohnblock hinzu, dann ein Kind, dann ein Polizist. Der Mann in der Telefonzelle stöhnte nicht mehr, sein Tod roch nach Schnaps.

Der Hauswart warf die leere Flasche des Toten ins Gras und sagte, wenn es eine Seele gibt, ist sie das letzte, was der Mensch vor seinem Tod geschluckt hat. Das, was der Magen nicht verdaut hat, ist die Seele. Der Polizist pfiff, auf der Straße hielt ein Pferdewagen. Ein Mann legte die Peitsche aus der Hand und stieg vom Wagen. Er hob den Toten an den Armen hoch, der Hauswart faßte die Schuhe an. Sie trugen das starre Gewicht durch die Sonne wie ein Brett, sie legten das Brett auf den Pferdewagen, auf die grünen Krautköpfe. Der Mann deckte den Toten mit einer Pferdedecke zu, nahm die Peitsche. Er schlug das Pferd und schnalzte mit schiefem Mund.

Die Telefonzelle riecht immer noch nach Schnaps, und der Wind macht in der Straße seit zwei Tagen ein anderes Geräusch. Die Clematis ist seither gewachsen, sie blüht genauso blau, auf der Wählscheibe stehen die einäugigen Zahlen. Adina wählt im Kopf und redet, bis die Straße, wo der Tote lag, zu Ende ist.

Ich bin am anderen Ende, sagt er.

Du bist Haut und Knochen, du bist nur ein Brett, sagt sie.

Macht nichts, sagt er, ich bin ein ganzer Mensch, ein halber Irrer und ein halber Säufer.

Zeig deine Hände, sagt sie.

Wein im Mund, Kognak im Magen, Schnaps im Hirn, sagt er.

Sie sieht seine Schuhe, er trinkt im Stehen.

Hör auf, sagt sie, du trinkst mit der Stirn, du hast keinen Mund.

Am Straßenende liegt eine große Drahtrolle, sie rostet. Um sie herum ist das Gras gelb. Hinter der Drahtrolle steht ein Zaun, hinter dem Zaun ein Hof und eine Holzbaracke. Im Hof zerrt ein Hund seine Kette durchs Gras. Der Hund bellt nie.

Niemand weiß, was der Hund bewacht. Frühmorgens und spätabends, wenn es dunkel ist, kommen Polizisten. Sie reden mit dem Hund, sie füttern ihn und rauchen ihre Zigaretten nicht zu Ende. Es sind drei Polizisten, sagen die Kinder aus den Wohnblocks. Weil in den Zimmern nur die Kerzen brennen, sehen sie draußen vor der Holzbaracke drei Zigaretten glimmen. Die Mütter ziehen sie vom Fenster weg. Der Hund heißt Olga, sagen die Kinder, doch es ist keine Hündin, es ist ein Hund.

Der Hund sieht Adina jeden Tag an, in seinen Augen spiegelt sich das Gras. Adina sagt jeden Tag OLGA, damit er nicht bellt.

Unter den Pappeln im Gras liegen gelbe Blätter. Die Pappeln vor der Schule sind eigensinnig, sie werden grün vor allen anderen Pappeln der Stadt, schon im März. Weil das Feld nahe hinter der Schule, und die Schule am Stadtrand liegt, sagen die Lehrer. Und im

Herbst werden die Pappeln vor der Schule gelb vor allen anderen Pappeln der Stadt, schon im August. Weil die Kinder an die Stämme pissen wie die Hunde, sagt der Direktor.

Die Pappeln werden gelb wegen der Fabrik, in der Frauen rote Nachttöpfe und grüne Wäscheklammern machen. Die Frauen werden dürr und husten, und die Pappeln werden gelb. Die Frauen aus der Fabrik tragen auch im Sommer dicke Unterhosen mit knielangen Beinen und Gummibändern. Sie stecken sich jeden Tag so viele Wäscheklammern in die Unterhosen, bis ihre Beine und Bäuche so dick gepolstert sind, daß die Wäscheklammern beim Gehen nicht klirren. Im Stadtzentrum, auf dem Opernplatz, tragen die Kinder der Frauen die Wäscheklammern an Schnüren auf den Schultern, tauschen sie für Strümpfe, Zigaretten oder Seife. Im Winter stecken die Frauen sich auch Nachttöpfe, die voller Wäscheklammern sind, in die Unterhosen. Unter den Mänteln sieht man sie nicht.

Die Glocke läutet durch die Pappeln, über den Schulhof. Es geht niemand durch den Hof, niemand durch die Gänge. Die Stunde beginnt nicht. Die Kinder sitzen auf dem Lastauto vor der Schule unter den Pappeln. Sie werden hinter die Stadt, auf weit draußen liegende Felder zu den reifen Tomaten gefahren.

An ihren Schuhen kleben zertretene Tomaten von gestern, von vorgestern, von Wochen, von morgens bis abends. An ihren Taschen kleben zerquetschte Tomaten, an den Hälsen der Wasserflaschen, an den Jacken und Hemden und Hosen. Und Grassamen, Hirschkraut und verblühte Distelklumpen.

Distelflaum ist für die Kissen der Toten, sagen die Mütter, wenn die Kinder abends spät vom Feld kommen, Maschinenöl frißt die Haut, sagen sie, doch Distelflaum frißt den Verstand. Sie streicheln ihren Kindern eine Weile übers Haar. Sie schlagen ihnen mitten im Streicheln ins Gesicht. Dann schauen die Augen der Kinder und die der Mütter eine Weile stumm ins Kerzenlicht. Die Augen sind schuldig, vor der Kerze sieht man das nicht.

In den Haaren der Kinder klebt Staub, er macht die Köpfe stur und stellt das Haar schief. Die Wimpern macht er kurz, die Augen hart. Die Kinder auf dem Auto reden nicht viel. Sie sehen in die Pappeln und essen gezähltes, frisches Brot. Die Warzenketten sind flink, sie bohren ein Loch in die Rinde. Das Innere essen die Kinder zuerst. Es ist weiß, nicht gebacken, nur von der Ofenhitze betäubter Teig, es klebt an den Zähnen. Die Kinder kauen und sagen, sie essen das HERZ. Die Rinde weichen sie mit Speichel auf, biegen Hüte, Nasen und Ohren aus ihr. Dann sind ihre Finger müde, und der Mund ist nicht satt.

Der Fahrer schließt die Ladeklappe. An seinem Hemd fehlt ein Knopf, das Lenkrad berührt seinen Nabel. Vor der Scheibe liegen vier Brote. Neben dem Lenkrad klebt das Bild einer blonden serbischen Sängerin. Die Straßenbahn fährt knapp vorbei, die Brote kratzen an der Scheibe, der Fahrer flucht mit der Mutter aller Straßenbahnen.

Hinter der Stadt ist keine Richtung. Weizenstoppeln ohne Ende, bis die Augen diese blasse Farbe nicht mehr sehen. Nur das Gestrüpp und der Staub auf den Blättern.

Mähdrescher sind hoch, sagt der Fahrer, das ist gut, wenn man oben sitzt, sieht man im Weizen nicht die Toten liegen. Sein Hals ist behaart, sein Kehlkopf zwischen Hemd und Kinn eine hüpfende Maus, auch der Weizen ist hoch, sagt er, von den Hunden der Soldaten sieht man nur die Augen. Nur für die Flucht ist der Weizen zu klein. Adina hält sich an ihren Knien fest, am Feldrand wiegt sich ein Vogel, frißt eine Hagebutte auf dem höchsten Ast, ein Roter Milan, sagt der Fahrer, wenn man GOTTESACKER sagt, meint man den Friedhof, sagt er. Ich war auf dem Mähdrescher, drei Sommer war ich an der Grenze, beim Ernten allein auf dem Feld, und zwei Winter beim Ackern, beim Ackern nur in der Nacht. Das Feld stinkt süß, zum Weizenfeld müßte man GOTTESACKER sagen. Und ein guter Mensch ist so gut wie ein Stück Brot, sagt man, die Lehrer sagen das den Kindern in der Schule. Der Rote

Milan sitzt auf dem Feld, als wäre sein Bauch von den Stoppeln angebohrt, er bewegt sich nicht. Weil das Stoppelfeld hart und leer ist, weil der Bauch des Vogels weich ist, dreht der Himmel, während die Stoppeln den Vogel aussaugen, zwei weiße Wolken. Der Augenwinkel des Fahrers zuckt, der Schlehdorn trägt blaugrüne Kugeln und schreckt vor den Rädern nicht zurück. Den Kindern darf man nicht sagen, daß ein Mensch so gut wie ein Stück Brot ist, sagt der Fahrer, die Kinder glauben das und können nicht mehr wachsen. Und den Alten darf man das nicht sagen, die spüren, wenn man lügt und werden klein wie Kinder, weil sie nichts vergessen. Sein Kehlkopf hüpft vom Kinn ins Hemd, meine Frau und ich, sagt er, wir reden nur nachts, wenn wir nicht schlafen können. Meine Frau will gut sein, sie kauft kein Brot. Der Fahrer lacht, er sieht ins Feld, weil die Schlaglöcher stoßen, dann kaufe ich das Brot, sagt er. Wir essen und es schmeckt uns, auch meiner Frau. Sie ißt und weint und wird älter und fett. Sie ist besser als ich, doch wer ist hier noch gut. Wenn ihr die Augen aus dem Kopf stehen, geht sie, statt zu schreien, kotzen. Er steckt sein Hemd in die Hose, sie würgt leise, damit die Nachbarn nichts hören, sagt er.

Das Lastauto steht im Feldweg, die Kinder springen ins Gras. Das Hirschgras ist tief, die Beine der Kinder versinken darin. Aus den leeren Tomatenkisten schwirren Fliegen. Die Sonne hat einen roten Bauch, das Tomatenfeld zieht sich bis ins Tal.

Der Agronom wartet neben den Kisten. Er bückt sich, sucht seine Hosenbeine nach Hirschgras ab, die Krawatte fliegt vor seinem Mund. Er pflückt die Hirschgrasnadeln in die Hand. An seinen Ärmeln, an seinem Rücken hängen Nadeln, sie wandern schneller an ihm hoch, als er sie pflücken kann. Er flucht mit der Mutter aller Gräser. Er sieht auf die Uhr, das Zifferblatt brennt in der Sonne und das Hirschgras. Wenn es glänzt, zeigt es, daß es gierig ist, daß es keinen Weg scheut, um sich auszudehnen. Es hängt sich auch in den Wind. Wenn es unten das Feld nicht gäbe, würde es oben aus den Wolken wachsen, dann wäre die Welt mit Hirschgras voll.

Die Kinder greifen nach den Kisten, die Fliegen setzen sich auf die Warzenketten. Sie sind besoffen von gegorenen Tomaten, sie glänzen und stechen. Der Agronom hebt den Kopf, schlägt die Augen zu und schreit, heute sag ich es zum letzten Mal, ihr seid hier, um zu arbeiten, jeden Tag bleiben die reifen Tomaten hängen und die grünen werden gepflückt, und die roten werden auf dem Boden zertreten. In seinem Mundwinkel hängt eine Hirschgrasnadel, er sucht sie mit der Hand, findet sie nicht, ihr werdet der Landwirtschaft mehr schaden als nützen, schreit er, das ist eine Schande für eure Schule. Er findet die Hirschgrasnadel mit der Zungenspitze und spuckt sie aus, fünfzehn Kisten am Tag, sagt er, das ist die Norm. Es wird nicht den ganzen Tag Wasser getrunken, um zwölf ist eine halbe Stunde Pause, dann wird gegessen, getrunken und aufs Klo gegangen. Im Haar des Agronomen hängt ein Distelklumpen.

Die Kinder gehen zu zweit ins Feld, zwischen ihnen schaukeln die leeren Kisten. Die Griffe sind glitschig von zerquetschten Tomaten, die Pflanzen giftgrün und rot behängt. Auch die kleinsten Äste. Die Warzenketten pflücken sich blutig, die roten Tomaten vernarren die Augen, die Kisten sind tief und werden nie voll. Aus den Mundwinkeln der Kinder tropft roter Saft, um die Köpfe fliegen Tomaten und platzen und färben auch die Distelklumpen.

Ein Mädchen singt:

Ich ging auf einem Pfad oben
und traf eine Jungfrau unten

Das Mädchen steckt einen Laubfrosch in seine Hosentasche, ich nehme ihn mit nach Hause, sagt sie, sie hält die Tasche mit der Hand zu, er stirbt, sagt Adina. Das Mädchen lacht, macht nichts, macht nichts, sagt sie. Der Agronom sieht in den Himmel hinauf, fängt einen Distelklumpen mit der Hand und pfeift das Lied von der Jungfrau. Auf einer halbvollen Kiste sitzen zwei Jungen, Zwillinge, niemand kann sie voneinander unterscheiden, sie sind ein Junge zweimal.

Der eine Zwilling steckt sich zwei dicke, rote Tomaten unter das Hemd, der andere streichelt die Tomatenbrüste mit beiden Händen, er krümmt die Finger, er zerquetscht die Tomaten im Hemd und sieht mit leeren Augäpfeln das Mädchen mit dem Laubfrosch an. Das Hemd wird rot, das Mädchen mit dem Laubfrosch lacht. Der Zwilling mit den zerquetschten Tomaten kratzt dem anderen ins Gesicht, die Zwillinge verknäulen sich auf dem Boden. Adina streckt die Hand nach ihnen aus und zieht sie wieder ein, welcher von den beiden hat angefangen, fragt sie. Das Mädchen mit dem Laubfrosch zuckt die Schultern.

Eine Krawatte

Der Radfahrer schiebt sein Fahrrad mit einer Hand neben sich auf dem Gehsteig, die Kette rasselt. Der Radfahrer geht zwischen den Rädern am Park vorbei, auf die Brücke zu.

Der Mann mit der rotblau getupften Krawatte kommt von der Brücke. Er hält seine lange, weiße Zigarette neben dem Knie, am Zigarettenfilter glänzt ein Ehering. Er bläst Rauch ins Gestrüpp, in den Park, der im Hauch der Angst die Schritte senkrecht macht. Zwischen dem Ohr und dem Hemdkragen trägt der Mann ein fingernagelgroßes Muttermal.

Der Radfahrer bleibt stehen, er zieht eine Zigarette aus der Hosentasche. Er sagt nichts, doch der Mann hebt seine lange weiße Zigarette und gibt ihm Glut. Der Radfahrer spuckt Tabak aus, die Glut frißt am Zigarettenende einen roten Kragen. Der Radfahrer bläst Rauch aus dem Mund und schiebt sein Fahrrad weiter.

Im Park kracht ein Ast. Der Radfahrer dreht den Kopf, es ist nur eine Amsel im Schatten, die, wenn sie gehen will, hüpfen muß. Der Radfahrer zieht die Wangen ein und bläst Rauch in den Park.

Der Mann mit der rotblau getupften Krawatte steht an der Straßenkreuzung, die Ampel brennt. Wenn sie grün wird, wird er sich beeilen, denn Clara hat die Straße überquert.

Clara steht vor den Pelzmänteln im Laden, die Augen des Mannes sehen durchs Schaufenster. Er wirft die Zigarette halbgeraucht auf den Asphalt. Er bläst einen Rauchfetzen in den Laden.

Er dreht den Krawattenständer. Die Pelzmäntel sind aus weißem Lamm. Nur einer ist grün, als hätte sich, nachdem der Mantel genäht war, die Weide durchgebissen. Die Frau, die ihn kaufen wird, wird auffallen im Winter. Ihr geht im weißen Schnee der Sommer nach.

Der Mann mit der rotblau getupften Krawatte trägt drei Krawatten ans Fenster, hier sind die Farben anders, sagt er, welche paßt am besten zu mir. Clara hebt den Finger an den Mund, zu Ihnen oder zum Anzug, fragt sie. Zu mir, sagt er, ihre Hand zerdrückt den grünen Lammkragen, keine, sagt sie, die an Ihrem Hals ist schöner, seine Schuhe glänzen, sein Kinn ist glatt, in sein Haar läuft ein Scheitel wie ein weißer Faden, PA-

VEL, sagt er, greift nach ihrer Hand. Statt sie zu schütteln, drückt er ihre Finger fest zusammen. Sie sieht den Sekundenzeiger an seiner Uhr, sagt ihren Namen, sieht seinen Daumennagel, dann seine Bügelfalten, er hält ihre Hand zu lange unter seinem Daumen, ANWALT, sagt er. Hinter seinem Kopf steht ein leeres Regal, im Staub liegen Fingerabdrücke. Du hast einen schönen Namen, sagt Pavel, und ein schönes Kleid. Das ist nicht von hier. Von einer Griechin, sagt Clara.

Ihre Augen sind leer und ihre Zunge ist heiß, sie sieht am Staub im Regal, daß es im Laden dunkel ist und auf der Straße draußen hell, daß der späte Mittag das Licht zwischen drinnen und draußen teilt. Sie will gehen, und er hält ihre Hand. Sie spürt im Hals ein kleines, gleißendes Rad, es dreht sich, und sie geht neben ihm durch die Tür. Und weiß draußen, wo die Sonne einen dünnen Schatten unter seine Nase wirft, nicht, ob das gleißende Rad der Wunsch nach dem grünen Lamm oder nach dem Mann mit der rotblau getupften Krawatte ist. Doch sie spürt, daß das Rad im Hals, wenn es sich nach dem grünen Mantel dreht, hängenbleibt an diesem Mann.

Auf den Treppen der Kathedrale sitzt eine alte Frau, sie trägt dicke Wollstrümpfe, einen dicken Faltenrock und eine weiße Leinenbluse. Neben ihr steht ein Weidenkorb, auf dem ein nasses Tuch liegt. Pavel hebt das

Tuch. Herbstzeitlosen, fingerdünne Sträuße, in Reihen gelegt, bis zu den Blüten hinauf mit weißem Zwirn geschnürt. Darunter ein Tuch, und Blumen und wieder ein Tuch, viele Schichten aus Blumen und Tüchern und Zwirn. Pavel nimmt zehn Sträuße aus dem Korb, für jeden Finger einen, sagt er, die alte Frau zieht eine Schnur aus der Bluse, es hängt ein Geldbeutel dran. Clara sieht ihre Brustwarzen, sie hängen wie zwei Schrauben an der Haut. Die Blumen riechen in Claras Hand nach Eisen und Gras. So riecht nach dem Regen das Gras im Hinterhof der Drahtfabrik.

Wenn Pavel den Kopf hebt, fällt der Gehsteig aus dem Spiegel seiner Sonnenbrille. Auf der Straßenbahnschiene liegt eine überfahrene Wassermelone, auf dem roten Fleisch fressen Spatzen. Wenn die Arbeiter ihr Essen auf den Tischen liegenlassen, fressen die Spatzen das Brot, sagt Clara, sie sieht seine Schläfe, im Brillenglas weggerückte Bäume. Er sieht sie mit diesen weggerückten Bäumen an, er vertreibt eine Wespe, und redet. Schön, sagt Clara, was weißt du, was kann schön sein in einer Fabrik.

Im Wagen bindet Pavel seinen Schuh, Clara riecht an den Herbstzeitlosen. Der Wagen fährt, die Straße ist aus Staub, eine Mülltonne brennt. Ein Hund liegt auf dem Weg, Pavel hupt, der Hund geht langsam und legt sich ins Gras.

Clara hält die Schlüssel in der Hand, Pavel nimmt ihre Hand und riecht an den Herbstzeitlosen, sie zeigt ihm ihre Fenster, ich habe deine Augen nicht gesehen, sagt sie. Er faßt den Bügel der Brille an, sie sieht seinen Ehering. Er nimmt die Sonnenbrille nicht ab.

Sommereingeweide

Auf dem Opernplatz stehen keine Pappeln, auf dem Opernplatz ist die Stadt nicht gestreift. Nur fleckig von den Schatten der Gehenden und fahrender Straßenbahnen. Die Eiben halten ihre Nadeln oben eng zusammen, sie schließen das Innenholz gegen den Himmel und gegen die Uhr im Turm der Kathedrale. Man muß den heißen Asphalt überqueren, bevor man sich vor die Eiben auf die Bänke setzen kann. Hinter den Bänken sind die Nadeln abgefallen oder nie gewachsen, hinter den Banklehnen ist das Innenholz offen.

Auf den Bänken sitzen alte Männer, sie suchen Schatten, die halten. Die Eiben täuschen, sie halten die fahrenden Schatten der Straßenbahnen eine Weile wie eigene Schatten hin. Wenn die alten Männer sich hingesetzt haben, lassen sie die Schatten wieder gehen. Die alten Männer schlagen die Zeitung auf, die Sonne scheint durch ihre Hände, aus dem Blumenbeet leuchten die roten Zwergrosen durch das Zeitungspapier in die Stirnlocke des Diktators. Die alten Männer sitzen vereinzelt. Sie lesen nicht.

Manchmal fragt einer, der noch keine leere Bank gefunden hat, was tust du, und der Sitzende fächelt mit der Zeitung Luft in sein Gesicht, legt die Hand auf sein Knie und zuckt die Schultern. Sitzen und nachdenken, fragt der Gehende. Der Sitzende zeigt auf zwei leere Milchflaschen und sagt, sitzen, nur sitzen. Macht nichts, sagt der Gehende, macht nichts und schüttelt den Kopf und geht, und der Sitzende schüttelt den Kopf und sieht ihm nach.

Ein Hobel, ein Brett geht manchmal durch den Kopf der alten Männer und steht in den Schläfen so nahe an der Eibe, daß das Holz des Werkzeugs vom Innenholz der Eibe nicht zu unterscheiden ist. Und nicht zu unterscheiden vom Anstehen im Laden, in dem die Milch nicht reichte und das Brot gezählt war.

Auf dem Platz stehen fünf Polizisten, sie tragen weiße Handschuhe, sie pfeifen die Schritte der Gehenden durcheinander. Die Sonne hat keine Schwelle, wenn man mittags hinauf zum weißen Balkon der Oper sieht, fällt das ganze Gesicht ins Leere. Die Pfeifen der Polizisten funkeln, die Pfeifenbäuche wölben sich zwischen ihren Fingern. Die Wölbungen sind tief, als halte jeder Polizist einen Löffel ohne Stiel im Mund. Ihre Uniformen sind dunkelblau, ihre Gesichter sind jung und blaß. Die Gesichter der Gehenden sind von der Hitze aufgedunsen, die Gehenden sind nackt in diesem Licht. Die Frauen tragen das Gemüse in durchsichtigen Plastiktüten vom Markt über den Platz. Die Männer tragen Flaschen. Wer mit leeren Händen geht, wer kein Obst und kein Gemüse, keine Flaschen trägt, dem schaukelt der Blick. Der sieht das Obst und Gemüse in den durchsichtigen Tüten der anderen an wie Sommereingeweide. Tomaten, Zwiebeln, Äpfel unter den Rippen der Frauen. Flaschen unter den Rippen der Männer. Und mittendrin der weiße Balkon, die Augen sind leer.

Der Platz ist abgeriegelt, die Straßenbahnen stehen hinter den Eiben. Durch enge Straßen hinter dem Platz kriecht Trauermusik, ihr Echo steht auf dem Platz, und der Himmel läuft über die Stadt. Die Frauen und Männer stellen ihre durchsichtigen Plastiktüten vor ihre Schuhe. Aus einer engen Straße fährt langsam ein Lastwagen über den Platz. Die Seitenklappen sind heruntergelassen, sie sind mit rotem Fahnentuch überzogen, die Pfeifen der Polizisten schweigen, an den Ärmeln des Fahrers leuchten weiße Hemdmanschetten.

Auf dem Wagen steht ein offener Sarg.

Das Haar des Toten ist weiß, sein Gesicht eingefallen, der Mund tiefer als die Augenhöhlen. An seinem Kinn zittert grüner Farn.

Ein Mann nimmt seine Schnapsflasche aus der Plastiktüte, er trinkt und sieht mit einem Auge den Schnaps in seinen Mund rinnen und mit dem anderen die Uniform des Toten. Beim Militär hat mir ein Leutnant gesagt, tote Offiziere werden Denkmäler, sagt er. Die Frau neben ihm nimmt einen Apfel aus der Plastiktüte. Sie beißt hinein und sieht mit einem Auge das Gesicht des Toten und mit dem anderen das große Bild des Toten hinter dem Sarg. Das Gesicht auf dem Bild ist um zwanzig Jahre jünger als das Gesicht im Sarg, sagt sie, der Mann stellt seine Flasche vor seine Schuhe, ein Toter, um den viel geweint wird, sagt er, wird ein Baum, und ein Toter, um den niemand weint, wird ein Stein. Doch wenn einer irgendwo in der Welt stirbt, und andere irgendwo in der Welt um ihn weinen, nützt es nichts, sagt die Frau, dann wird jeder ein Stein.

Hinter dem Bild des Toten geht ein rotes Samtkissen mit den Auszeichnungen des Toten, hinter den Auszeichnungen geht eine welke Frau am Arm eines jungen Mannes, hinter der welken Frau eine Militärkapelle. Die Blasinstrumente glänzen, das Licht vergrößert sie. Hinter der Blaskapelle gehen die Trauernden, ihre Schritte schlurfen, die Frauen tragen Gladiolen in Zellophan, die Kinder weißgefranstes, offenes Septemberkraut.

Zwischen den Trauernden geht Pavel.

Am Rand des Platzes, wo der Mann seinen Schnaps trank, steht eine leere Flasche, daneben liegt ein halbgegessener Apfel. Die Trauermusik summt leise aus verwinkelten Straßen. Der Heldenfriedhof liegt hinter der Stadt. Auf dem Platz liegen zertretene Gladiolen, die Straßenbahnen fahren.

Die alten Männer gehen über den leeren Platz, ihre leeren Milchflaschen klappern. Sie bleiben stehen ohne Grund. Oben hat der weiße Balkon der Oper seine Säulen in den Schatten der Wand gestellt. Und die Löcher unten im weichen Asphalt sind von den Stöckelschuhen der trauernden Frauen.

Tage der Melonen, Tage der Kürbisse

Im Klobecken liegt gequollene Watte, das Wasser ist rostig, hat das Blut aus der Watte gesaugt. An der Klobrille kleben Melonenkerne.

Wenn die Frauen Watte zwischen den Schenkeln tragen, haben sie das Blut der Melonen im Bauch. Jeden Monat die Tage der Melonen und das Gewicht der Melonen, es schmerzt.

Mit dem Blut der Melonen kann jede Frau jeden Mann an sich binden, sagte Clara. In der Drahtfabrik erzählen sich die Frauen, wie sie den Männern das Melonenblut einmal im Monat am späten Nachmittag in die Tomatensuppe rühren. Sie stellen an diesem Tag den Suppentopf nicht auf den Tisch, sie nehmen die Teller der Reihe nach an den Herd und füllen sie. In einem Löffel neben dem Herd wartet das Melonenblut auf den Teller des Mannes. Sie rühren mit dem Löffel in der Suppe, bis das Blut sich auflöst.

In den Tagen der Melonen zieht der Maschendraht über ihre Gesichter, bevor er auf die große Rolle klettert und meterweise gemessen wird. Die Webstühle klopfen, ihre Hände sind rostig, ihre Augen trüb.

Die Frauen aus der Fabrik binden die Männer am späten Nachmittag oder abends an sich, sagte Clara, morgens haben sie keine Zeit. Morgens eilen sie aus dem Schlaf der Männer weg, tragen ein Bett voll Schlaf und ein Zimmer voll stickiger Luft im Gesicht zur Fabrik.

Die Tochter der Dienstbotin sagte, man bindet die Männer morgens an sich, morgens auf leeren Magen. Denn in den Tagen der Melonen rührt die Frau des Offiziers dem Offizier am Morgen, bevor er ins Militärkasino geht, vier Brocken Melonenblut in den Kaffee. Sie bringt ihm wie immer den Kaffee in der Tasse, es ist noch kein Zucker drin. Sie weiß, daß er zwei Löffel Zucker nimmt und lange in der Tasse rührt. Die Blutbrocken lösen sich schneller als der Zucker auf. Am besten, hat die Frau des Offiziers zur Tochter der Dienstbotin gesagt, ist das Blut des zweiten Tages. In den Schritten des Offiziers auf der Brücke, im Trinken all seiner Tage im Militärkasino steht das Melonenblut seiner Frau. Vier Brocken sind ein Monat, jeder Brocken hält eine Woche.

Jeder Blutbrocken muß so groß sein wie der Daumennagel des Mannes, den die Frau an sich binden will, hat die Frau des Offiziers gesagt. Das Melonenblut löst sich im Kaffee auf und gerinnt wieder, wenn es durch seinen Hals gelaufen ist, hat sie gesagt. Es kommt am Herzen nicht vorbei, es rinnt nicht in den Magen. Die Lust des Offiziers kann das Melonenblut nicht einfangen, gegen die Lust gibt es nichts, weil sie fliegt, sie reißt sich von allem los. Sie fliegt zu anderen Frauen, doch das Melonenblut legt sich um das Herz des Mannes. Es gerinnt und schließt das Herz ein. Das Herz des Offiziers kann das Bild anderer Frauen nicht halten, sagte die Tochter der Dienstbotin, der Offizier kann seine Frau betrügen, verlassen kann er sie nicht.

An der Klowand steht:

> Abends auf dem Hügel
> Läuten die Glocken mit Wehmut.

Es sind zwei Zeilen aus einem Gedicht, das Gedicht steht im Lehrbuch, die Kinder lernen es in der Schule. Es ist die Schrift des Physiklehrers, sagte die Tochter der Dienstbotin, ich erkenne sie am D und am L. Die Zeilen laufen schief an der Wand hinauf.

Zwischen Adinas Schenkeln rauscht es warm, an der Klotür nebenan wird der Riegel zugeschoben. Adina drückt ihre Ellbogen auf die Schenkel, sie will das Rauschen leise und gleichmäßig zusammenpressen. Doch ihr Bauch weiß nicht, was leise und gleichmäßig ist. Über der Spülung steht ein kleines Fenster ohne Scheibe, nur mit Spinnweben überzogen. Es ist nie eine

Spinne drin, das Rauschen der Spülung vertreibt sie. Nur ein Lichtstreifen steht jeden Tag an der Wand und sieht allen zu, wie sie Zeitungspapier zwischen den Händen zerreiben, bis die Schrift mehlig wird und die Finger grau. Zerriebenes Zeitungspapier kratzt nicht an den Schenkeln.

Die Putzfrau sagt, es gibt kein Klopapier auf dem Lehrerklo, weil es drei Tage nacheinander eine ganze Rolle gegeben hat und weil alle drei Rollen an allen drei Tagen schon nach einer Viertelstunde gestohlen waren, und weil drei Rollen für drei Wochen reichen müssen.

Im bürgerlich-gutsherrlichen Regime waren Maiskolben und Rübenblätter gut genug, sagte der Direktor in der Sitzung, damals hatten nur die Großgrundbesitzer Zeitungspapier. Heutzutage hat jeder Mensch eine Zeitung im Haus. Und nun ist Zeitungspapier für die feinen Herren und Damen zu hart. Der Direktor riß eine handgroße Ecke von einer Zeitung ab, zerrieb das Stück Papier zwischen seinen Händen, es ist so einfach wie Händewaschen, sagte er, es kann mir niemand sagen, er wisse nicht, wie man sich die Hände wäscht. Wer es mit dreißig noch nicht kann, der soll es lernen. Seine Augenbrauen zogen sich über der Nase zusammen, dünn und grau wie ein Mausschwanz auf seiner Stirn.

Die Putzfrau lächelte und wetzte auf dem Stuhl, als sie aufstand, sah der Direktor unter den Tisch. Heute haben alle eine Zeitung im Haus, Sie haben schon vergessen, Genosse Direktor, Rübenblätter waren zu weich, sagte sie, da rutschte der Finger durch, Kletten-blätter waren besser. Genug, sagte der Direktor, sonst nimmt das kein Ende.

Die Tochter der Dienstbotin stieß Adina mit dem Fuß, die Putzfrau kann sich alles erlauben, sagte sie, der Direktor schläft mit ihr. Ihr Mann ist Elektriker, er war gestern in der Schule, er hat auf den Tisch des Direktors gespuckt und ihm vom Anzug zwei Knöpfe abgerissen. Die Knöpfe sind unter den Schrank gerollt. Als der Elektriker gegangen war, mußte der Physiklehrer den Schrank von der Wand wegziehen und mitten in der Stunde in die Schneiderei gehen um Nadel und Zwirn. Den Rock des Direktors durfte er nicht mitnehmen. Die Knöpfe muß die Putzfrau wieder annähen, sagte der Direktor.

Die Putzfrau darf nur die letzten Seiten der Zeitung zerschneiden, die Reportagen, die Sportseite und das Fernsehprogramm. Die ersten Seiten muß sie dem Direktor geben, sie kommen in die Kollektion des Parteisekretärs.

Adina zieht die Spülung. Vor dem Spiegel im Waschraum ist durch Adinas Haar Licht gefädelt, das Haar hängt am Licht, nicht am Kopf, sie dreht den Wasserhahn auf. An der Klotür schiebt sich der Riegel zurück, aus der Klotür kommt der Direktor. Er stellt sich neben

Adina in den Spiegel. Er öffnet den Mund, ich glaub, ich habe Zahnweh, sagt er in den Spiegel. Ja, Herr Direktor, sagt sie, seine Backenzähne sind vergoldet, GENOSSE DIREKTOR, sagt er, seine Backenzähne glänzen gelb. Die Tage der Melonen sind bei den Männern Tage der Kürbisse, denkt Adina. Er wischt sich den Mund mit einem eckig gebügelten Taschentuch, kommen Sie nach der letzten Stunde zu mir, sagt er und nimmt ein Haar von Adinas Schulter, ja, Genosse Direktor, sagt sie.

Die Stirnlocke glänzt über der Tafel, und das Schwarze im Auge glänzt, fängt den Lichtfaden ein, der durchs Fenster fällt. Die Kinder bewegen die Ellbogen beim Schreiben, der Aufsatz heißt DIE TOMATENERNTE. Adina steht neben der Lichtschnur am Fenster. In den Heften wächst das Tomatenfeld noch einmal, es ist aus Warzen und Buchstaben.

Das Mädchen mit dem Laubfrosch liest:

Seit zwei Wochen helfen die Schüler unserer Schule den Bauern in der Landwirtschaft. Die Schüler unserer Klasse helfen bei der Tomatenernte. Es ist schön, auf den Feldern unseres Vaterlandes zu arbeiten. Es ist gesund und nützlich.

Vor der Schule liegt ein Viereck aus gelbem Gras, dahinter steht ein einzelnes Haus zwischen den Wohnblocks. Adina sieht den Dachwurz auf dem Dach des Hauses. Der Garten ist von den Wohnblocks an die Wand gedrückt. Die Weinreben spinnen die Fenster zu.

Morgens, wenn ich aufstehe, liest das Mädchen mit dem Laubfrosch, ziehe ich nicht meine Uniform an, sondern meine Arbeitskleider. Ich nehme keine Hefte und Bücher mit, sondern eine Flasche mit Wasser, Butterbrote und einen Apfel.

Einer der Zwillinge schreit BUTTER und trommelt mit den Fäusten auf die Bank.

Vor dem einzelnen Haus mit dem Dachwurz hält ein Pferdewagen, ein Mann steigt ab, er trägt ein Netz voller Brote durch den Garten ins Haus. Er geht hinter den Weinreben, dicht an der Wand.

Um acht Uhr versammeln sich alle Schüler vor der Schule, liest das Mädchen mit dem Laubfrosch. Wir werden mit einem Auto aufs Feld gefahren. Wenn wir fahren, wird viel gelacht. Am Feldrand wartet jeden Morgen der Agronom. Er ist groß und schlank. Er trägt einen Anzug und hat schöne, saubere Hände. Er ist ein freundlicher Mann.

Nur gestern hat er dich geohrfeigt, sagt der Zwilling, das Pferd steht vor dem leeren Wagen, es bewegt sich nicht, warum hast du das nicht geschrieben, sagt Adina.

Der andere Zwilling bückt den Kopf unter die Bank, über die Ohrfeige darf man nicht schreiben, sagt er, hält eine Scheibe Schmalzbrot in der Hand und klebt das Schmalzbrot auf den Aufsatz.

Das Mädchen mit dem Laubfrosch reißt eine weiße Schleife aus ihrem Zopf, steckt sich das Zopfende in den Mund und weint.

Der Mann geht mit leerem Brotnetz durch die Weinreben, er steigt auf den Pferdewagen. Über das Gras vor der Schule geht ein Zwerg. Sein rotes Hemd leuchtet, er trägt eine Wassermelone.

Genossin, sagt das Mädchen mit dem Laubfrosch zu Adina.

Über der Tür des Direktors hängt eine Wanduhr, ihre Zeiger messen das Kommen und Gehen der Schüler und Lehrer. Über dem Kopf des Direktors hängt die Stirnlocke und das Schwarze im Auge. Auf dem Teppich ist ein Tintenfleck, in der Vitrine stehen die Reden des Diktators. Der Direktor riecht nach Parfum, Tabak mit bitteren Stielen, du weißt, weshalb ich dich gerufen hab, sagt er, neben seinem Ellbogen steht eine weggedrehte Dahlie, das Wasser in der Vase ist trüb, nein, sagt

Adina, ich weiß es nicht. Seine Augenbrauen ziehen sich grau und dünn zusammen, du hast den Schülern gesagt, sie sollen so viele Tomaten essen, wie sie können, weil sie keine mit nach Hause nehmen dürfen. Und Ausbeutung von Minderjährigen, das hast du gesagt. Über der Dahlie hängt ein Staubfleck im Licht, ist es nicht so, Genosse Direktor, sagt Adina. Ihre Stimme ist leise, der Direktor macht einen Schritt über den Tintenfleck, er steht hinter Adinas Stuhl. Sein Atem ist trocken und kurz, seine Hand greift in den Halsausschnitt ihrer Bluse, fährt ihr den Rücken hinunter, ohne GENOSSE, sagt er, davon ist jetzt nicht die Rede.

Ihr Rücken sitzt starr, der Ekel biegt ihn nicht, ich habe keine Warze auf dem Rücken, sagt Adinas Mund. Der Direktor lacht, na gut, sagt er, sie drückt den Rükken an die Stuhllehne, er zieht seine Hand aus der Bluse, ich werde es diesmal nicht melden, sagt er. Die Dahlie berührt sein Ohr, wer glaubt Ihnen das, sagt Adina. Sie sieht in den roten Dahlienblättern das Blut der Melonen. Ich bin nicht so, sagt er. Sein Schweiß riecht schwerer als der Tabak im Parfüm. Er kämmt sich.

Sein Kamm hat blaue Zähne.

Die Katze und der Zwerg

Zwischen den rostigen Drahtrollen im Hof der Fabrik gehen Köpfe. Sie gehen hintereinander her. Der Pförtner schaut in den Himmel. Er sieht den Lautsprecher neben dem Tor.

Morgens von sechs bis halb sieben kommt aus diesem Lautsprecher Musik. Arbeiterlieder. Der Pförtner nennt sie: Morgenmusik. Sie ist für ihn eine Uhr. Wer durchs Tor kommt, wenn die Musik verstummt ist, kommt zu spät zur Arbeit. Wer seine Schritte beim Gehen nicht in die Takte stellt, wer in diesem Hof durch die Stille zu seinem Webstuhl geht, wird aufgeschrieben und gemeldet.

Und es ist noch nicht hell, wenn die Marschlieder laut sind. Der Wind stößt ans Wellblech, oben am Dach. Der Regen schlägt unten auf den Asphalt. Die Frauen haben eingespritzte Strümpfe, die Männer Dachrinnen um die

Hüte. Auf der Straße draußen ist es schon heller. Die Drahtrollen sind naß von der Nacht, sie sind schwarz. Da braucht auch im Sommer der Tag, bis er im Fabrikhof ankommt, länger als draußen.

Der Pförtner spuckt Sonnenblumenschalen in den Nachmittag. Sie fallen auf den Boden, auf die Türschwelle. Im Pförtnerhaus sitzt die Pförtnerin, sie strickt, sie hat eine Zahnlücke mitten im Mund, sie trägt einen grünen Kittel. Sie zählt die Maschen laut durch die Zahnlücke. Neben ihren Schuhen sitzt die getigerte Katze.

Im Pförtnerhaus läutet das Telefon. Der Pförtner horcht mit der Schläfe in das Läuten. Er dreht den Kopf nicht, er sieht auf die gehenden Köpfe zwischen die Drahtrollen. Die Pförtnerin hebt die Stricknadel an den Mund und steckt den Nadelkopf in die Zahnlücke, fährt sich mit der Nadel unterm Kehlkopf in den Kittel. Sie kratzt sich zwischen den Brüsten. Die Katze zuckt die Ohren und sieht zu. Ihre Augen sind gelbe Trauben. Die Zahl der Maschen bleibt beim Zählen in der Zahnlücke hängen und in den Augen der Katze. Das Läuten des Telefons ist schrill. Es hängt im Wollfaden, der Faden steigt der Pförtnerin in die Hand. Das Läuten steigt der Katze in den Bauch. Die Katze steigt über den Schuh der Pförtnerin und läuft in den Fabrikhof. Die Pförtnerin nimmt den Hörer nicht ab.

Im Fabrikhof ist die Katze aus Rost und Maschendraht. Auf dem Fabrikdach ist die Katze aus Wellblech, vor den Büros ist die Katze aus Asphalt. Vor dem Waschraum aus Sand. In den Hallen ist die Katze aus Stangen und Rädern und Öl.

Der Pförtner sieht unter den gehenden Köpfen zwischen den Drahtrollen Hälse. Aus dem Draht schwirren Spatzen. Der Pförtner sieht zum Himmel hinauf. Wenn die Spatzen einzeln in der Sonne fliegen, sind sie leicht, nur der Schwarm ist schwer. Der Nachmittag schief abgeschnitten vom Wellblech. Die Schreie der Spatzen sind heiser.

Die Köpfe im Hof kommen näher, sie verlassen den Draht, die Fabrik. Der Pförtner sieht schon die Hälse. Er geht auf und ab. Er gähnt, seine Zunge ist dick, drückt ihm die Augen zu in der leeren Zeit, in der die Sonne naß auf seinem Kinn steht. Wenn der Pförtner in der Sonne steht, schläft unter seinen Haarsträhnen eine Glatze. Die Hände und Taschen der Gehenden sieht der Pförtner noch nicht.

Das Gähnen ist für den Pförtner Warten. Wenn die Arbeiter den Draht verlassen, sind ihre Taschen seine Taschen. Sie werden durchsucht. Sie schaukeln unter den Händen, sind leicht. Nur wenn Eisen drin ist, hängen sie starr. Der Pförtner sieht das. Auch Handtaschen auf den Schultern hängen starr, wenn Eisen drin ist. Alles, was man aus der Fabrik stehlen kann, ist aus Eisen.

Die Hände des Pförtners durchsuchen nicht alle Taschen. Sie wissen, wenn es darauf ankommt, welche Tasche zu durchsuchen ist. Und es kommt darauf an, wenn die Gesichter und Taschen an ihm vorbeigehn. Dann wird die Luft im Gesicht des Pförtners anders zwischen Nase und Mund. Der Pförtner atmet sich in diese

Luft ein. Er läßt das Gespür von einer Tasche zur anderen entscheiden.

Die Entscheidung hängt auch vom Schatten des Pförtnerhauses ab, vom Geschmack der Sonnenblumen in seinem Mund. Wenn ein paar Kerne ranzig sind, wird seine Zunge bitter. Seine Backenknochen werden hart, seine Augen stur. Seine Fingerspitzen zittern. Wenn er in der ersten Tasche wühlt, werden die Finger sicher. Die Spanne zwischen Hand und Daumen drückt sich an fremde Gegenstände, das Greifen ist gierig. Mit der Hand in der Tasche wühlen ist für den Pförtner ein Griff in jedes Gesicht. Er kann die Gesichter zwischen Kreide und Röte verändern. Sie finden nicht mehr zu sich zurück. Eingefallen oder aufgequollen verlassen sie, wenn er den Wink gegeben hat, das Tor. Bleiben, wenn sie längst schon draußen auf der Straße sind, verstört. Sehen und hören verschwommen, daß die Sonne ihnen vorkommt wie eine große Hand. Daß die Nase nicht mehr reicht, daß sie in der Straßenbahn mit Mund und Augen in anderen Gesichtern nach Luft schnappen.

Beim Durchsuchen hört der Pförtner das leere Schlucken in den Hälsen. Die Kehlen trocken wie ein Schraubstock, Angst wühlt im Magen. Der Pförtner riecht die Angst, sie steigt als faule Luft aus den Männern und Frauen und hängt in der Höhe der Kniekehlen. Wenn der Pförtner lange in einer Tasche wühlt, lassen viele in der Angst nach dem ersten auch einen zweiten, stillen Furz.

Der Pförtner ist streng gläubig, hat die Pförtnerin zu Clara gesagt. Deshalb liebt er die Menschen nicht. Er bestraft jene, die nicht glauben. Und er bewundert jene, die glauben. Er liebt sie nicht, die glauben, doch er achtet sie. Er achtet den Parteisekretär, denn der glaubt an die Partei. Er achtet den Direktor, denn der glaubt an die Macht.

Die Pförtnerin hat sich die Haarnadel aus dem Haar gezogen, sie in die Zahnlücke gesteckt und sich das Haar fester zusammengerollt. Die meisten, die an etwas glauben, hat Clara gesagt, sind hohe Genossen, die brauchen den Pförtner nicht.

Die Pförtnerin steckte sich die Haarnadel tief ins Haar, es gibt auch andere, sagte sie, Clara stand in der Tür, die Pförtnerin saß im Pförtnerhaus. Glaubst du an Gott, fragte die Pförtnerin. Clara sah über ihren ganzen Kopf in ihren Haarknoten, in die Biegung der Nadel aus Draht. Denn die Zinken waren verschwunden, die Biegung war oben und so dünn wie das Haar, wie ein einziger Faden. Nur heller. Manchmal glaube ich, manchmal glaube ich nicht, sagte Clara, wenn ich keine Sorgen habe, vergesse ich. Die Pförtnerin wischte mit der Ecke des Vorhangs den Staub vom Telefon, der Pförtner sagt, Glauben ist eine Fähigkeit, sagte sie. Die Arbeiter glauben nicht an Gott und glauben nicht an ihre Arbeit. Der Pförtner sagt, Gott ist für die Arbeiter nichts als ein freier Tag, an dem die Arbeiter, wenn Gott will, ein gebratenes Huhn auf dem Tisch haben. Der Pförtner ißt kein Vogelfleisch, sagte sie. Sie sah beim Reden ihre Augen in der Fensterscheibe an und ihren Kittel, der dunkler in der Scheibe stand, der Pförtner sagt, die Arbeiter essen, anstatt an Gott zu glauben, ein Sonntagshuhn, gefüllt mit seiner eigenen Leber.

Der Spatzenschwarm löst sich auf. Die Fensterscheiben an den Hallen sind zerbrochen, die Spatzen finden die Löcher im Glas. Sie fliegen schneller, als es der Pförtner sehen kann, in die Halle hinein. Die Pförtnerin lacht und sagt, schau nicht hin, sonst fliegen dir die Spatzen durch die Stirn. Der Pförtner sieht seine Hände an, die schwarzen Haare auf den Fingern, sein Handgelenk. Der Schatten des Nachmittags schneidet seine Hose unter den Knien ab. Vor den Drahtrollen dreht sich der Staub um sich selbst.

Ein Messer, ein verschmiertes Einweckglas, eine Zeitung, ein Stück Brotrinde. Unter der Zeitung eine Handvoll Schrauben. Ja ja, sagt der Pförtner. Der Mann schließt seine Tasche.

Ein Brief, ein Fläschchen Nagellack. Eine Plastiktüte und ein Buch. Die Jacke in der Einkaufstasche. Ein Lippenstift fällt aus der Jackentasche auf den Boden. Der Pförtner bückt sich. Er öffnet den Lippenstift, zieht einen roten Strich an sein Handgelenk. Er leckt den Strich mit der Zunge ab, pfui, sagt er, faule Himbeeren und Stechmücken.

Der Mann hat eine Wunde am Daumen. Die Schnallen seiner Tasche sind rostig. Der Pförtner nimmt ein

Klappmesser aus der Tasche, unter dem Klappmesser eine Mütze, unter der Mütze ein Bügeleisen. Schau an, sagt der Pförtner. Ich habe nur den Stecker repariert, sagt der Mann. Arbeitszeit, sagt der Pförtner. Er stellt das Bügeleisen in das Pförtnerhaus, er flucht mit der Mutter aller Stecker. Die Pförtnerin im grünen Kittel stellt das Bügeleisen auf ihre Hand, sie streckt die Finger aus, sie bügelt sich die Handfläche kalt.

Eine Handtasche. Ein Watteklumpen fällt auf den Boden. Der Mann mit der Wunde am Daumen bückt sich. Die Frau steckt sich eine Haarsträhne hinters Ohr, sie zieht die Watte neben der Wunde am Daumen aus der Hand. In der Watte hängt eine Sonnenblumenschale und eine Ameise.

Clara lacht, die Sonne blinkt weiß an ihrem Zahn, der Pförtner winkt sie durch. Die Zahnlücke der Pförtnerin lacht.

Der Mann mit der Wunde am Daumen nimmt die Mütze aus der Tasche. Er setzt sich die Mütze auf die Faust. Er streckt den Zeigefinger aus und dreht die dunkle Mütze wie ein Rad. Die Pförtnerin lacht, ihre Zahnlücke ist ein Trichter, ihr Lachen überschlägt sich. Der Mann mit der Wunde am Daumen schaut in die Drehkreise der Mütze hinein, er singt:

Mit der Miete schon im Rückstand
Unbezahlt seit einem Monat

Seine Faust ist ein Rad, in seiner Armbeuge wird eine Ader dünn und dick. Seine Augen hängen an den Stricknadeln der Pförtnerin.

Und der Herr, der Herr des Hauses
Setzt uns auf die Straße

Sein Mund singt, seine Augen sind klein, seine Faust fliegt. Und die andere, die leere Hand, die Hand mit der Wunde am Daumen schließt an der Tasche die rostigen Schnallen nicht. Das Lied des Mannes wartet auf das Bügeleisen.

Am Türspalt flattert ein Akazienblatt, reißt sich los, fliegt und fliegt. Die Pförtnerin sieht ihm nach. Das Blatt ist gelb wie die Augen der Katze. Der Mann mit der Wunde am Daumen sieht auf die Uhr.

Die Katze kriegt jedes Jahr Junge. Die sind getigert wie sie. Sie frißt sie gleich, solange sie noch glitschignaß und blind sind. Die Katze trauert eine Woche, nachdem sie die Jungen gefressen hat. Sie streift durch den Hof. Flach ist ihr Bauch, die Streifen eng, daß sie durch alles hindurch- und an allem vorbeikommt.

Wenn die Katze trauert, frißt sie kein Fleisch. Nur junge Grasspitzen und den Salzrand an den Treppen im Hinterhof.

Die Frauen an den Webstühlen sagen, die Katze sei aus der Vorstadt hergelaufen. Und der Verwalter des Lagerraums sagt, die Katze sei aus dem Fabrikhof geschlüpft, aus den Kisten mit Eisenspänen, wo der Regen nur langsam durchsickert. Daß sie naß und rostig war, sagt er, und nicht größer als ein Apfel, als er sie auf dem Weg vom Lagerraum zu den Büros, zwischen den

Kisten mit Eisenspänen, gefunden hat. Daß ihre Augen zugeklebt waren. Der Verwalter hat die Katze auf einen Lederhandschuh gelegt und hat sie zum Pförtner ans Tor getragen.

Und der Pförtner hat die Katze in eine Pelzmütze gelegt.

Und ich habe der Katze dreißig Tage mit einem Strohhalm Milch gegeben, sagt die Pförtnerin. Da kein Mensch die Katze haben wollte, sagt die Pförtnerin, habe ich sie aufgezogen. Nach einer Woche, sagt der Pförtner, konnte sie die Augen öffnen. Ich bin erschrokken, denn in den Augen, in beiden Augen der Katze stand der Verwalter drin. Und noch heute, wenn die Katze schnurrt, sagt er, steht in ihren beiden Augen der Verwalter drin.

Für die Katze ist die Fabrik so groß wie ihre Nase. Die Katze riecht alles. Sie riecht in den Hallen, in den hintersten Ecken, wo geschwitzt und gefroren, geschrien, geweint und gestohlen wird. Sie riecht im Hof zwischen den Drahtrollen die Spalten, in denen das Gras erstickt und im Stehen gequetscht, gekeucht, geliebt wird. Da ist das Schwängern wie das Stehlen so gierig und versteckt.

Am hinteren Tor, wo nur Laster fahren, wo das Dach aus Teerpappe, die Dachrinne aus aufgeschlitzten Gummireifen und der Zaun aus verbeulten Autotüren und Weidenruten ist, liegt eine krumme Straße, sie heißt STRASSE DES SIEGES. Die Dachrinne läßt den Regen auf die Straße des Sieges stürzen. Das kleine

Fenster neben dem hinteren Tor ist das Fenster des Lagerraums. Dort sitzt der Verwalter. Er heißt Grigore.

Im Lagerraum ist die Schutzkleidung ein Berg aus grauen wattierten Jacken, aus grauen Lederschürzen und Lederhandschuhen und grauen Gummistiefeln. Vor diesem grauen Berg steht eine große umgestülpte Kiste, die ist ein Tisch, und eine kleine umgestülpte Kiste ist ein Stuhl. Und auf dem Tisch liegt eine Liste mit den Namen aller Arbeiter. Und auf dem Stuhl sitzt Grigore.

Grigore verkauft Gold, sagt die Pförtnerin, goldene Halsketten. Und Eheringe. Er kauft sie von einem alten Zigeuner, der im Krieg ein Bein verloren hat. Der wohnt am Stadtrand, neben dem Heldenfriedhof. Der kauft das Gold von einem jungen Serben, der in einem Dorf an der Grenze wohnt, an der Schneide zu Ungarn und Serbien. Der hat in Serbien Verwandte und fährt mit dem kleinen Grenzverkehr hin. Und beim Zoll an der Grenze hat der einen Schwager.

Manchmal hat Grigore auch Ware aus Rußland. Die dicken Goldketten sind aus Rußland und die dünnen aus Serbien. Die dicken sind aus gestanzten Herzen und die dünnen aus gestanzten Würfeln. Die Eheringe sind aus Ungarn.

Wenn Grigore die Hand schließt und an der geschlossenen Hand die Finger langsam öffnet, kriechen die Ketten wie goldener Draht durch seine Finger. Er läßt sie an den Enden baumeln und hält sie vor das kleine Fenster ins Licht.

Ein halbes Jahr geht der rostige Draht durch die Hände. Dann wird die Lohntüte zu Grigore gebracht, eine Goldkette wird um den Hals gehängt. Ein paar Tage danach, spätabends, wenn die Kette schon am Nachthemd leuchtet und der Fuß barfuß auf dem Teppich steht, klopft es an der Tür. Einer im Anzug steht davor und hinter ihm einer in Uniform. Das Licht im Gang ist trüb. Der Gummiknüppel baumelt am Hosenbein. Die Sätze sind kurz, die fremde Wange glänzt, ein glatter Lichtfleck hebt und senkt sich. Die Stimme bleibt leise, fast flach, aber kalt. Die fremden Schuhe stehen auf dem Teppichrand. Die Kette wird vom Hals weg konfisziert.

Grigore holt sie am nächsten Morgen in der ersten Straßenbahn wieder ab, wenn der Wagen fast leer ist und das Licht vom Schütteln an- und ausgeht. Wenn der im Anzug an der Haltestelle neben der Bierfabrik zusteigt und ihm wortlos eine Streichholzschachtel gibt.

Grigore ist an diesen Tagen, wenn das Wasser unter der Brücke noch träge und der Himmel vor Dunkelheit noch bucklig ist, als erster in der Fabrik. Er fröstelt, er raucht. Der Lautsprecher ist noch stumm, wenn er hinter seinem Zigarettenrauch mit seinen Goldketten durch die Drahtrollen geht. Ein paar Stunden später läßt er die Enden wieder baumeln und vor dem kleinen Fenster an der Straße des Sieges durch die Hand rinnen. Und anderes, gleiches Geld kommt wieder, so wie andere, gleiche Bilder in den Augen der Katze wiederkommen.

Der Pförtner sagt, daß der Verwalter oft abends der Polizei meldet, wem er morgens Goldketten verkauft hat. Die Eheringe meldet Grigore nicht.

Der Pförtner achtet den Verwalter, denn Grigore glaubt an sein Gold.

Schwarzhandel ist schwarz, sagt die Pförtnerin, man muß ja nicht kaufen. Alles, was schwarz ist, ist unsicher. Der Pförtner sagt, der eine hat es, der andere braucht es, die Welt dreht sich mit uns. Jeder tut, was er kann.

Die Katze riecht auch, wann der Verwalter die Frauen in die linke Ecke legt. Dort hat der Berg eine Mulde und einen Gang. Über dem Gang ist das Fenster. Wenn Grigore seine Hose öffnet, legen die Frauen ihre Beine höher an den Kopf. Die Katze kommt durchs Dach herein. Sie setzt sich über der Mulde auf die Spitze des Bergs. Für die Frauen sitzt die Katze, weil die Gummistiefel an den Beinen der Frauen höher als die Augen liegen, auf dem Kopf. Die Augen der Frauen laufen ihnen in die Stirn hinauf zu den Augen der Katze. Jag sie weg von da, sagen die Frauen, jag sie weg. Und Grigore sagt, macht nichts, die sieht nichts, laß sie, das macht nichts. Die Katze zuckt die Ohren und schaut.

Danach stehen die Frauen verschwitzt mit einer grauen Wattejacke auf dem Arm vor dem Tisch. Sie suchen auf der Liste des Verwalters ihren Namen für die Unterschrift. Die Katze wartet nicht, bis die Finger unterschrieben haben. Sie klettert durchs Dach hinaus, sie läuft zwischen den Drahtrollen im Hof in die Hallen.

In den Augen der Katze steht ein Bild. Alle sehen, was geschehen ist. Und alle reden davon, von der letzten im Stehen, im Liegen in Eile gestoßenen Liebe in der Fabrik. Auch das Reden über diese Liebe ist in Eile. Alle lassen ihre Hände auf dem Draht liegen, an der Stelle, wo die Finger, wenn die Katze kommt, gerade sind. Denn kein Bild wird alt. Bald steht das nächste Bild in den Augen der Katze. Und in dem nächsten, das weiß der Neid, das weiß jeder Ölfleck im Gesicht jeder Frau, in dem nächsten Bild ist sie selber in den Augen der Katze drin. Im Frühjahr oder Herbst, wenn die Wattejacke fadenscheinig wird und an den Ellbogen zerreißt, und der Wind kalt oder warm auf der Teerpappe kratzt und durch den Zaun auf die Straße des Sieges bläst, schauen die anderen zu. Denn die Katze wird die Schenkel, die jetzt unter dem eigenen Kittel vor dem Webstuhl stehen, nackt und geweitet und höher als das Gesicht durch die Fabrik tragen.

Nur eine Woche im Jahr, wenn die Katze um ihre gefressenen Jungen trauert, nimmt sie kein Bild in den Augen mit. Wer Glück hat, sagen die Frauen, und wen die Liebe in der Eile dieser fliegenden, blinden Woche packt, wird in der Fabrik von niemandem gesehen.

Wer die Pförtnerin besticht, der weiß, wann diese Woche ist. Viele bestechen sie. Alle, sagt die Pförtnerin, und ich fülle den Kalender, sagt sie, ich sag jeder, was ich will.

Und die Frauen drängen sich vor, eilen voraus in

ihren kurzen Stößen in die falsche Trauerwoche hinein.

Doch weil in der richtigen Trauerwoche die Liebe zwischen Hallen und Hof und Waschraum und Büros ihre Schnüre verwirrt, werden die gepaarten Männer und Frauen von den Augen des Pförtners, der Putzfrau, des Vorarbeiters, des Heizers gesehen. Es gibt einen kleinen Unterschied: in der richtigen Trauerwoche bleibt jede Liebe, weil es in den Augen der Katze keine Bilder gibt, ein Gerücht.

Die Kinder der Frauen ähneln Grigore, sagt die Pförtnerin. Gottseidank bringen die Frauen ihre Kinder nicht mit in die Fabrik. Ich habe ihre Kinder nie miteinander, ich hab sie nur nacheinander gesehen. Klein oder groß, mager oder dick, schwarz oder blond. Mädchen und Jungen. Wenn sie nebeneinander stehen, sieht man, daß sie alle Geschwister sind. Ganz verschieden, sagt die Pförtnerin, doch in jedem Gesicht ist ein handgroßes Stück von Grigore drin.

Die Kinder der Frauen leiden schon, wenn sie geboren werden, an Schlaflosigkeit. Die Ärzte sagen, das kommt von dem Maschinenöl. Ein paar Jahre wachsen diese Kinder an der Fabrik vorbei.

Doch irgendwann, sagt die Pförtnerin, kommen sie hier ans Pförtnerhaus ihre Mütter suchen. Selten ist es dringend nötig. Meistens gibt es keinen Grund.

Daß diese Kinder dastehn, dicht neben dem Pförtnerhaus, sagt die Pförtnerin, daß sie ihr sagen, wer sie sind, damit der Pförtner ihre Mütter rufen läßt. Daß sie, während sie dastehn, die Fingerspitzen verschreckt auf die Wangen legen. Daß sie weder den Pförtner, noch die Pförtnerin sehen. Daß sie schon, wenn sie sagen, wer sie sind, nur noch Augen haben für diesen Draht, für diesen eingegrabenen Fabrikhof. Daß sie abwesend schauen. Daß der handgroße Grigore aus den Gesichtern immer deutlicher heraustritt, je länger diese Kinder dastehn.

Und an den kleinen oder großen Hemden, an den kleinen oder großen Kleidern, an den Kniestrümpfen sieht die Pförtnerin den Rostfleck. Während diese Kinder klein, größer oder fast erwachsen dicht neben dem Pförtnerhaus stehen und warten, sieht die Pförtnerin den gezahnten Rostfleck – jedes Kind trägt ein dürrzerbrochenes Rostblatt an einem Kleidungsstück.

Rost von den Händen der Mütter, von den gleichen Händen, die den Männern das Melonenblut vor dem Essen in die Suppe rühren. Die schwarzen Nagelränder lösen sich beim Wäschewaschen auf. Nach dem Waschen ist der Rost nicht im Wasser, nicht im Schaum. Er ist im Stoff. Da hilft kein Trocknen im Wind, kein Bügeln, kein Fleckensalz, sagt die Pförtnerin.

Die vielen ahnungslosen Geschwister, die Kinder Grigores, die Pförtnerin erkennt sie auch zehn Jahre später. Dann sind Tonnen Rost und Maschendraht durchs Tor hinausgefahren. Dann sind Tonnen Rost und Maschendraht nachgewebt und an der gleichen Stelle aufgestapelt, noch bevor das Gras zum Wachsen Sonne findet. Dann arbeiten auch diese Kinder hier in der Fabrik. Haben nie den Wunsch danach. Sie kommen hierher, weil sie nicht weiter wissen. Sie stoßen von der Nasenspitze zu den Schuhspitzen nie auf einen Weg, weil keiner offen ist. Nur diesen Rinnstein finden sie aus Armut, Ausweglosigkeit und Überdruß von Mutter zu Kind und Kindeskindern. Sie kommen im gleichen, unverhofften Zwang: am Anfang sind sie zornig, laut. Später dann werden sie weich und stumm, werkeln vor sich hin. Das Maschinenöl riecht immer noch stechend, ihre Hände tragen längst den schwarzen Rand. Sie heiraten, stoßen einander im Gefälle zwischen Tag- und Nachtschicht die geschrumpfte Liebe in den Bauch. Und kriegen Kinder. Die liegen mit dem Rostfleck in den Windeln. Die wachsen, ziehen kleine und dann große Hemden, Kleider, Strümpfe an. Die werden mit dem dürrzerbrochnen Rostblatt dastehen am Pförtnerhaus. Und warten. Und nicht wissen, daß sie später nie auf einen Weg kommen, daß ihnen später nie mehr etwas anderes einfällt.

Auch Grigores Mutter war Arbeiterin in der Fabrik. Auch die Mutter der Pförtnerin.

Die Stricknadeln liegen auf dem Tisch. Der Fabrikhof ist still. Der Wind riecht nach Malz. Hinter den Dächern drüben steht der Kühlturm der Bierfabrik. Aus dem Kühlturm spannt sich das dicke, eingepackte Rohr über die Straße in den Fluß. Aus dem Rohr steigt Dampf. Der zerreißt am Tag an den fahrenden Straßenbahnen. In der Nacht ist er ein weißer Vorhang. Manche sagen, der Dampf riecht nach Ratten, denn in der Bierfabrik, in den Eisenkübeln, die größer als das Pförtnerhaus sind, besaufen sich die Flußratten und ertrinken im Bier.

Am achten Tag, sagt der Pförtner, hat Gott von Adam und Eva noch ein Haarbüschel übrig gehabt. Er hat daraus das Federvieh gemacht. Und am neunten Tag hat Gott vor der Weltenleere gerülpst. Daraus hat er das Bier gemacht.

Der Schatten des Pförtnerhauses hat sich gedehnt. Die Sonne sucht zwischen der Straße des Sieges und den Drahtrollen im Hof den kürzesten Weg. Sie ist kantig, an den Rändern eingedrückt. In der Mitte hat die Sonne einen grauen Fleck.

Es gibt Tage im Spätsommer, da knistert der Lautsprecher oben am Pförtnerhaus. Da schaut der Pförtner lange zum Himmel hinauf und sagt, die Sonne über dem Wellblech oben, über den Dächern der Stadt, über dem Kühlturm der Bierfabrik sei ein rostiger Wasserhahn.

Vor dem Tor ist ein Schlagloch, darin pudern sich Spatzen im Staub. Zwischen ihnen liegt eine Schraube.

Der Pförtner und die Pförtnerin sitzen im Pförtnerhaus. Sie spielen Karten. Das Bügeleisen steht am Tischrand. Der Pförtner hat den Mann mit der Wunde am Daumen bei der Direktion gemeldet. Das Bügeleisen hat er konfisziert. Der Mann mit der Wunde am Daumen bekommt morgen einen schriftlichen Verweis.

In der Halle hüpfen Spatzen. Ihre Zehen und Schnäbel sind schwarz vom Maschinenöl. Sie picken Sonnenblumenschalen und Melonenkerne und Brotkrumen. Wenn die Halle leer ist, sind die Buchstaben der Losungen am größten. ARBEIT und EHRE und PARTEI, und das Licht hat einen langen Hals an der Tür zur Garderobe. Der Zwerg mit dem roten Hemd und den hohen Absätzen fegt den öligen Boden mit einem öligen Besen. Auf dem Webstuhl neben ihm liegt eine Wassermelone. Sie ist größer als sein Kopf. Ihre Schale ist dunkel und hell gestreift.

Und das Licht steht quer in der Tür zum Fabrikhof. Und die Katze sitzt neben der Tür und frißt eine Speckschwarte. Der Zwerg schaut durch die Tür in den Hof.

Und der Staub fliegt ohne Grund. Und die Tür quietscht.

NÜSSE

Die Frau mit den knotigen Händen spuckt auf den Lappen und reibt die Äpfel, bis sie glänzen. Sie legt die glänzenden Äpfel nebeneinander, daß die roten Backen vorne und die Narben hinten sind. Die Äpfel sind klein und schief. Die Waage ist leer. Sie wiegt mit zwei eisernen Vogelköpfen, deren Schnäbel aneinander vorbei steigen und sinken, bis Äpfel und Gewichte gleich schwer sind. Dann stehen sie still. Dann rechnet die alte Frau laut mit dem Mund, bis ihre Augen so eng nebeneinander stehen wie die Schnäbel. So hart und still, weil sie wissen, was das kostet.

Die Verkäufer in der Markthalle sind alte Leute. Auf dem Betonboden, zwischen Betonwänden, unterm Betondach, hinter Betontischen hängen die Dörfer in ihren Gesichtern. Gärten, in die das Hirschgras schleicht.

Liviu erzählt von diesen Dörfern, seitdem er im flachen Süden, wo die Donau das Land abschneidet, Lehrer ist. Von Sommerabenden, auf die der ganze Tag hinausläuft, bis er müde ist und zufällt zwischen den Augen. Wo der Kopf in den Schlaf sackt, noch bevor der Körper zu Ruhe kommen kann. Vom hellhörigen Schlaf bei den Jungen, vom dumpfen Schlaf bei den Alten erzählt Liviu. Und daß in der Hellhörigkeit und in der Dumpfheit die Schritte des Tages durch die Zehen stoßen, und daß vom Schuften die Finger nachts zittern. Und die Ohren im Schlaf das eigene Schnarchen mit der Stimme des Dorfpolizisten und Bürgermeisters verwechseln. Daß sie ihnen im Traum noch einmal sagen, was im Garten, in jedes Beet gepflanzt werden muß. Denn der Dorfpolizist und der Bürgermeister haben ihre Buchführung, ihre Listen. Sie warten auf die Abgaben, auch wenn der Erdfloh, der Mehltau, der Wurm, die Schnecke kommt und alles frißt. Auch, wenn der Regen das Dorf vergißt und die Sonne bis zum letzten Faden ausbrennt und das Dorf so flach macht, daß von allen Enden gleichzeitig die Nacht hineinsteigt.

Liviu kommt dreimal im Jahr zu Besuch in die Stadt und findet in Pauls Wohnung, wo er einmal gewohnt hat, und in der Stadt, wo er so lange gelebt hat, nicht seinen Platz. Und verlangt morgens schon Schnaps und sagt zum Schnaps PFLAUMENMILCH.

Paul sagt, Liviu gehe durch die Wohnung wie ein eingeschlossener Hund, und durch die Stadt wie ein weggelaufener Hund. Und daß Liviu an einem Faden hängt, sagt Paul, und daß dieser Faden fast zerreißt, und daß Liviu das weiß und erzählt, bis seine Stimme heiser ist.

Von den Nächten im Dorf erzählt Liviu, in denen nur zwei Hausecken beleuchtet sind, das Haus des Bürgermeisters und das Haus des Polizisten. Zwei Höfe, zwei Treppen, zwei Gärten bis ins Blattwerk von Licht bewacht. Herausgehoben und still. Alles andere ist eingegraben. Die Hunde laufen ins Dunkle, bellen nur dort, wo längst keine Glühbirne brennt, wo sich die Bäume den Häusern voraus vor das Wasser der Donau hängen.

Man sieht das Wasser nicht, sagte Liviu, man hört es nicht im Dorf. Man hört es nur mitten im Kopf, man hat keine Füße. Es drückt. Man könnte, sagte er, auf dem dürren Boden in den eigenen Ohren ertrinken.

Manchmal hört man von weitem Schüsse, sagte Liviu. Nicht lauter, als wäre ein Ast abgebrochen. Nur anders, ganz anders. Dann schweigen die Hunde, bevor sie lauter bellen. Dann wollte einer in die Nacht hinaus, über die Grenze, über die Donau schwimmen. Nur mit sich, sagte Liviu, dann ist es zu Ende, man weiß es. Man sieht die Tischkante an, drückt die Hand an die Stuhllehne und schließt eine Weile die Augen. Ich trinke, sagte Liviu. Die Pflaumenmilch brennt, die Augen werden fahrig, daß die Glühbirne schwimmt, und wenn kein Strom ist, die Kerze. Ich trinke, bis ich vergesse, daß ein Schuß gefallen ist. Bis die Pflaumenmilch mir Wellen in die Beine treibt. Ich vergesse, sagte Liviu, bis ich an nichts mehr denken kann, bis es unausweichlich ist, daß die Donau das Dorf von der Welt abschneidet.

Auf dem Land bist du ein Städter, und in der Stadt bist du ein Bauer, sagte Paul zu Liviu. Komm zurück in die Stadt. Die kennt dich und mich, da gibt es ein paar tausend Dorfpolizisten auf ein paar hundert Flecken Asphalt.

Paul hat zu singen angefangen, und Liviu hat mitgesummt:

> Gesicht ohne Gesicht
> Stirn aus Sand
> Stimme ohne Stimme
> Was könnt ich mit euch tauschen
> Einen meiner Brüder
> Für eine Zigarette

Liviu stellte sich auf den Stuhl, stieß den Lampenschirm an mit der Hand. Die Lampenschnur flog hin und her. Und ihr Schatten dazu.

> Ich hab nur einen Gedanken
> Was könnt ich euch verkaufen
> Der zerwühlte Rock
> Hat nur einen Knopf

Pauls Augen waren halb geschlossen, und Livius Augen vom Singen aus der Stirn hinausgeschwommen, vielleicht nicht seine Augen, vielleicht war es sein nasser Mund.

> Die Nacht näht einen Sack
> Aus Dunkelheit

Liviu fing den Lampenschirm mit der Hand. Er sang nicht mehr, und Paul klopfte lauter mit den Händen auf den Tisch.

Bitteres Stiefmuttergras
Am Bahnhof pfeift ein Güterzug
Kleines Kind ohne die Großen
Auf dem Asphalt steht barfuß ein Schuh

Paul sah durchs Fenster in die Antennen des nahen Wohnblocks. Er stand auf und schob den Stuhl an den Tisch. Und hob den Kopf, und sah hinauf zu Liviu. Der lachte ohne Ton. Aus dem Himmel hängt keine Lampenschnur, sagte Liviu ins Schweigen hinein, sonst hätte man es gut, man könnte sich überall draußen erhängen.

Schau nicht so, sagte Liviu zu Paul. Und der Satz fiel Paul ins Gesicht. Paul ging aus dem Zimmer, Liviu stieg vom Stuhl. Als er auf dem Boden stand, sagte er zu Adina wie zu sich selber, für mich ist Paul kein Arzt.

Paul saß allein mit seiner Stimme in der Küche und redete für die anderen beiden laut mit sich selber. Heute nacht, sagte er, sind eine Frau und ein Mann ins Krankenhaus gekommen. Der Mann hatte eine kleine Holzhacke im Kopf. Der Stiel der Hacke stand überm Kopf wie ins Haar gewachsen. Es war kein Tropfen Blut auf seinem Kopf zu sehen. Die Ärzte versammelten sich um den Mann. Die Frau sagte, das sei vor einer Woche passiert. Der Mann lachte und sagte, er fühle sich gut. Eine Ärztin sagte, man darf nur den Stiel abschneiden, die Hacke darf man nicht ganz entfernen, weil das Gehirn im Kopf sich dran gewöhnt hat. Dann haben die Ärzte die Hacke entfernt. Der Mann ist dabei gestorben.

Adina und Liviu schauten einander kurz in die Augen.

Die Möhren auf den Tischen sind holzig, die Zwiebeln verkrüppelt. Hinter den Nüssen steht der Spengler. Doch er trägt seine Lederschürze nicht, um seinen Hals hängt keine Schnur, er trägt den Ehering am Ringfinger. Er greift in die Nüsse, die rasseln wie Kies. Er hat alle Finger an beiden Händen. Der Mann mit den Nüssen ist nicht der Spengler mit dem Obst im Zeitungspapier. Er sagt nicht, iß langsam, damit du jeden Bissen lange spürst.

Doch wenn er es wäre, er könnte es sein.

Er trägt die Augen des Spenglers, sieht auf die Waage, die Vogelschnäbel heben und senken sich. Die Schnäbel stehen still, und die Augen wissen den Preis. Adina öffnet ihre Tasche, die Nüsse rollen hinein. Zwei Nüsse fallen auf den Boden. Adina bückt sich.

Ein Mann mit einer rotblau getupften Krawatte hat sich schon vor ihr gebückt. Adina stößt an seine Schulter, er hält die weggelaufenen Nüsse in der Hand. Adina sieht ein Muttermal an seinem Hals, es ist so groß wie ihre Fingerspitze. Er wirft beide Nüsse in ihre Tasche, die wollten nicht zu dir, sagt er, man sagt nicht umsonst DUMME NUSS, kann ich eine essen. Sie nickt, er nimmt zwei aus der Tasche. Er schließt die Hand, drückt im Gehen eine Nuß an die andere. Die Schale kracht, und er öffnet die Hand. Die eine Nuß ist ganz, die andere aufgebrochen. Adina sieht das weiße Gehirn in der Hand. Er läßt die Schale auf den Boden fallen, er ißt. Sein Muttermal hüpft, seine Stirn glänzt, die andere Nuß steckt er in die Jackentasche. Wie heißt du, fragt er, und hat Milch an den Zähnen, die Nüsse rasseln in der Tasche bei jedem Schritt. Adina nimmt die Tasche unter den Arm, was hat das mit den Nüssen zu tun, sagt sie. Was machen wir jetzt, sagt er. Nichts, sagt Adina.

Sie geht in die andere Richtung.

Pavel steht in der linken Seitentür der Markthalle und sieht Adina nach, und das Licht wirbelt ihm Staubschnüre vor die Augen. Seine Backen bewegen sich, seine Zunge findet zerkaute Nußstücke in den Zahnlücken, sein Muttermal hüpft nicht. Er nimmt die Nuß aus der Jackentasche, legt sie auf den Asphalt. Er stellt den Schuh auf die Nuß, schiebt sie unter der Sohle an den Absatz, genau an den Rand. Er stellt sein Gewicht genau auf die Nuß. Und die Schale kracht. Pavel bückt sich, nimmt das Gehirn aus der Schale, er kaut und schluckt.

Vor der rechten Seitentür der Markthalle steht ein schwarzes Auto mit einem gelben Nummernschild und kleiner Nummer. Im Auto sitzt ein Mann, er lehnt den Kopf aufs Lenkrad, schaut abwesend in die Halle. Er sieht eine alte Frau. Der Betontisch schneidet ihren Bauch von den Beinen ab. Die alte Frau siebt roten Paprika. Der fällt wie rote Spinnweben durchs Sieb, fällt immer auf die gleiche Stelle. Der Berg unter dem Sieb wächst schnell.

Die Dame ist nicht ansprechbar, sagt Pavel, macht nichts, sagt der Mann im Auto, das macht nichts. Die alte Frau klopft das Sieb aus. Sie streicht die Spitze des Bergs mit den Händen glatt, ihre Hände sind rot wie der Paprika. Und ihre Schuhe.

Pavels Zunge sucht die zerkauten Nußstücke zwischen den Zähnen, steig ein, sagt der Mann im Auto, wir fahren.

Auf den Briefkästen im Treppenhaus steht die Sonne. Die Spinnrosen werfen Schatten an die Wand. Ihre Blüten sind klein, wachsen in Klumpen, die sich selber fest in der Hand halten können.

Das Auge des Briefkastens ist nicht schwarz und leer, es ist weiß. Und ein weißes Briefkastenauge ist ein Soldatenbrief von Ilije. Doch auf dem Umschlag steht wie vor einer Woche wieder nicht Adinas Name. Wieder keine Briefmarke, kein Stempel, kein Absender. Im Umschlag ist wieder das handgroße, schiefabgerissene Rechenblatt, wieder der gleiche Satz in der gleichen Schrift ICH FICK DICH IN DEN MUND

Adina zerknüllt den Zettel und den Umschlag in der Hand und spürt trockenes Papier im Hals. Der Fahrstuhl bleibt dunkel, kein grünes Auge brennt, es ist kein

Strom. Das Treppenhaus riecht nach gekochtem Kraut. Die Nüsse rasseln beim Gehen. Adina fängt im Dunkeln laut zu zählen an, zählt statt der Treppen ihren linken, ihren rechten Schuh. Und wie jeder Schuh sich ohne sie einzeln hebt und einzeln auftritt. Bis jede Zahl nur noch ihre Stimme ist, dann eine fremde Stimme. In der fremden Stimme beginnt ihre eigene Stirn.

Die Tasche mit den Nüssen steht auf dem Küchentisch, auf den Nüssen liegt das zerknäulte Papier, neben der Tasche steht eine leere Schüssel. Die Schublade ist halb offen, Messer Gabel Messer Gabel Gabel Gabel, alle Zinken zusammen ein Kamm. Adina öffnet die Schublade ganz, große Messer, dazwischen der Hammer.

Ihre Hand legt eine Nuß auf den Tisch, der Hammer schlägt leicht auf. Die Nuß hat einen Riß, der Hammer schlägt dreimal und fest und die Schale zerbricht. Und das Hirn in der Schale.

Über den Herd kriechen Kakerlaken. Sieben rotbraune große, vier dunkelbraune mittelgroße, neun kleine, schwarz wie Apfelkerne. Sie kriechen nicht, sie marschieren. Ein Soldatensommer für Ilije, für Adina kein Brief. Im Zimmer an der anderen Wand hängt ein Bild, auf das morgens schon ein Streifen Licht fällt – Ilije in der Soldatenuniform, sein Haar wie ein Igel, ein Grashalm im Mund, ein Schatten auf der Wange, um seine Schuhe Gras. Jeden Morgen hängt der ganze Tag an diesem Grashalm.

Ilije sitzt wie Liviu im flachen Süden. Gleich nahe, gleich weit von der Donau, beide in verschiedenen Orten. An einem Ort fließt die Donau gerade und schneidet das Land ab, am anderen Ort fließt die Donau schief und schneidet das Land ab. Nur die Schüsse fallen an beiden Orten gleich, als würde ein Ast abbrechen, nur anders. Ganz anders.

Es gibt Tage in dieser Stadt im August, da ist die Sonne ein geschälter Kürbis. Da erhitzt sich von unten der Asphalt und von oben der Beton des Wohnblocks. Da geht der Kopf vor Hitze mit losgelöster Schädeldecke durch den Tag. Da krümmt sich am Mittag der kleinste Gedanke im Kopf und weiß mit sich nicht wohin. Da wird der Atem schwer im Mund. Da haben die Leute nur diese verlorenen Hände. Da kleben diese Hände nasse Bettücher an die Fensterscheiben, um sich zu kühlen. Da sind die Bettücher schon trocken, bevor die Hände sich zurückziehen vom Glas.

An so einem Tag im August stellte sich Ilije an den Herd und zerquetschte Kakerlaken. Vielleicht war er es nicht, vielleicht war es die Rücksichtslosigkeit der Hitze in seinem Kopf. Bei den großen knackte der Tod, bei den kleinen blieb er stumm. Ilije zählte nur die rotbraunen Kakerlaken, die knackten.

Wenn sie ausgewachsen sind, werden sie rot, sagte

Ilije. Sie werden alles überleben, Städte und Dörfer. Auch das endlos geackerte Feld ohne Weg und Baum, auch den elenden Mais, die Karpaten und den Wind auf den Steinen, auch Schafe und Hunde und Menschen. Sie werden diesen Sozialismus fressen, ihn mit dicken Bäuchen runter an die Donau schleppen. Und drüben, am anderen Ufer, werden Erschrockene stehen und in die Hitze blinzeln. Und übers Wasser schreien, das sind die Rumänen, sie haben es verdient.

Adina zog Ilije aus der Küche, als er weinte und sich mit diesen Händen, die nach Ungeziefer rochen, ins Gesicht griff. Sie gab ihm ein Glas Wasser, er hielt es in der Hand und trank nicht. Er ekelte sich, daß sein Schweiß kalt war, als er Adina wegstieß und in der Hitze fror. Er war so weit von sich entfernt, daß er seine Zunge schluckte, als er sagte, die Welt hat Glück, daß es die Donau gibt.

Adina sieht durchs Fenster, sie kaut an der Nuß. Der Himmel ist leer, die Nuß ist auf der Zunge bitter und hinterher süß. Der Himmel sieht nach oben, nicht nach unten. Er hält seine große Leere an kleinen weißen Flecken fest, an Briefen, die alle schon gelesen sind, wenn er aus der Stadt hinausläuft, wenn er flieht – ein Flüchtling für die Donau oberhalb der Stadt.

Ein Kind schreit auf der Straße unten. Adinas Zunge sucht nach den zerkauten Nußstücken zwischen den Zähnen. Die weggespritzten Schalen liegen unter dem Tisch.

Eine andere Stille

Wo sind die Kugellager, sagt der Direktor. Aus seinem Hemdkragen fliegt ein brauner Mottenfalter, er flattert zum Fenster. Er sucht den Hof hinterm Glas, ist nicht größer als eine Fliege. Mara sagt, die Kugellager sind bestellt. Hinter der Geranie, hinter dem Vorhang vor dem Fenster des Direktors klappern Schuhe. Braunes Haar geht vorbei. Auf den Haarspitzen steht von einem Schritt zum anderen der Geranientopf. Er wiegt seine roten Blüten nicht, hält seine Blätter reglos hin, über das Haar in den eingegrabenen Fabrikhof, in den fressenden Rost, in den Draht. Den Kopf des Gehenden sieht der Direktor nicht, nur die Haarspitzen. Und den Mottenfalter an der Scheibe, wo sind die Kugellager, wenn sie bestellt sind, sagt der Direktor. Er drängt sich so dicht an die Scheibe, daß der Vorhang seine Stirn streift und die Geranie sein Kinn. Daß der Mottenfalter sich überschlägt, an seiner kahlgeschorenen Schläfe vorbeifliegt auf den Sitzungstisch. Die Kugellager sind unterwegs, Genosse Direktor, sagt Mara.

Mit dem Mottenfalter hat er gerechnet. Er zieht das Gesicht schnell zurück, denn er schaut aus Gewohnheit in den Draht hinaus. Mit den Absätzen, die auf dem Asphalt so hart und hoch wie abgebrochene Ziegelsteine sind, hat er nicht gerechnet. Nicht gerechnet hat er mit den Schuhen des Zwergs, die klappern, als wäre der Kopf deshalb der Kopf eines Zwergs, weil die Absätze zu hoch sind. Und mit den kurzen Beinen, die sich beim Gehen nicht biegen, hat er nicht gerechnet. Und mit dem Rücken, der sich so gerade hält, als wäre neuer Draht hineingewebt.

Diese Schuhe, diese Beine, dieser Rücken verstören den Blick, der leer bleiben will. Auch wenn Jahre vergehen in der Fabrik, sieht kein Auge den Zwerg an, ohne sich dabei selber zu spüren. Ohne sich selber im Wege zu stehen.

Der Direktor zieht den Nacken ein. Das Klappern hinter dem Zwerg, die durchbrochene Gewohnheit ist wie Frieren.

Ein Zwerg, und doch ist was aus ihm geworden, sagt er. Ein anderer an seiner Stelle würde am Straßenrand betteln gehn. Er zeigt auf das Bild des Diktators, das einmal groß an der Wand hängt und einmal klein auf dem Schreibtisch steht. Er zeigt auf das kleine stehende Bild. Doch die beiden Bilder sehen sich an, das Schwarze im Auge. Zwischen Wand und Tisch, vor dem weißen Vorhang, trifft das hängende Bild das stehende Bild. Alle, die aus SEINER Gegend kommen, sagt der Direktor, haben einen starken Willen.

Er meint den Süden, wo die Donau das Land abschneidet. Wo die Ebene flach ist, die Sommer zwischen wachsendem Mais steinig verdorren, die Winter zwischen vergessenem Mais steinig erfrieren. Wo verblühte Distelkissen auf dem Wasser treiben. Wo die Leute die schwimmenden Kissen zählen und wissen, daß die Donau für jeden, der auf der Flucht erschossen wird, drei Tage ein Kissen auf den Wellen hat, und drei Nächte ein Glänzen unter den Wellen, wie Kerzen. Die Leute im Süden kennen die Zahl der Toten. Die Namen der Toten und ihre Gesichter kennen sie nicht.

Schreib eine Mahnung, sagt der Direktor. Die Kugellager sind unterwegs, sagt Mara. Er wetzt mit dem Hals im Hemd, sein Hemdkragen kratzt. Manchmal, sagt der Direktor, klopft es an der Tür. Nicht laut, ich höre es kaum. Und wenn ich die Tür öffne, ist da keiner, wenn ich nicht gleich nach unten schau. Dann hat der Vorarbeiter den Zwerg zu mir geschickt, dann hält der Zwerg ein Blatt Papier in der Hand und sagt nichts. Und geht, noch bevor ich was sagen kann. Und der Zwerg ist weg. Und ich rufe ihm nicht nach, denn ich hab seinen Namen vergessen. Ich kann doch nicht rufen: he Zwerg. Mara lächelt, Mara, du hast schöne Beine, sagt er. Die Geranie schaukelt. Er kniet auf dem Teppich. Seine Stimme ist tief unter Maras Rock. Seine Hände sind hart. Ihre Schenkel sind heiß. Seine Zähne sind auf ihrem rechten Schenkel einzeln und naß und spitz aufgereiht. Und das Bild auf dem Tisch, das Schwarze im

Auge, sieht zu. Und verschwimmt. Oder ist es der Mottenfalter in der Luft, eine Hand weit vor Maras Augen. Au, das tut weh, Genosse Direktor, sagt sie.

Der Direktor kommt jede Woche zum Tor, sagte die Pförtnerin zu Clara. Ins Pförtnerhaus kommt er nicht, er tritt nicht über die Schwelle. Er streckt nur den Kopf zur Tür herein und zieht ihn gleich wieder zurück. Er schaut in den Draht und fragt, wie heißt der Zwerg. Der Pförtner schaut auch in den Draht, weil die Augen des Direktors seine Augen nachziehen, und weil der Pförtner meint, daß der Direktor mit dem ganzen Kopf in diesem Draht ist. Denn, wer in diesen Draht schaut, der schaut mit dem ganzen Kopf hinein, wer in diesen Draht schaut, der hört nicht mehr zu. Außer dem Pförtner und mir, sagte die Pförtnerin, wir beide schauen in den Draht und sehen ihn nicht mehr. Der Pförtner sagt jedesmal: Genosse Direktor, der Zwerg heißt CONSTANTIN. Er sagt es so laut, daß ich es höre, auch wenn der Pförtner und der Direktor im Hof stehen, sagte die Pförtnerin. Und aus dem Hemdkragen des Direktors, flattert jedesmal ein Mottenfalter, wenn er im Hof steht. Und der Direktor sagt jedesmal, ich will mir den Namen merken, doch ich vergesse ihn gleich. Ich merke mir alles, doch den Namen des Zwergs vergesse ich gleich. Darauf sagt der Pförtner, der Zwerg ist des Teufels, sonst wäre er kein Zwerg. Der Direktor war als junger Mann Direktor der Hutfabrik, das war hinter den Karpaten, sagte die Pförtnerin. Von da kommen die Motten her. Er war seither Direktor beim Wasserwerk im Süden und Direktor beim Wohnungsbau hier in der Stadt. Doch die Motten aus der Hutfabrik kriegt er nicht mehr los. Der Direktor zieht einen Zettel aus der Tasche und einen Stift. Er schreibt sich den Namen auf. Er schreibt den Namen über den ganzen Zettel, mit großen Buchstaben über seine Hand, sagte die Pförtnerin. Wenn der Direktor den Zettel und den Stift einsteckt, sagt er, jetzt weiß ichs. Und der Mottenfalter fliegt weit in den Hof hinein und verirrt sich im Draht. Und eine Woche später streckt der Direktor wieder den Kopf zur Tür herein und sagt wieder, wie heißt der Zwerg, ich will mir seinen Namen merken, doch ich vergesse ihn gleich. Und er nimmt einen gleichen Zettel aus der gleichen Tasche, und es fliegt der gleiche Mottenfalter aus seinem Hemdkragen, und er schreibt den gleichen Namen wieder auf. Und der Mottenfalter fliegt weit in den Hof hinein, in den Draht.

Einmal hat der Direktor zu mir gesagt, sagte die Pförtnerin, mit dem Zettel sei es wie mit dem Namen des Zwergs, er verliere sich von selbst.

Jeder in der Fabrik weiß, wie der Zwerg heißt, weil der Name nicht zu ihm paßt, sagte die Pförtnerin. Nur der Direktor weiß das nicht. Er wundert sich jedesmal, daß der Zwerg CONSTANTIN heißt, und sagt jedesmal, daß der Name nicht zu dem Zwerg paßt. Daher weiß auch ich, daß der Name CONSTANTIN nicht zu dem Zwerg paßt, vorher ist mir das nicht aufgefallen. Dem

Direktor fällt das jedesmal auf, sagte sie. Der Direktor müßte sich den Namen merken, weil es ihm aufgefallen ist, daß der Name CONSTANTIN nicht zu dem Zwerg paßt.

Auch mein Sohn heißt CONSTANTIN, sagte die Pförtnerin zu Clara, doch ich würde den Namen meines Kindes nie mit dem Namen eines Zwergs in Verbindung bringen, weil mein Kind kein Zwerg ist. Und weil der gleiche Name bei einem Zwerg nicht mehr der gleiche Name ist. Ich habe meinem Kind verboten, mich in der Fabrik zu suchen, sagte die Pförtnerin. Ich werde mein Kind nie in diesen Draht lassen. Denn ich weiß, daß mein Kind, wenn es nur einmal in diesen Draht geschaut hat, nicht mehr auf mich hört. Ich werde mein Kind nie als Arbeiter in diese Fabrik lassen, sagte sie, keinen einzigen Tag.

Der Direktor kniet auf dem Teppich vor Maras weggegangenen Knien. Er sieht die Beine des Sitzungstischs. Er atmet tiefer als seine Lungen, er überatmet sich. Da spürt er seine Stirn so salzig und naß, als wäre der Mund zweimal da im Gesicht, und das zweite Mal heiß und verloren, wo die Stirn ins Haar hineinreicht.

Die getigerte Katze sitzt unterm Sitzungstisch. Sie hat ein Pelzgesicht, sie gähnt. Durch die dunklen Streifen, durch den Rücken, durch den Bauch rinnt ihr der Schlaf bis in die Pfoten. Ihre Nase ist schwarz vom Maschinenöl, stumpf und alt. Doch ihre Zähne sind spitz, weiß und jung. Und ihre Augen im dünner gestreiften Pelzgesicht sind wach. In ihren Augen steht ein Bild, Maras Schenkel bis zum Knie. Auf der Innenseite des Schenkels, groß wie ein Mund, steht ein Biß.

Der Direktor steht auf. Der Mottenfalter sitzt auf der Stuhllehne. Der Direktor steht vor dem Spiegel. Er weiß nicht weshalb, doch er kämmt sich.

In der Halle, auf dem öligen Boden, liegt ein Arbeiter. Seine Augen sind halbgeschlossen, die Pupillen in die Stirn gerutscht. Neben der Presse steht eine Blutlache. Sie gerinnt nicht, das Öl saugt sie auf. Die getigerte Katze riecht an der Lache. Sie zuckt mit dem Schnurrbart und leckt nicht. Unter dem öligen Ärmel des Arbeiters hängt ein Handgelenk ohne Hand. Die Hand steckt in der Presse. Der Vorarbeiter schnürt den Ärmel ab mit einem dreckigen Tuch.

Der Zwerg hält den Kopf des Verunglückten. Der Kopf liegt warm und bewußtlos in seinen Händen. Und der Zwerg bewegt die Hände nicht. Denn das Haar am Kopf fühlt sich tot an, und unterm Haar der Hinterkopf und unterm Schädel das Hirn. Unter den weggedrehten Pupillen steht der Augapfel zwischen den Wimpern wie der Rand einer weißen Tasse. Unter den Augen steht eine Falte. Und der Zwerg sieht die Falte so lange an, bis sie das bewußtlose Gesicht teilt. Und das Gesicht der Katze, und sein eigenes Gesicht. Denn, was sich tot in seinen Händen anfühlt, kriecht ihm, wenn er die Hände nicht bewegt, an den Hals. Die Katze riecht an seinen Händen, dann an dem reglosen Kinn. Ihre Schnurrbartenden sind rot. Doch ihre Augen bleiben ruhig und groß, zerdrücken das Bild mit Maras Schenkel und dem mundgroßen Biß nicht.

Dann ruft einer, der Direktor kommt. Dann kommt Grigore und ein Mann. Und der Mann fragt, wie der Verunglückte heißt. Und niemand kennt den Fremden, und seine Hände sind sauber, und er arbeitet nicht in der Fabrik. Und der Vorarbeiter sagt CRIZU.

Und der Fremde schiebt die Katze mit Tritten, und Grigore schiebt den Zwerg mit Geschrei weg. Und der Zwerg steckt seine leeren Hände in die Tasche. Steht da, wo der Verunglückte lag, sich selber im Weg und schaut. Und die anderen Arbeiter stehen herum. Und stehen Grigore und dem Fremden im Weg und schauen. Denn Grigore und der Fremde tragen den Bewußtlosen ans Ende der Halle in die Garderobe. Sein Körper ist weich und schwer. Und sein Kittel hängt, ist halboffen und bläht sich nach unten.

Dann kommt der Direktor durch die offene Tür in die Halle, geht geradeaus, wie auf einer Schnur, über den glitschigen Boden zur Garderobe. Er schreit im Gehen, steht nicht da herum, an die Arbeit. Und ein Mottenfalter fliegt aus seinem Hemdkragen. Fliegt und verliert sich an den Fenstern, wo Akazien das Licht abhalten, weil sie schon unten am Stamm dünnes Holz und wilde

Blätter treiben. Und der Direktor schließt in der Garderobe von innen die Tür.

Und der Fremde hält den Kopf des Verunglückten. Und Grigore reißt ihm den Mund auf. Und der Direktor nimmt eine Flasche, die flach ist und in seine Hand paßt, aus dem Rock und gießt Schnaps in den offenen Mund. Und er wäscht sich die Hände und drückt auf die Klinke und stößt mit dem Fuß die Garderobentür auf. Der Direktor geht mit dem Fremden auf dem kürzesten glitschigen Weg aus der Halle hinaus, in den Hof, in den Draht.

Grigore geht hinter ihm her. Und bleibt an der Tür stehn und stößt an den Zwerg. Und sagt in die Halle hinein, Crizu ist seit heute früh besoffen, Crizu ist am Arbeitsplatz betrunken.

Der Zwerg lehnt in der Tür und schaut in den Draht und ißt eine Birne. Seine Augen sind leer, sein Kopf ist zu groß. Sein Mund sagt vor sich hin, Crizu trinkt nicht. Und der Saft tropft ihm aus dem Mund. Und die Sonne zieht sich eine durchsichtige Wolke um den Bauch. Der Zwerg beißt tief in die Birne und kaut. Kaut die Schale, das Fleisch, das Gehäuse. Seine Finger sind klebrig, seine Schuhe vertropft. Seine Hand ist leer. Doch er schluckt nicht. Seine Backen sind voll mit der zerbissenen Birne. Voll bis unter die Augen.

Macht nichts, macht nichts, sagt einer laut in der Halle. Trägt seinen Kopf am Fenster vorbei und sagt, da kann man nichts machen.

Wer das sagt, dem hängt das Unglück am Mund, wie Laub vor dem Fenster am Baum hängt. Im Sommer grün, oder gelb im Herbst, ist Unglück ein Ast in seinem Gesicht. Die Farbe ist da, nur das Laub nicht. Denn das Unglück ist nackt, immer kahl, wie später und draußen das Winterholz sein wird. Muß das nackte Leben abhalten vom Auge. Muß das nackte Reden abhalten vom Mund, bevor ein Gedanke im Kopf ist. Muß schweigen und klagt nicht. Und der Zwerg muß essen und schluckt nicht. Und Crizu muß schlucken und trinkt nicht.

Doch wenn der Arzt kommt, wenn er den Schnaps riecht, ist Crizu durch sein Recht gefallen, bewußtlos und besoffen.

Dann flirrt ein Spatzenschwarm wie ein Schirm durch den Hof. Ein Vogel löst sich heraus und setzt sich auf den Draht und dann auf den Boden. Und hüpft, bis seine Federn gleich verteilt, und seine Flügel auf dem Rücken nur noch Federn sind. Dann geht der Vogel durch die Tür in die Halle. Und in der Halle über den glitschigen Boden geradeaus wie auf einer Schnur. Die Arbeiter stehen und schauen ihn an. Und keiner sagt was.

Nur der Vorarbeiter steht an der Presse und bückt sich. Er schaut in eine andere Stille, er sucht die abgequetschte Hand.

Und der Zwerg steht auf seinen abgebrochenen Ziegelsteinen im Hof und kaut eine Birne ins Leere.

Anca stellt alle Bleistifte in die leere Cola-Dose. Sie wischt den Staub von der leeren Bierdose. Und Maria stellt alle Kugelschreiber in die leere Bierdose. Und Eva gießt die weißgefleckte Kletterpflanze und hängt ihre weißgefleckten Blätter um den Bildrahmen an die Wand. Auf dem Bild ist blühender Mohn. Und David nimmt einen Bleistift aus der Cola-Dose. Und Anca sagt, daß die weißgefleckte Kletterpflanze SCHWIEGERMUTTERZUNGE heißt. Und David schlägt das Heft mit den Kreuzworträtseln auf. Und Clara legt den kleinen Pinsel auf den Schreibtisch und bläst auf ihre frischlackierten Fingernägel. Und David sagt, Gefühl nach dem Essen in vier Buchstaben. Und Anca ruft ÜBEL. Und Eva ruft VOLL. Und Mara ruft SATT.

Dann öffnet sich die Tür, und Grigore steht im Büro. Und Mara stellt zum drittenmal ihr Bein auf den Stuhl und hebt den Rock und zeigt auch Grigore ihren Schenkel. Und Grigore faßt Maras Knie an und schaut auf ihren Hals, dorthin, wo Maras Goldkette baumelt. Ein verrückter Tag, sagt Mara, der Direktor hat mich gebissen.

Trommelfellentzündung

Gesicht ohne Gesicht
Stirn aus Sand
Stimme ohne Stimme
Was ist noch da
Zeit ist geblieben

Paul sieht im Saal nur Augen. Das Licht ist aus und alle Augen sind gleich. Und ein paar mehr als hundert Augen sind die Augen der Polizisten.

Zeit ohne Zeit
Was kann man ändern

Die Köpfe, die sich im Takt des Liedes wiegen, unterscheiden sich von den wachenden Köpfen. Die bewegen Hände, und in den Händen leuchtende Taschenlampen. Sie leuchten die Köpfe der Singenden ab. Merken sich die Gesichter, die aus dem Singen ins Schreien fallen. Anna sitzt in der ersten Reihe und sieht die Kreise der Taschenlampen an der Wand.

Ich hab nur einen Gedanken
Was könnt ich mit euch tauschen
Einen meiner Brüder
Für eine Zigarette

Die Seitentür öffnet sich von innen, und aus der Halle schneidet ein Lichtstreifen in den Saal. Hunde bellen.

Ich bin verrückt geworden
Ich habe mich verliebt
In eine, die mich liebt
Die Liebste ist stupid
Weil sie mich doch und noch
Nicht wirklich liebt

Und durch den Lichtstreifen wird ein Mann mit gekrümmtem Rücken hinausgezerrt und abgeführt.

Ich hab nur einen Gedanken
Was könnt ich euch verkaufen
Der zerwühlte Rock
Hat nur einen Knopf

Der Sänger dreht sich um und sieht Paul an. Paul sieht Sorin an. Der hebt den Trommelstock und berührt Abis Arm.

Die Nacht näht einen Sack
Aus Dunkelheit

Die Seitentür öffnet sich von außen, und im Lichtstreifen stehen Köpfe mit blauen Schirmmützen. Adina sitzt mitten im Saal. Sieht unter den Mützen die Ohren nackt abstehen.

Bitteres Stiefmuttergras
Im Bahnhof pfeift ein Güterzug

Diese Ohren horchen in den Saal, die Hunde bellen. Pauls Mund singt, sein Schädel schwirrt und seine Zehen. Die Taschenlampen funkeln. Dann werden alle Türen aufgerissen, die Schuhe poltern. Die Bühne wird dunkel, und der Saal wird hell. Und die schreienden Gesichter stehen nackt im Licht. Die Polizisten, die Hunde und ein Mann im Anzug stehen im Saal. Pauls Finger zerren an den Saiten, die Gitarre ist stumm. Sorins Trommelstöcke haben keinen Klang. Denn der Mann im Anzug steht neben ihm auf der Bühne, hebt die Hände und schreit, aus, das Konzert ist beendet, verlaßt in Ruhe den Saal.

Der Sänger und Paul und Abi und Sorin singen und hören sich nicht mehr. Denn das Lied ist matt, hat Angst ausgehaucht, so groß wie der Mund, und der Blick. So groß wie der Saal. Die Polizisten stoßen, treten und knüppeln unten im Licht die Singenden zu den Türen hinaus.

Kleines Kind ohne die Großen
Auf dem Asphalt steht barfuß ein Schuh

Die Gummiknüppel suchen sich im Zufall Rücken, Köpfe, Beine aus. An ledernen Riemen hängen Revolver und Maschinenpistolen. Adina lehnt an der Wand. Die Stuhlreihen sind leer. Die Polizisten haben sich satt geprügelt, die Hunde haben sich satt gebellt. Nur die Schuhe der Polizisten sind laut. Sie gehen zum Ausgang. Anna sitzt zwischen leeren Stühlen in der ersten Reihe. Und die Hunde laufen den Schuhen nach, haben lange, verlorene Beine.

Der Mann im Anzug steht auf der Bühne. Morgen um acht auf Zimmer zwei, sagt er. Paul sieht an und sagt, verstanden. Abi fragt weshalb. Sorin zieht an einem Kabel. Adina steht neben Sorin und schaut, wie ihm das Kabel in die Armbeuge kriecht. Anna sitzt am Bühnenrand und hält sich mit beiden Händen fest und schaut in den leeren Saal. Und der Mann im Anzug sagt, die Fragen stellen wir. Und Paul sagt, ich habe Nachtschicht. Und der Mann im Anzug springt neben den Treppen von der Bühne und geht durch den Saal und schreit, gleich danach. Und schlägt hinter sich die Tür zu. Und Anna küßt Paul. Paul sagt, geh nach Hause, ich komm morgen zu dir.

Sie preßt den Mund zusammen. Sieht auf den Boden und wetzt mit dem Schuh. Paul sagt, ich komme nach dem Verhör, ich komme bestimmt.

Anna geht an Adina vorbei und hat keinen Blick. Nur ein schmales Gesicht. Und ihre Wangen sind verstellt vor Eifersucht, vom Wissen, daß Adina drei Jahre mit Paul gelebt hat. Ihre Arme sind hilflos, daß sie die Finger ineinander verschränken muß, um zu gehen. Daß sie bei jedem Schritt die Beine zu hoch hebt auf den

Treppen. Dann geht sie schlurfend langsam durch die leeren Stühle in den Saal hinein. Daß ihre Schritte nicht täuschen und zeigen, daß Anna ihr Gesicht wegträgt, bevor es zwischen Adina und Paul verdrängt wird. Adina hört die Schritte im Saal und sieht in Pauls Gesicht, wie sich der Blick vom Abschied noch mal losreißt. Anna geht, ohne sich umzudrehen, aus dem Saal hinaus, durch eine Seitentür.

Die Schnapsflasche geht von einer Hand zur anderen. Die Stimmen verknäulen sich. Ein schöner Abend. In einem schönen Land. Wir können uns alle aufhängen. Zusammen sterben ist verboten. Wenn wir tot sind, verlassen wir in Ruhe den Saal. Ich stell uns die Totenscheine aus, sagt Paul. Sorin hebt die Flasche an den Mund, sagt in den Hals der Flasche, in den Schnaps, der vor seinen Zähnen schwappt, mir bitte meine Lieblingsdiagnose, TROMMELFELLENTZÜNDUNG.

Paul geht die Treppen hinunter, Adina hüpft neben den Treppen von der Bühne. Er geht im Saal, zwischen den vielen Wegen der leeren Stühle, den gleichen Weg, den Anna gegangen ist. Adina geht hinter ihm her.

Sie spürt seine Rippen, seine Jacke ist dünn. Die Straße so dunkel, daß nur der Himmel rauscht, weil man die Bäume nicht sieht. Kein Auto, kein Mensch. Der Asphalt ist kalt und die Schuhsohlen dünn. Ihr Hals friert, doch der Weg ist da, die Schuhe klappern. Und das Klappern kriecht an die Wangen. Neben Pauls Wange steht das Stadion. Still und hoch. Ein Gebirge, als könnte dort am Tag nie ein Ball fliegen, wo nachts der Mond läuft.

Das Krankenhaus stellt den Weg zu mit seiner schwarzen Länge und Höhe. Ein paar Fenster leuchten, doch sie leuchten für sich, werfen den Schimmer nicht in die Nacht.

Schau dir das an, sagt Paul. Einmal hab ich die Fenster gezählt, hundertvierundfünfzig. Im Sommer haben sich vier aus dem Fenster gestürzt, macht nichts, macht nichts. Wenn sie nicht springen, sterben sie im Bett. Da geht es nicht um ein Lied, seit Monaten haben wir keine Watte, kein Verbandszeug, wir nehmen Reste aus der Strumpffabrik.

Paul küßt Adina, er hängt an ihrem Mund. Seine Hände sind warm, sie schließt die Augen und spürt sein hartes Glied am Bauch. Sie zieht den Mund weg, drückt die Stirn an seinen Hals. Bleibt mit den Schuhen zwischen seinen Schuhen, mitten auf der Kreuzung stehen, wo sich am Tag die Straßen schneiden. Sein Hemdkragen knistert ihr im Ohr. Doch ihre Ohren sind weg vom Kopf, sind dort hinten, wo Hunde bellen. Und ihre Augen dort oben, wo der Mond läuft und Wolkenlöcher sucht.

Geh jetzt, sagt Adina.

Dann geht sie über die Straße mit kleinen Schritten

über den Asphalt, doch da ist nichts. Nur das Klappern bleibt dicht und die Stirn heiß, damit sich der Weg hält. Am Randstein dreht sie den Kopf. Paul hat sich nicht bewegt, steht wie ein Schatten. Der hellere Fleck ist sein Gesicht. Paul steht auf der Kreuzung und sieht ihr nach.

Paul geht auf die beleuchteten Fenster zu. Der Wind hebt sein Haar, es riecht nach nasser Erde und frischgemähtem Gras.

Hinterm Krankenhaus steht ein Wald. Es ist keiner. Eine Baumschule ist es, dem Wildwuchs überlassen. Älter als die Wohnblockherden am Stadtrand, älter als das Krankenhaus. Ganz unten an den Wurzeln, an den wenigen geraden Stämmen sind noch Reihen zu erkennen. Doch oben stechen Nadeln und Laub ineinander. Verändern sich täglich. Gleichgeblieben über Jahre ist, daß kein Baum zum anderen paßt, daß hinter dem Krankenhaus eine Wildnis wächst, die kein Gesicht erträgt. Daß die Kranken aus den oberen Stockwerken den Wildwuchs am deutlichsten sehen und verstört sind. Paul weiß, daß die Kranken mit dem Feldstecher stundenlang in diese Wildnis schauen. Und einsilbig wie Waldhüter werden.

Dieses Schauen fing mit einem kranken Waldhüter aus den Westkarpaten an und hörte nicht mehr auf. Der Waldhüter war oben im zehnten Stock. Ein Waldhüter aus dem gleichen Wald kam ihn besuchen und brachte ihm den Feldstecher mit. Um die Zeit zu vertreiben, sagte er. Der kranke Waldhüter schaute mit den Männern aus dem zehnten Stock tagelang in den Wald. Bis er starb. Als der Waldhüter aus dem gleichen Wald mit der Witwe und einem Sarg kam, nahm er sein Gebiß, seine Brille und Nagelschere und seinen Hut mit. Den Feldstecher ließ er den Männern im Krankenhaus. Und langsam, immer mehr, nach unten bis zum dritten Stock, werden alle Männer kranke Waldhüter, weil sie an diesem Feldstecher hängen. Es gibt Listen, die den zehnten mit dem dritten Stock verbinden. Auf den Listen stehen Namen, Tage und Uhrzeiten. Die zeigen, wann und wie lange jeder Kranke mit dem Feldstecher in den Wald schauen darf.

Paul hat einmal mit dem Feldstecher in den Wald geschaut. Er wollte wissen, was die kranken Waldhüter sehen. Er kennt den Wald, weil er nach der Arbeit zwischen diesen Bäumen oft spazierengeht. Und doch hat hinter dem Feldstecher die riesige Kugel aus Nadeln und Laub Paul erschreckt. Auch das Gestrüpp, das Hals über Kopf wächst. Das Holz daran, das seine Art zu wachsen längst erkannt hat. Denn das wildere vertreibt, was sich zahm zurückhält, schneidet ihm oben das Licht und unten den Boden ab. Und die Gräser sind hinter dem Feldstecher näher, als wenn der Fuß drin steht.

Die kranken Waldhüter sagen, daß man auch Hunde und Katzen sieht. Und Männer mit Frauen, die sich mitten am Tag an dunklen Stellen, oder im halbdunklen Abend in den Lichtungen paaren. Und vormittags Kinder, die sich vor anderen Kindern verstecken. Und einander mit Grasbüscheln knebeln. Und wenn keiner sie sucht, das Versteckspiel vergessen.

Paul hört diese Kinder, weil sie auf der Suche nach Schmerz über den dreireihigen Stacheldraht in den Hinterhof des Krankenhauses klettern, zu den rostigen, fensterlosen Krankenwagen.

Der kleinste Mann geht am größten Stock

Auf der Windschutzscheibe liegt dicker Staub.

Sein Ellbogen steht auf ihrem Haar. Sein Mund keucht, sein Bauch stößt. Sie drückt das Gesicht an die Lehne. Sie hört am Handgelenk das Ticken der Uhr. Das Ticken riecht nach eiligen Wegen, nach Mittagspausen und Benzin. Seine Unterhose liegt auf dem Boden, seine Hose hängt auf dem Lenkrad. Hinter der Scheibe sehen Maisstengel schief nach vorne gebeugt in ihr Gesicht. Ihr Höschen liegt unter seinem Schuh.

Das Haar an den Maiskolben ist zerrupft und spröd. Die Maisblätter rascheln trocken, die Stengel schlagen dürr aneinander. Zwischen den Spitzen wächst farbloser Himmel.

Sie schließt die Augen. Der farblose Himmel über dem Maisfeld bricht ein in ihre Stirn.

Dann klappert es draußen.

Sie reißt die Augen auf. Ein Fahrrad lehnt an einem Maisstengel im Feld. Ein Mann trägt einen Sack auf dem Rücken zum Fahrrad. Da kommt jemand, sagt sie.

Die Maisstengel stoßen dem gehenden Mann durch den Kopf.

Auf Claras Höschen ist die Spur einer gerippten Schuhsohle. Sie zieht das Höschen an. Der kommt nicht hierher, sagt Pavel, der hat Mais gestohlen. Clara sieht auf die Uhr. Der Mann schiebt das Fahrrad durch die dürren Stengel.

Ich muß zurück in die Fabrik, sagt Clara. Pavel zerrt seine Hose vom Lenkrad, aus seiner Hosentasche fallen Sonnenblumenkerne auf sein nacktes Knie, wie lange kannst du fehlen beim Gericht, fragt Clara.

Das Auto summt, ist grau in Staub gehüllt. Ich arbeite nicht beim Gericht, sagt Pavel. Claras Kleid ist zerknittert, der Rücken verschwitzt. Bist du Anwalt, fragt Clara. Ja, sagt er, aber nicht beim Gericht. Der Himmel wird breit, denn der Mais sucht das Weite, läuft in die andere Richtung. Bleibt niedriges, raschelndes Feld, das in den Horizont geht. Ich habe dich in einem anderen Auto gesehen, sagt Clara. Er sieht hinaus, wo, fragt er. Sie sieht die Sonnenblumenkerne zwischen seinen Schuhen liegen, an der Kathedrale, auf der Straße neben dem Park. Pavel dreht das Lenkrad so leicht, als würden seine Hände nichts tun. Schwarze Autos gibt es in jeder Fabrik, sagt er. Sie sieht den Sekundenzeiger zucken an der Uhr, du bist aber in keiner Fabrik.

Er schweigt und zuckt die Schultern. Und Clara schweigt und schaut hinaus.

Dort ist ein Winkel, wo der Himmel den Blick schließt. Dort wartet eine helle Müdigkeit und hebt sich täglich in die Stadt. In die Mittagspausen und leeren Nachmittage der Fabrik. Müdigkeit, die zwischen Draht und Rost die Augen schließt. Die im Hals klopft, weil die Hand des Pförtners in der Tasche wühlt. Müdigkeit, die in der Straßenbahn, zwischen den Haltestellen, gleiche, altgewordene Gesichter gegenüberstellt. Müdigkeit, die mit dem Blick voraus, vor dem eigenen Kopf in die Wohnung geht. Und in der Wohnung bleibt, bis zwischen Fenster und Tür ein Tag zu Ende ist.

Und wenn ich mir das Schlimmste denke, sagt Clara und sieht seine Schläfe.

Pavels Muttermal fährt vor der Scheibe, ist schwarz wie die frischen Maulwurfshügel neben der Scheibe im Gras.

Das Auto sucht die Schlaglöcher auf dem Weg. Pavel zieht an seiner rotblau getupften Krawatte. An seinem Hemdkragen hängt ein Haar. Es ist ein Haar von ihr. Sie nimmt es mit den Fingerspitzen. Pavel drückt den Hals an ihre Hand und fragt, was ist. Sie sagt, nichts, ein Haar. Was sagst du deiner Frau. Die Pappelallee fliegt am Wegrand hinauf. Er sagt, nichts. Wie alt ist deine Tochter. Er sagt, acht. Die Pappeln lassen zu beiden Seiten gelbe Blätter fallen. Claras Finger werden unsicher und lassen das Haar fallen.

Ich weiß, was ich weiß, sagt Pavel.

Eine Krähe steht im Hirschgras und glänzt.

Neben dem Zimmer mit der Lautsprecheranlage steht eine Feuerleiter. Sie führt zur Dachkammer hinauf. Sie hat dünne eiserne Sprossen. Clara geht hinter Evas Fersen die Leiter hoch. Mara, Anca und Maria sind schon oben. Das kleine Fenster ist nicht geschlossen, es ist nur angelehnt. Eva stößt den Fensterflügel auf. Dort unten im Hof, auf der anderen Seite, sind drei Treppen und eine offene Tür. Und im Gang, gleich hinter der Tür, ist links der Umkleideraum und rechts der Duschraum der Männer.

Maras Haar steht vor Evas Gesicht. Anca drückt ihre Schulter an Marias Rücken, Clara spürt Marias Haarspange am Ohr.

Die Männer gehen wie jeden Tag in den Arbeitskitteln die Treppen hoch, in den Gang in die linke Tür hinein. Sie kommen nach einer Weile nackt aus der linken Tür heraus und überqueren den Gang, und gehen in die rechte Tür unter die Duschen. Das heiße Wasser treibt Dampf in den Gang. Doch vom Mai bis zum September, wenn die Sonne an den späten Nachmittagen auf die andere Seite des Fabrikhofs, schief über den Draht fällt, steht das Licht auf den Treppen und leuchtet in den Gang. Ist so hell, daß es den Dampf durchbricht, daß man die nackten Männer von einer Tür zur andern gehen sieht.

Die nackten Männer krümmen die Füße, treten zögernd auf mit knotigen Zehen, der Betonboden ist immer naß und kalt und glitschig. Sie haben dicke Bäuche und dürre Rücken, ziehen die Schultern ein. Ihre Bäuche sind behaart, ihre Schenkel dünn. Das Schamhaar ein dicker Knoten. Ihre Hoden sieht man aus dem Dachkammerfenster nicht. Nur das baumelnde Glied.

Die Blonden haben so weiße Schwänze, sagt Mara. Eva lehnt auf ihrem Rücken und sagt, alle Moldauer haben weiße Schwänze. Nein, sagt Maria, der alte George nicht. Dem seinen hab ich noch nicht gesehen, sagt Clara. Ihr Haar hängt ihr übers Auge, sie streift es zurück und hat Maishaar in der Hand. Eva sagt, George ist zuvor die Treppen raufgegangen, gleich kommt er. Mara hebt das Gesicht über Evas Haar. Ihre Augen sind groß. Clara läßt das Maishaar fallen.

Der Zwerg, sagt Maria, mein Gott, der Zwerg hat den größten. Der kleinste Mann geht am größten Stock.

Clara stellt sich auf die Zehenspitzen.

Der Grashalm im Mund

Im gegenüberliegenden Fenster steht eine Frau und gießt die Petunien. Sie ist nicht mehr jung und noch nicht alt, hat Paul schon vor Jahren gesagt. Damals schon hatte sie kastanienrotes großgewelltes Haar, damals, als Paul noch bei Adina wohnte. Und die Fensterscheibe hatte schon damals den schieflaufenden Sprung. Es sind fünf Jahre vergangen, die haben das Gesicht der Frau nicht berührt. Das Haar ist nicht glatter geworden, nicht blasser. Und die weißen Petunien sind jedes Jahr andere und doch die gleichen.

Die weißen Petunien hingen damals schon nach unten, die Frau sah damals schon beim Gießen nichts als gebogene Stiele. Die weißen Trichter sah sie nicht.

Wenn man auf der Straße unten den Kopf hob, hingen sie schon damals so hoch oben, zwischen all den Fenstern, daß, wer nicht wußte, daß die kleinen weißen Flecken Petunien sind, im Sommerwind bis in den Herbst hinein Kindersocken oder Taschentücher flattern sah.

Adina steht auf dem Fuchsfell vor dem halbgeöffneten Schrank. Sie sucht den grauen Stoffrock. Die dünnen Sommerröcke hängen nach außen, die Winterröcke hängen nach innen, auf dem Bügel. Wenn sich Wärme und Kälte verändern, wechseln die Kleider den Platz im Schrank. Dann sieht Adina, wie lange Ilije schon weg ist. Seine Kleider wechseln keinen Bügel, keine Schublade, kein Fach. Liegen da, als lebe er nicht. Da hängt sein Bild an der Wand, da steht er mit den Schuhen im Gras. Doch das Gras gehört ihm nicht, und die Schuhe gehören ihm nicht. Die Hose, die Jacke, die Mütze nicht.

Eines Tages vor zwei Sommern rief eine Stimme unten laut Adinas Namen. Adina ging ans Fenster. Ilije stand dicht an der Petunienseite des anderen Wohnblocks. Er hob den Kopf und schrie hinauf: für wen blühen die. Und Adina schrie hinunter: für sich.

Adina schlüpft in den grauen Rock. Ihr Fuß rutscht auf dem Fuchsfell aus. Der Fuchsschwanz schiebt sich vom Fell weg. Ist da, wo am Rücken der Pelzstreifen hell und schmal wird, abgerissen unter ihrem Fuß. Sie legt den Fuchs mit dem Fell nach unten, sieht die Rückseite an, eine Haut so weiß und runzelig wie alter Teig. Das Fell oben und die Haut unten sind wärmer als der Fußboden, und wärmer als ihre Hände.

Abgefault, abgemodert, denkt Adina. Schiebt den Fuchsschwanz ans Fell, bis er so aussieht, als wäre er wieder angewachsen, Ilije sieht aus dem Bilderrahmen in den Kleidern, die nicht ihm gehören, aus Augen, die nicht ihm gehören, ihre Hände an. Er hält einen Grashalm im Mund.

Abfaulen, abmodern ist naß, denkt Adina, ein Fell trocknet, wie ein Grashalm verdorrt. Auf diesem Bild ist der Grashalm das einzige, was Ilije gehört. Der Grashalm macht sein Gesicht alt. Adina geht in die Küche. Auch vor dem Küchenfenster gießt die Frau die weißen Petunien.

Sie öffnen sich morgens, wenn das Licht kommt, und schließen sich abends, wenn es grau wird. Drehen jeden Tag die Trichter auf und zu, überdrehen sich in den Oktober. Sie haben ein Uhrwerk wie dunkel und hell.

Ein Messer liegt auf dem Küchentisch, Quittenschalen und eine halbe Quitte. Der Schnitt ist an der Luft getrocknet wie die Fuchshaut unten, doch so braun wie das Fuchshaar. An der Schlange aus Quittenschale frißt eine Kakerlake.

Man müßte eine Quitte und ein Messer halten, eine Quittenschlange schälen, denkt Adina, eine geschälte Quitte essen, die am Zahnfleisch drückt. Man müßte beißen, kauen, schlucken und die Augen schließen, bis die Quitte aus der Hand im Magen ist.

Adina legt die Hände auf den Küchentisch und legt das Gesicht in die Hände. Sie hält den Atem zurück.

Man müßte daran denken, daß man nie eine halbe Quitte übrig läßt, weil sie wie ein Fell vertrocknet, wie ein Grashalm verdorrt. Wenn man eine ganze Quitte gegessen hat, wenn sie aus der Hand im Magen ist, sagt Adina in ihre Hände auf dem Tisch, müßte man die Augen öffnen und eine andere sein.

Eine sein, die nie eine Quitte ißt.

Gesicht ohne Gesicht

Das Tonbandgerät läuft. Aus dem Lautsprecher auf dem Schreibtisch sagt eine tiefe Stimme, also KASCHOLI, wie liest man das. KARACZOLNY, sagt eine leise Stimme. Also ungarisch, sagt die tiefe Stimme, heißt das was auf ungarisch. Weihnachten, sagt die leise Stimme. Die tiefe Stimme lacht.

Pavel blättert eine Akte durch, hält ein Foto schief ins Licht und lacht. Er lacht länger und lauter als die tiefe Stimme.

Vorname, sagt die tiefe Stimme. ALBERT, sagt die leise Stimme. Und ABI, fragt die tiefe Stimme. Die leise Stimme sagt, meine Freunde nennen mich so. Und dein Vater, sagt die tiefe Stimme. Er hat mich auch ABI genannt, er lebt nicht mehr, sagt die leise Stimme. Und die tiefe Stimme wird wie die leise Stimme und sagt, ach so. Wann ist er gestorben. Und die leise Stimme wird wie die tiefe Stimme und sagt, das wissen Sie genau. Die tiefe Stimme fragt, wieso. Und die leise Stimme sagt, weil Sie fragen. Umgekehrt, sagt die tiefe Stimme, was wir wissen, das fragen wir nicht. Ein Feuerzeug klickt im Lautsprecher. Damals war ich noch im Kindergarten, sagt die tiefe Stimme, wie Sie. Ihr Vater hieß auch ALBERT, wie Sie. Können Sie sich an Ihren Vater noch erinnern. Nein, sagt die leise Stimme. Sie haben gesagt, Ihr Vater hat Sie ABI genannt, sagt die tiefe Stimme, und danach haben Sie gesagt, Sie können sich nicht mehr an ihn erinnern. Das ist doch ein Widerspruch. Das ist kein Widerspruch, sagt die leise Stimme, meine Mutter nennt mich ABI. Was wollen Sie von mir.

Und ganz am Anfang haben Sie gesagt, daß Ihre Freunde Sie ABI nennen, sagt die tiefe Stimme. Das ist auch ein Widerspruch. Sehen Sie, KASCHOLI, den Familiennamen kann ich nicht aussprechen. Die tiefe Stimme wird wie die leise Stimme. Sehen Sie, ALBERT, sagt sie, die Widersprüche verbinden sich. Oder kann ich dich, wie deine Freunde, ABI nennen, sagt die tiefe Stimme. Nein, sagt die leise Stimme. Das war aber deutlich, sagt die tiefe Stimme. Was wollen Sie von mir, fragt die leise Stimme.

Pavel hält ein Foto unters Licht der Lampe. Es ist alt, es glänzt nicht, nur ein paar Lichtstreifen zerrinnen am Himmel, wo alles leer ist. Denn wo er aufhört, ist eine Wand, und an der Wand lehnt ein Mann mit eingefallenen Wangen und großen Ohren. Pavel schreibt auf die Rückseite des Fotos ein Datum.

Die tiefe Stimme hustet. Im Lautsprecher knistert Papier. Wie hier, sagt die tiefe Stimme, und wird wie die leise Stimme: ich bin verrückt geworden, ich habe mich verliebt, in eine, die mich licbt, dic Liebste ist stupid, weil sie mich doch und noch, nicht wirklich liebt. Das ist auch ein Widerspruch, die Widersprüche verbinden sich. Das ist doch ein Lied, sagt die leise Stimme laut.

Pavel sieht auf die Uhr, legt das Foto mit dem Gesicht nach unten zur Akte. Er schaltet den Lautsprecher aus und schiebt die Schublade zu. Er nimmt den Hörer ab, vor dem Fenster steht eine Pappel. Er sieht hinaus, seine Augen sind klein, sein Blick so naß wie die Pappel. Sein Blick fällt durch die Pappeläste, ohne die Äste zu sehen. Er wählt eine Nummer, und die Wählscheibe dreht sich zweimal, so geht das nicht, sagt er, es ist vier Uhr.

Er schweigt, und er sieht in die Pappel, der Wind bläst, die Blätter sind naß, sein Feuerzeug klickt. Die Zigarette glüht. Er bläst Rauch vor sich her und schlägt die Tür zu.

Schreib, sagt die Stimme. Die Augen in der Stirn sind hellbraun. Sie drehen sich und werden dunkel. Und fingerdick ist die Mappe, auf der das Blatt liegt, von dem die Augen lesen. Und draußen weht die Pappel. Der Mund bewegt sich zwischen Telefon und Schreibtischlampe. Und Abis Augen hängen an der Fensterscheibe, und draußen regnet es, man sieht nicht, wie der Regen auf die Pappel fällt, als wär die Pappel nichts. Nur wenn der Regen abtropft von den Blättern, sieht man Wasserkugeln fallen. Abi drückt die Finger an den Kugelschreiber. Und oben an der Decke brennt eine nackte Glühbirne so hell, daß die Lichtfäden zappeln. Abi sieht die kahle Tischplatte an. Der Kugelschreiber gehört nicht ihm, und das leere Blatt gehört nicht ihm. Die

Stimme schreit und stolpert, wie die Lichtfäden zappeln. Unter der Stimme in der Kinnfalte steht eine kleine Schnittwunde. Sie ist ein paar Tage alt.

Die Tür geht langsam auf. Die Augen neben der Lampe sind halbgeschlossen. Sie heben den Blick nicht, sie wissen, wer kommt.

Abi schaut hinter der Tischkante von diesem leeren Blatt auf und legt den Kugelschreiber nicht aus der Hand. Der Mann mit der rotblau getupften Krawatte kommt auf den Tisch zu, streckt seine Hand aus und sieht auf das leere Blatt. Und Abi sieht ein Muttermal zwischen Hemdkragen und Ohr, streckt die Hand aus mit dem Kugelschreiber zwischen den Fingern. Und der Mann sagt: PAVEL MURGU und drückt Abis Hand und den Kugelschreiber.

Gesicht ohne Gesicht, also hat er sein Gesicht verloren, sagt die Schnittwunde, hebt die Hand an die Stirn. Stirn aus Sand, also Kopf ohne Verstand. Stimme ohne Stimme, also hört niemand zu, sagt sie. Das Muttermal sitzt neben der Schnittwunde und sieht hinaus durch die Scheibe.

Vielleicht sieht der Mann mit dem Muttermal die Pappel an, er kann sich das leisten, er kann mit den Gedanken weggehn, denkt Abi. Denn die hellbraunen Augen sind groß geöffnet und hart. Sie glänzen und sehen Abi an. Die hellbraunen Augen sind auf seinen Wangen, die ihnen nicht gehören, in Abis Fingerspitzen, in seinem Gesicht, in den kleinen Atemzügen, die Abis Mund aus dem grellen Licht zusammenschnappt.

Ein Widerspruch ist es, daß einer stirbt und kein Grab hat, denkt Abi, und daß er das sagen müßte, denkt er. Und sein Hals klopft, und sein Mund bewegt sich nicht. Und ein Widerspruch ist es, wenn man als Sohn eines Toten in eine Stadt fährt, in der ein Gefängnis ist, und wenn man an allen, die hier wohnen, etwas Zählebiges oder Zerbrochenes sucht – und nur das Gewöhnliche findet. Gewöhnliche Augen, gewöhnliche Schritte, gewöhnliche Hände, gewöhnliche Taschen. In den Schaufenstern stehen gewöhnliche Hochzeitsfotos, der Schleier der Braut im Park ist wie Wasserschaum ins Gras gelegt. Und daneben das weiße Hemd im schwarzen Anzug ist wie Schnee im Schiefer. Und gewöhnliche Absolventenfotos mit Krankenschwestern. Und ein Widerspruch ist es, daß gewöhnliche Männer und Frauen sich in den Straßen der Stadt begegnen und den Sohn eines Toten erschrecken, weil sie statt WIE GEHT ES fragen, WIE STEHST DU MIT DEM LEBEN.

Gesicht ohne Gesicht, wer ist damit gemeint, fragt der Mann mit dem Muttermal.

Und ein Widerspruch ist es, denkt Abi, wenn die Gefangenen zwischen Hunger und Schlägen im Takt der Qual ihre Schuld zu Möbeln machen mußten für eine Möbelfabrik. Und selber keine Betten hatten, nur knochiges Holz und knochige Finger. Und wenn junge Paare, wissend oder nicht, sich nach der Hochzeit diese von diesen Händen gepolsterten Stühle und Vitrinen kauften. Und die Schwindelhöhe des Himmels, die über dem Gefängnis steht, ist in dieser Stadt ein Widerspruch. Daß sie damals schon dastand und schaute und sah, daß diese Stadt in der Achse liegt, in der Schneise eines schnurgeraden, kalten Sonnenstrahls, wo Krähen still und langsam in die Dächer tauchen.

Niemand ist damit gemeint, sagt Abi, es ist doch ein Lied. Und die Schnittwunde sagt, warum singt ihr das, wenn niemand gemeint ist. Weil es ein Lied ist, sagt Abi.

Der Präsident des Landes ist gemeint, sagt das Muttermal. Nein, sagt Abi.

Die Wände sind voller Steckdosen. Die haben ein Maul. Am Lampenfuß sind gelbe Zahlen, eine Inventurnummer.

Du bist also nicht informiert, sagt das Muttermal, dein Freund Paul hat gestanden, und der wird es doch wissen. Der hat das Lied doch geschrieben, sagt die Schnittwunde.

An der Schreibtischseite steht eine gelbe Inventurnummer, und an der Schranktür. Paul kann nicht gestanden haben, sagt Abi, weil es nicht stimmt. Das Muttermal lacht und das Telefon läutet. Die Schnittwunde drückt den Hörer an die Wange und sagt: nein, ja, was, na wie. Gut. Der Mund flüstert dem Muttermal ins Ohr, und im Gesicht des Muttermals steht nur das helle Licht und keine Regung.

Die Schnittwunde sagt, wie du siehst, sagt dein Freund Paul dir doch nicht alles.

Hinter dem Fenster ist es dunkel, die Pappel ist weg. Die Glühbirne spiegelt sich, die Decke, der Schrank und die Wand, die Steckdosen und die Tür. Ein Zimmer, wie ein halbes Fenster, geduckt und zu Glas geschrumpft. Und niemand ist drin.

Dann schreib, wer gemeint ist, sagt das Muttermal. Und die Schnittwunde sagt, wenn wir zufrieden sind, kannst du gehen. Und wenn nicht, wirst du bleiben und nachdenken, sagt das Muttermal. Die Schnittwunde hält die Akte unterm Arm. Das Muttermal steht an der Tür und bläst Rauch aus der Nase. Wenn man allein ist, kann man besser denken, sagt die Schnittwunde. Spuckt sich auf die Fingerspitzen und zählt fünf weiße Blätter. Die hellbraunen Augen sind rund und froh, Papier gibts genug, sagen sie.

Das gefällt mir, wie es da heißt in eurem Lied, in dem niemand gemeint ist: die Nacht näht einen Sack aus Dunkelheit, sagt das Muttermal.

Die Tür schließt sich von außen. Die Schlüssel rasseln in der Tür. Der Fußboden dehnt sich im Licht. Der Zigarettenrauch zieht zum dunklen Fenster. Sonst bewegt sich nichts: der leere Schreibtisch liegt, der Stuhl liegt, der Schrank liegt, die leeren Blätter liegen. Das Fenster steht.

Das ist ein Widerspruch, denkt Abi, daß dieses Fenster draußen auf der nassen Straße nur ein Fenster ist. Daß jeder Tag und jede Nacht und die Welt sich teilt in solche, die horchen und quälen, und solche, die schweigen und schweigen. Und ein Widerspruch ist es, wenn ein Kind im Sommer, vor der durchgerosteten Badewanne, in der Geranien wachsen, neben dem Bienenhaus, im Hof seine Mutter nach dem Vater fragt. Wenn die Mutter den Arm des Kindes hochhebt, dann seine Hand in ihre nimmt und die Finger an der kleinen Hand biegt und den Zeigefinger streckt und nach oben hebt. Wenn sie ihre Hand zurückzieht und sagt: siehst du, da oben. Und wenn das Kind nur kurz den Kopf hebt und nur Himmel sieht, und die Mutter auf die Geranien in der Badewanne schaut. Wenn das Kind den ausgestreckten Zeigefinger in die engen Schlitze des Bienenhauses steckt, bis die Mutter sagt, geh weg, du weckst die Königin. Wenn das Kind fragt, warum schläft die Königin, bis die Mutter sagt, weil sie so müde ist. Das ist ein Widerspruch, wenn ein Kind den Zeigefinger einzieht, weil es die müde Königin nicht wecken will und fragt, wie heißt er. Und wenn die Mutter sagt: er hieß ALBERT.

Abi schreibt auf das leere Blatt:

KARACZOLNY ALBERT
Mutter MAGDA geborene FURAK
Vater KARACZOLNY ALBERT

Die Hand spürt sich nicht. In einer dunklen, halben

Fensterscheibe steht Zimmer 2. Die Glühbirne leuchtet. Es ist niemand da. Nur drei Namen auf einem Blatt.

Pavel öffnet die Tür. Hinter dem Tisch schauen die Augen einer Frau. Sie hält den Kugelschreiber in der Hand. Auf dem Tisch liegt ein Blatt. Es sind drei kurze, schiefe Namen draufgeschrieben. Mal sehen, sagt Pavel, nimmt das Blatt und liest.

Seine Hände fliegen, der Stuhl poltert. Die Frau fällt mit dem Kopf an den Schrank. Die Augen der Frau bleiben starr und groß. Die unteren Wimpern sind schütter und naß. Die oberen dicht und trocken nach oben gebogen wie Gras. Die Tür fällt zu.

In den Augäpfeln der Frau ist der Schrank gewölbt. Es ist so still, daß sich die Gegenstände hinlegen ins Licht. Die Frau liegt vor dem Schrank auf dem Boden. Ihr Schuh liegt unterm Stuhl.

Zimmer 9 steht durchleuchtet in einer dunklen, halben Fensterscheibe. Es ist niemand da.

Pavel öffnet das Gartentor. Die Stämme der Birken leuchten im schwarzen Gras. Die Schlüssel rasseln vor der Wohnungstür. Pavels Frau öffnet die Tür von innen, bevor er den Schlüssel dreht.

Sie riecht nach Küchendunst, er küßt ihre Wange. Sie trägt seine Tasche in die Küche. Die Stirn seiner Tochter reicht ihm bis zum Gürtel, bis zur Krawattenspitze. Pavel hebt sie hoch, Vater, dein Haar ist naß, sagt sie, und rutscht an ihm herunter.

Pavel öffnet die Tasche, die Schnallen sind kalt und beschlagen. Er stellt eine Packung Jacobs-Kaffee, eine Dose Frühstücksmargarine, ein Glas Nutella neben den Fernseher auf den Küchenschrank. Ein Arbeiterchor singt, er dreht den Ton ab. Er zählt und sagt zwölf, und legt zwölf Zigarettenpäckchen auf den Kühlschrank neben den weißen Porzellanhund. Der Direktor vom Kühlhaus ist auf Dienstreise, morgen kommt er, dann schicke ich den Pförtner um das Kalbfleisch, sagt er. Die Alpenmilch-Schokolade legt er in den Obstteller auf die Äpfel. Ein Apfel rollt vom Teller, Pavel fängt ihn mit der Hand. Die Tochter streckt die Hand nach der Schokolade aus. Der Vater fragt, wie wars in der Schule. Die Mutter rührt im Topf und sagt, keine Schokolade, jetzt essen wir. Und sieht den Vater an und hebt den Löffel an den Mund und sagt in das zerrissene Suppenauge, von der Schokolade wird es in der Schule nicht besser.

Der Vater sieht auf den Bildschirm. Vor dem Arbeiterchor stehen eine Frau und ein Mann. Sie neigen die Köpfe nach außen und trippeln mit den Füßen, neigen die Köpfe nach innen und trippeln mit den Füßen.

Seit einem Monat sage ich dir, sagt die Mutter, du mußt in die Schule gehen, du mußt mit der Lehrerin reden. Alle bringen ihr Kaffee, sagt die Tochter, nur wir nicht. Und das sieht man an den Noten, sagt die Mutter.

Sie schlürft das Fettauge in ihren Mund. Auf dem Bildschirm trippelt der Mann nach links, und die Frau trippelt nach rechts von der Bühne. Der Vater hängt seine Jacke auf die Stuhllehne.

Kaffee kriegt die keinen, sagt der Vater, eins über die Augen vielleicht. Wenn ich mit der rede, dann kriegen wir Kaffee von ihr.

Ein Suppentropfen fällt auf den Tisch. Ein Kalb war das nicht, sagt die Mutter, vor sieben Jahren war das ein Kalb. Jetzt kocht das Fleisch seit Stunden und wird nicht weich. Das war eine alte Kuh. Die Tochter lacht, schlägt mit dem Löffel in den Teller. Ein Petersilienblatt klebt an ihrem Kinn. Die Mutter hebt ein Lorbeerblatt aus der Suppe an den Tellerrand. Meine Schuhe sind bis Weihnachten nicht fertig, sagt sie. Fertig schon, aber nicht für mich. Heute war der Schulinspektor mit seiner Frau in der Fabrik. Die hat zwei Paar mitgenommen. Das eine Paar war grau, nachdem sie zuerst braune wollte. Dann waren die schwarzen nicht gut, dann hat sie weiße mit Schnallen gewollt. Die schwarzen, das waren meine, aus Lackleder. Die haben dann auch noch gepaßt.

Die Tochter hat sich aus einem Stück Fleisch einen Schnurrbart gemacht. Der Vater leckt ein Petersilienblatt von seiner Fingerspitze. Und der Inspektor, fragt er die Mutter. Die sieht den Schnurrbart der Tochter an, er hat allen erzählt, daß er zwei Hühneraugen hat, sagt sie, eines am mittleren und eines am kleinen Zeh.

Auf dem Bildschirm geht der Präsident des Landes

durch eine Fabrikhalle. Zwei Arbeiterinnen geben ihm Nelkensträuße. Die Arbeiter applaudieren, ihre Lippen öffnen und schließen sich im Takt der Hände. Pavel hört sich sagen, schwarze Autos gibt es in jeder Fabrik. Und hört Clara sagen, du bist aber in keiner Fabrik. Er streckt den Arm hinter sich und schaltet den Fernseher aus.

Drei Stunden hat der Fabrikdirektor, sagt die Mutter, neben dem Stuhl der Inspektorenfrau gekniet. Seine Augen waren gequollen und sein Mund verschoben und aufgeweicht. Seine Hände waren zwei Schuhlöffel, haben der Inspektorenfrau drei Stunden lang die Ferse in den Schuh gepaßt. Der konnte die Finger nicht mehr geradebiegen. Und zwischen den Proben hat er ihr die Hand geküßt. Deren Waden solltest du sehen. Der Vater zieht einen Fleischfaden aus einem Zahn. Die Tochter sitzt vor dem Kühlschrank und wühlt in der Tasche des Vaters. Aus einem Parfumfläschchen schüttelt sie drei dicke Tropfen in ihre Hand. Waden hat die, sagt die Mutter, wie ein Mastschwein, Lackschuhe helfen der nicht. Die müßte Gummistiefel tragen. Sie riecht an der Hand der Tochter, Chanel, sagt sie, hält den weißen Porzellanhund vom Kühlschrank in der Hand. Die Arbeiter haben dann Dircktor und Madam gespielt, sagt die Mutter, haben sich die Hosen hochgekrempelt bis zum Knie und sind in Stöckelschuhen hin und her gelaufen und haben gezeigt, wie Madam Schuhe probiert.

An der Gabel klebt Fleisch, die Augen des Vaters sind müde. Das Gesicht der Tochter ist mit Schokolade verschmiert, um den Mund ein Rand wie Erde. Die Tochter weint. Der Vater lehnt den Kopf in die Hände, seine Stirn ist schwer. Mit Handtüchern die Hosenbeine zu Waden ausgestopft, auf den Tisch gestiegen, Vorhänge übers Haar gehängt, hört er die Mutter sagen. Und hört es nicht. Er hört das Maisfeld rascheln mitten in der Stirn. Er hört Claras Stimme sagen, und wenn ich mir das Schlimmste denke.

Der Direktor hat die Tür aufgerissen, sagt die Mutter, daß alle ein Disziplinarverfahren bekommen, hat er gesagt. Auch die Frauen, die zugesehen und gelacht haben. Auch ich. Pavel hört Claras Lachen mitten in der Stirn. Er nimmt die Hand seiner Frau in seine Hand. Sie drückt ihren Mund an sein Ohr. Der Kuß überschwemmt seinen Hals, seine Wangen, seine Stirn. Er hört seine Stimme zu Clara sagen, ich arbeite nicht beim Gericht.

Das Ohr seiner Frau steht neben seinem Mund wie ein junges eingerolltes Blatt. Das Parfum wollte ich dir heute abend geben, sagt Pavel in das Ohr. Und er hört sich nicht.

Er hört sich zu Clara sagen, ich weiß, was ich weiß.

Die Rasierklinge

Das Stadion steht eingeschlossen in seinen Erdwall. Das Gras ist vom Herbst so zerfressen, daß man dazwischen Erde sieht. Auch Steine. Drüben stehen Wohnblocks. Sind ineinander gerückt, hinter dem leeren Parkplatz nicht höher als das Gestrüpp, das auf den Erdwall steigt. Flieder, Jasmin und Hibiskus, Gehölz, das nie geschnitten wird, weil es über den Erdwall nicht hinauswächst. Es ist schon im Frühjahr schleichend verblüht und im schnellen Sommeranfang. Jetzt steht es kahl auf dem Erdwall, schüttelt die Ruten und kann nichts verdecken im Wind, der in Stößen ins Holz greift.

Der Langstreckenläufer da oben ist nur ein Bild auf Stein gemalt. Doch in den kahlen Jahreszeiten kennt er keine Schwelle. Wenn kein Blatt am Holz ist, ist der Langstreckenläufer ein Sieger. Die schreienden Gesichter und dicken Kleider stehen in der Brotschlange vor dem Laden. Er sieht sie von oben, er hat keinen Hunger. Die Sonne steht abgewandt überm Stadion. Sie hat keine Wärme, nur einen milchigen Kragen. Der

Langstreckenläufer friert nicht. Er läuft mit nackten Waden über kleine Menschen in die Stadt.

Auf dem Parkplatz hält ein Wagen. Zwei Männer steigen aus. Einer ist jung, der andere älter. Sie tragen Windjacken, sehen kurz in die blinde Sonne. Sie gehen schnell über den Platz, ihre Hosenbeine flattern, ihre Schuhe glänzen. Sie spucken schwarze Schalen auf den Weg, essen Sonnenblumenkerne. Sie suchen sich den eingerückten Weg, gehen hintereinander, der ältere vor dem jungen, zwischen Mülltonnen und leeren Kistenbergen auf die Wohnblocks zu.

Der Ältere sitzt auf einer Bank, sieht an den Fenstern hinauf und ißt Sonnenblumenkerne. Hinter seinem Kopf, da oben, ist die Petunienwand. Da oben, hat der junge gesagt, vor seinem Kopf auf gleicher Höhe, ist die Wohnung. Ein Zimmer und eine Küche. Das Zimmer ist vorne, dort liegt der Fuchs, hat der junge gesagt, an der Seite liegt die Küche.

Auf der Bank ist Wind. Der Mann reibt seine Beine, er stellt seinen Kragen hoch an die Ohren.

Der Jüngere sperrt die Tür auf. Sein Schlüssel rasselt nicht. Er sperrt von innen zu. Er stößt nicht an die Schuhe, er weiß, wo sie stehen. Die Sandalen mit den schwarzen Zehenspuren ganz dicht an der Zimmertür. Das Bett ist offen, auf dem Kissen liegt das Nachthemd.

Er geht zum Fenster. Die Frau mit dem kastanienroten großgewellten Haar steht hinter den Petunien. Er macht ihr mit der Hand ein Zeichen. Er geht vor den Schrank, er kniet sich auf den Fußboden. Er nimmt aus der Innentasche seiner Jacke eine Rasierklinge. Er packt sie aus, legt das Papier neben sein Knie. Er schneidet dem Fuchs den rechten hinteren Fuß ab. Er feuchtet den Zeigefinger mit der Zungenspitze an und wischt das abgeschnittene Haar vom Fußboden auf. Er reibt das Haar zwischen Zeigefinger und Daumen zu einer festen Kugel, er läßt die Haarkugel in die Jackentasche fallen. Er packt die Rasierklinge ins Papier und steckt sie in die Innentasche. Er legt den abgeschnittenen Fuß an den Fuchsbauch dran.

Er steht auf, schaut von oben, ob man den Schnitt sieht. Er geht ins Bad. Er klappt den Klodeckel hoch. Er spuckt in die Klomuschel. Er pißt, er zieht das Wasser nicht, er klappt den Klodeckel zu. Er geht zur Wohnungstür und sperrt auf. Er streckt kurz den Kopf auf den Gang, er geht hinaus. Er sperrt die Wohnungstür zu.

Die Petunien sind weißer als der Milchkragen der Sonne. Sie werden bald erfrieren. Die Bank vor der Petunienseite des Wohnblocks ist leer. Vor der Bank liegen Sonnenblumenschalen.

Zwei Männer gehen auf dem eingerückten Weg zwischen Mülltonnen und leeren Kistenbergen. Sie gehen hintereinander, der junge vor dem älteren. Sie überqueren den Parkplatz. Das Gestrüpp steigt auf den Erdwall, immer höher in die kahle Jahreszeit.

Füchse gehen in die Falle

Der Pförtner geht vor dem Tor auf und ab, sein Mantel hängt auf seinen Schultern. Die Sonne fällt ihm kalt ins Gesicht. Er wartet auf die Taschen, er ißt Sonnenblumenkerne. Sein Mantel schleift auf dem Boden.

Mara kommt aus der Halle, sie hat David drei Messer mitgebracht. Die sind frisch geschliffen. David schneidet mit dem einen eine Speckschwarte durch, er wischt die fettige Schneide nicht ab, damit der Pförtner nicht sieht, daß es frisch geschliffen ist, sagt er und legt das Messer in die Tasche. Die beiden anderen Messer legt er in die Schublade, eines nehme ich morgen und das andere übermorgen, sagt er.

Eva spült die Wassergläser, ihre Finger quietschen am nassen Glas. Der Zwerg muß heute nicht die Halle fegen, sagt Mara, er wird unter den ersten im Duschraum sein, wir müssen uns beeilen. Anca knöpft ihren Mantel nicht zu, hängt nur die Tasche auf die Schulter.

David knöpft seinen Mantel zu und nimmt seine Tasche.

David geht mit seinem fettigen Messer in der Tasche zum Tor. Mara, Eva und Clara gehen durch die Drahtrollen in den Hinterhof, ein Spatzenschwarm flattert aus dem Draht. Das Fenster der Dachkammer steht angelehnt unterm Dachrand drüben.

Clara spürt einen Knoten im Hals, ihre Zunge hebt sich unter die Augen. Sie würgt, ihr Blick verschwimmt. Wenn sie den Kopf hebt, hängt das Fenster der Dachkammer aneinandergereiht in der Luft. Mara und Eva sind in den Drahtrollen weit vorne im Draht, vielleicht schon auf den Sprossen der eisernen Leiter.

Noch ein paar Tage, solange die Sonne kurz und kalt auf die Treppen fällt, stehen die Augen der drei Frauen jeden Nachmittag um vier Uhr im Dachkammerfenster. Dann kommen Monate, in denen die Sonne diese Treppe nicht berührt. Sie dreht sich matt und blaß in einem viel zu engen Kreis an der Wand über den Treppen vorbei. Dann ist der Dampf im Gang des Duschraums dick und blind, kein Auge kann ihn durchbrechen. Die Neugierde legt sich noch nicht, sie steigt noch ein paar Tage in den Kopf, und die Frauen steigen noch ein paar Tage die Eisensprossen hoch. Sie warten auf das Licht, das nicht mehr kommt. Sie warten vergebens. Die Sonne hat sich jedesmal, wenn die ersten Männer in den Duschraum kommen, schon an der Wand vorbeigestohlen. Die Frauen sehen einander ins Gesicht. Sie drehen sich um, als hätten sie keine Hände. Dann geben sie auf. Mara schließt das Dachkammerfenster ohne Geräusch und schiebt auch den kleinen rostigen Riegel vor. Ein paar Monate bleibt es geschlossen.

Es sind die Monate, in denen die Frauen täglich um die gleiche Uhrzeit lachen. Ein schales Winterlachen aus der Erinnerung, denn der Dunst bleibt bis im Frühjahr blind.

Clara bückt sich, sie lehnt den Kopf an den Draht und stellt die Schuhe weit auseinander im rostigen Weg. Sie erbricht Speck und Brot. Ihre Hände sind kalt, sie wischt sich mit dem Taschentuch den Mund ab, sieht Evas und Maras Köpfe verschwommen im Dachkammerfenster stehen, ihre Gesichter sieht sie nicht. Die getigerte Katze sitzt zweimal zwischen Claras Schuhen. Sie frißt das Erbrochene auf, leckt auch den Draht ab. Ihre Streifen schwimmen aus dem Fell hinaus.

Adina lehnt an der kahlen Akazie, die Drahtrollen sind höher als der Zaun der Fabrik, aus dem Schornstein des Pförtnerhauses steigt Rauch. Er zerreißt nicht über der zerbrochenen Straße. Er steigt mit seiner grauen Wolle nach oben und fällt zurück aufs Dach. Der Dampf aus der Bierfabrik riecht im Wind nach kaltem Schweiß, der Kühlturm ist von den Wolken abgeschnitten.

Die Tochter der Dienstbotin hat vor zwei Wochen von der Frau des Offiziers einen Mantel mit einem Pelzkragen bekommen. Es ist ein Fuchspelz. Es hängen zwei Füße dran, die kann man unterm Kinn zusammenbinden. Die Füße haben Pfoten und braune, glänzende Krallen. Der Dampf aus der Bierfabrik riecht wie der Fuchskragen. Adina hat von dem Geruch niesen müssen. Und die Tochter der Dienstbotin hat gesagt, das sei Naphthalin. Wenn Pelze nicht nach Naphthalin riechen, sagte sie, geht im Sommer der Fuchsgrieß dran. Der frißt das Haar ab. Das Haar fällt nicht in den Schrank. Es sitzt wie angewachsen und wartet, bis man den Pelz in die Hand nimmt. Dann rutscht es ab in großen Flecken wie ein Haarausfall. Man hält eine kahle Haut in der Hand, eine Knochenhaut. Die Haut ist bedeckt mit winzigen sandigen Körnern, mit Grieß. Die Tochter der Dienstbotin lächelte und spielte mit den Fingern an den Fuchspfoten des Kragens.

Clara geht zum Tor. Die Pförtnerin hält die getigerte Katze auf dem Schoß, sie streichelt ihr gestreiftes Fell. Auf dem Tisch liegt Davids Messer, der Pförtner hat gemerkt, daß es frisch geschliffen worden ist in der Fabrik. Der Mantel des Pförtners rutscht von der Schulter, seine Hand steckt das verklebte Taschentuch schnell in Claras Tasche zurück. Ein Lastauto rasselt durchs Tor auf die Straße, die Räder rasseln, unten und oben der aufgetürmte Draht. Das Gesicht des Fahrers wackelt im Rückspiegel. Drüben hängt der weiße Dunstvorhang der Bierfabrik. Clara hört durch das Rasseln ihren Namen.

Adina läuft durch eine Staubwolke. Sie küßt Clara unters Auge, ihre Hände sind blau vom kalten Wind, ihre Nase ist feucht. Wir gehen gleich zu mir, sagt sie, ich muß dir was zeigen.

Clara bückt sich und hebt das Fuchsfell, durch das Fenster fällt graues Licht. Der leere Tisch glänzt dunkel. In der Küche steht das Brot, sagt Adina, alles, was ich essen muß, der Zucker, das Mehl. Clara fährt mit der Fingerspitze über den Fuchsschwanz, dann über die Schnittstelle am Fuß, die können mich jeden Tag vergiften, sagt Adina, Clara legt den Fuß auf den Boden. Sie sitzt im Mantel auf dem offenen Bett und sieht die Lücke zwischen dem Fuchsbauch und dem Fuß, so breit wie ihre Hand ist der Fußboden leer. Der Schwanz liegt dicht am Fell, wie angewachsen, man sieht die Schnittstelle nicht.

Claras Finger schauen spitz und dünn aus den Mantelärmeln, an den Fingerspitzen glänzt Nagellack, rote Tupfen. Adina legt die Hände auf den Tisch, streift die Schuhe von ihren Füßen. Wenn Clara die Hand bewegt, sieht man die Finger von innen. Dort sind sie rostig.

Ich war noch keine zehn Jahre alt, sagt Adina, da ging ich mit meiner Mutter ins Nachbardorf, um den Fuchs zu kaufen. Wir gingen über die Brücke ohne Fluß, über die morgens die Arbeiter ins Schlachthaus gingen. Der Himmel war an jenem Morgen nicht rot, er war schwer und durchwühlt. Die Männer hatten auf der Brücke keinen roten Kamm. Es war kurz vor Weihnachten, überall lag Reif, es lag kein Schnee. Nur verstreutes Mehl drehte sich im Wind, in den Mulden auf dem Feld. Ich hatte in der Ungeduld die ganze Nacht nicht geschlafen. Ich hatte mir den Fuchs so lange gewünscht, daß die Freude, ihn am nächsten Tag zu bekommen, schon halbe Angst war. Der Morgen war so eisig, daß kein einziges Schaf auf dem Feld draußen war. Und ich dachte mir im Gehen, wo kein Schaf auf dem Feld ist, da kommt auch kein Dorf. Obwohl das Feld ganz flach war, mit wenig geducktem Gestrüpp, glaubte ich, wir haben die Richtung verloren. Denn der Himmel kam von überall auf uns zu. Weil der Himmel bis auf das Kopftuch meiner Mutter herunterhing, hatte ich Angst, wir haben uns verirrt. Ich ging und ging und wurde nicht müde. Schläfrig vielleicht, denn ich spürte ein müdes Kitzeln in der Stirn, aber die Müdigkeit trieb mich. Als wir in dem Dorf ankamen, war kein Mensch auf der Straße. In allen Fenstern standen Weihnachtsbäume. Ihre Äste waren so dicht an die Scheiben gedrückt, daß man die einzelnen Nadeln sah, als wären sie für die Gehenden draußen und nicht für die Leute im Haus. Weil niemand vorbeiging, waren sie für meine Mutter und mich. Meine Mutter merkte das nicht. Ich trug die Bäume allein von einem Fenster zum anderen.

Dann blieben wir stehen. Meine Mutter klopfte ans Fenster. Ich weiß es noch, in dem Fenster stand kein Weihnachtsbaum. Wir gingen in den Hof. In dem langen offenen Gang sah man die Wände vor Fuchsfellen nicht.

Dann standen wir im Zimmer. Da war ein Gußeisenofen und ein Bett, kein Stuhl. Der Jäger kam von draußen und brachte diesen Fuchs. Er sagte, das ist der größte. Er hängte den Fuchs über seine beiden Fäuste, die Füße hingen herunter, er bewegte die Arme. Die Füße schaukelten, als würden sie laufen. Und hinter den Füßen der Schwanz wie ein anderes, kleineres Tier. Und ich fragte, kann ich die Flinte sehen. Der Jäger legte den Fuchs auf den Tisch und strich ihm das Haar glatt. Er sagte, auf Füchse schießt man nicht, Füchse gehen in die Falle. Sein Haar und sein Bart und seine Haare auf den Händen waren rot wie der Fuchs. Auch seine Wangen. Der Fuchs war damals schon der Jäger.

Clara zieht den Mantel aus und geht aus dem Zimmer. Sie würgt im Bad, sie erbricht sich. Adina sieht den Mantel auf dem Bett, er liegt, als wäre ein Arm drin, als greife eine Hand unter die Decke. Das Wasser rauscht im Bad.

Mit offener Bluse kommt Clara ins Zimmer zurück, setzt sich schnell auf den Mantel, mir ist übel, sagt sie, ich habe gekotzt. Ihre Handtasche liegt auf dem Kissen. Ihr Mund ist halboffen, ihre Zunge trocken und weiß, wie ein Stück Brot im Mund.

Du hast Angst, sagt Adina, du siehst aus wie der Tod. Und Clara erschrickt, ihr Blick ist gerade und schneidig. Clara sieht ein Gesicht, das weggegangen ist. Es ist verstellt, die Wangen mit sich allein und die Lippen mit sich allein, leblos und gierig zugleich. Ein Gesicht von neben und vorne gleich leer, wie ein Bild, auf dem nichts drauf ist.

Clara sucht in dem leeren Gesicht ein Kind, das neben einer Frau geht und doch allein ist, weil es von einem Haus zum anderen im Kopf die Bäume trägt. So ein Kind, wie das in ihrem Bauch, denkt sie, so allein wie ein Kind, von dem niemand weiß.

Adina will der Jäger sein, denkt Clara.

Du hast mehr Angst als ich, sagt Adina. Schau nicht hin, schau nicht mehr auf den Fuchs.

Claras Augen sind verdreht, rote Äderchen im Schatten der Nasenwurzel. Sie schaut abwesend auf das Bild an der Wand, auf die klobigen Schuhe im Gras, auf die Soldatenuniform, auf den Grashalm in Ilijes Mund. Du darfst es Ilije nicht sagen, sagt Clara, der hält das nicht aus.

Du sagst nichts

Im Treppenhaus ist kein Fenster, im Treppenhaus ist kein Tageslicht. Im Treppenhaus ist kein Strom. Der Fahrstuhl hängt zwischen den Stockwerken oben. Das Feuerzeug flackert und leuchtet nicht. Der Schlüssel findet das Schlüsselloch. Die Tür quietscht nicht, die Türklinke knackt nicht. Die Zimmertür steht offen, die Nähmaschine summt, in den Flur fällt ein helles Viereck aus der offenen Zimmertür.

Pavel zieht die Schuhe aus, er geht auf den Zehenspitzen, auf den Socken in die Küche. Vor dem Küchenfenster flattern Hosenbeine im Wind. Er sieht die Wäscheleine nicht. Die Schnallen seiner Tasche sind kalt. Er stellt ein Päckchen Jacobs-Kaffee, eine Dose Frühstücksmargarine auf den Küchenschrank. Er zählt und legt zwölf Päckchen Zigaretten neben den Kaffee. Er öffnet den Kühlschrank und legt das Fleisch hinein. Neben dem Küchenschrank steht ein Regenschirm. Er nimmt den Schirm.

Pavel geht auf den Zehenspitzen zur Zimmertür. Das

kleine Rad der Nähmaschine dreht sich, der Riemen läuft, der Zwirn kriecht von der Spule, Claras Füße treten im Takt. Pavel läßt den Regenschirm in der Tür aufspringen. Draußen ist ein großer Sturm, sagt er, könnte ich bei Ihnen übernachten. Claras Augen lachen, ihr Mund bleibt ernst. Ja, mein Herr, sagt sie, kommen Sie herein, ziehen Sie die nassen Kleider aus.

Dann fällt der Schirm auf den Boden, und das Rad der Nähmaschine stockt mitten im Stich.

Claras Hand ist in seiner Unterhose. Ihr Haar fällt über sein Gesicht, Sie sind steinhart gefroren, mein Herr, sagt ihr Mund, ihre Schenkel sind heiß und ihr Bauch ist tief und sein Glied stößt.

Der Kühlschrank fängt zu summen an, es ist wieder Strom. Clara riecht am Papier, sie knipst das Licht an, sie öffnet das Kaffeepäckchen. Ihre Finger knistern, sie hält ihm eine Kaffeebohne auf das Muttermal, kommst du von der Arbeit, fragt sie, die Kaffeemühle schneidet ihre Stimme ab. Die Flamme leckt um den Topf, das Wasser schlägt Blasen. Sie läßt drei Löffel Kaffee ins Wasser fallen, sie macht den Löffel nicht naß. Sie klimpert mit dem Löffelstiel am Herd, könntest du Adina etwas antun, fragt sie. Der Kaffee hebt sich, sie fischt den Schaum mit dem Löffel, was meinst du, fragt er, sie läßt den Schaum in die beiden leeren Tassen rinnen, was meinst du, fragt er, der Schaum steht im Löffel so hell wie Sand. Könntest du Adina vergiften, fragt sie und hebt den Topf vom Feuer.

Ein schwarzer Kaffeefaden rinnt in den Schaum. Nein, sagt er, der Schaum steigt bis zum Griff der Tassen, weil sie meine Freundin ist, sagt Clara. Er trägt die Tassen zum Tisch, die Hosenbeine flattern vor dem Fenster draußen im Wind, auch darum, sagt er und hält einen Zuckerwürfel in der Hand, was will die, die weiß nicht, wo sie lebt, sagt er, die will gar nichts, die redet im Zorn. Der Zuckerwürfel taucht ein und zerreißt den Schaum auf der Tasse.

Mit meinem Vater konnte man nicht streiten, sagt Pavel, wenn er zornig war, wurde er stumm. Er hat tagelang kein Wort gesagt. Meine Mutter hat getobt. Einmal hat sie ihn vom Tisch gezerrt und sein Gesicht vor den Spiegel gedrückt und sein Haar geschüttelt. Schau dich an, hat sie geschrien, doch er hat nicht mit den Augen gezuckt, ich glaube, er hat sich nicht gesehen, er hat durch den Spiegel hindurchgeschaut. Sein Gesicht wurde ein Stein. Als sie ihre Hände losließ aus seinem Haar, ist sein Kopf nach hinten gefallen. Dann hat mein Vater gesehen, daß ich im Spiegel stehe. Er hat ganz leise gesagt, jeder Mensch hat ein Stück Glut im Mund, deshalb muß man jedem auf die Zunge schauen. Ein zorniges Wort kann in einem Atemzug mehr zertreten, hat er gesagt, als zwei Füße in einem ganzen Leben. Pavels Löffel klirrt an der Tasse.

Ihr sucht euch eure Opfer, sagt Clara, was sie sagen, das denken wir alle, auch du. Er rührt, der Schaum schwimmt an den Rand, Opfer sind wir alle, sagt er. Sein Feuerzeug klickt, er hält ihr die Flamme hin, sie zieht den Aschenbecher vom Tischrand ganz nahe an die Hand. Du fragst, was Adina will, sagt Clara, was soll sie wollen, leben will sie.

Clara dreht die Zigarette in der Hand. Er schlürft, sieht ihre Augen über der Kaffeetasse stehen, was macht ihr mit dem, der Ceauşescu erschießt, fragt sie, bläst keinen Rauch aus dem Mund, sie schluckt ihren Atem.

Pavel hat einen Knoten im Hals und Kaffeesatz auf der Zunge, das hängt davon ab, sagt er. Wovon, fragt sie, er schweigt.

Clara steht am Fenster, sieht das Hosenbein flattern und draußen im Baum den Ball in der Astgabel stecken, den grünen Ball, den man im schwankenden Blattwerk einen Sommer lang nicht sah. Der seit zwei kahlen Wintern dort klemmt, weil kein Kind sich an dem glatten Stamm hinauf auf die dünnen Äste wagt.

Was wäre danach, fragt Claras Mund in die Scheibe, er streicht ihr durchs Haar, dann laß ich mich scheiden, dann heiraten wir, sagt er, spürt ihre Schläfe klopfen in der Hand, er hat Krebs, er lebt nicht mehr lange, sagt er, greift tiefer in ihr Haar und drückt ihren Schädel.

Der überlebt uns alle, sagt Clara, er dreht ihren Kopf, er will ihr Gesicht sehn. Er hat Krebs, ich weiß es aus sicherer Quelle, sagt Pavel. Doch er bringt mit allen Fingern an der Hand ihre Augen nicht weg von dem grünen Ball.

Du mußt Adina helfen, sagt sie, er greift in die Hosentasche, dreht in der Tasche den Verschluß des Parfumfläschchens auf, tropft Clara Parfum auf die Halsbeuge, wonach riecht es, sagt er und läßt den Verschluß an ihrem Nacken in die Bluse fallen. Er stellt das offene Fläschchen auf den Tisch, und der Duft hängt in der Küche, der Duft ist drückend schwer an Claras Hals.

Ihr Blick reißt sich von der Astgabel los, von diesem stummen eingeklemmten Sommerspiel, von diesem eingedellten grünen Ball.

Es riecht nach Geheimdienst, sagt Clara.

Er geht ins Zimmer und stößt an den Regenschirm. Er steht im Flur und zieht seine Schuhe an, dein Wohnungsschlüssel liegt auf dem Bett, sagt Pavel, seine Finger finden die Schnürsenkel nicht.

Meinen Schlüssel kannst du behalten, sagt Clara, dann braucht ihr keinen Nachschlüssel, seine Schuhe drücken, sind eng und hart, von Adina habt ihr doch auch einen Schlüssel, nur hat Adina euch nie einen gegeben.

Auf dem Tisch stehen zwei Teller. Zwei Gabeln berühren sich, die Messer nicht. Auf der Frühstücksmargarine liegen Brotkrümel, zwei Ecken sind schief abgeschnitten, daß man den Boden sieht. Auf seinem Teller liegt eine Brotrinde.

Du sagst nichts, sagt er.

Sie öffnet den Kühlschrank, stellt die Frühstücksmargarine hinein. Das Licht fällt ihr im Viereck auf die Füße, ich gehe, sagt er. Ihre Wange friert. Das Fleisch ist in Zellophan verpackt, auf dem Zellophan wächst weißer Reif wie draußen in den Gärten.

Pavels Füße sind verwirrt, seine Hand ist sicher, sie findet die Türklinke. Er schlägt die Tür laut zu.

Den aufgespannten Regenschirm auf dem Fußboden faßt Clara auch am Morgen nicht an. Der Regenschirm ist von Pavel. Auch das Kleid in der Nähmaschine ist von Pavel. Die Nadel steht mitten im Stich, die Nadel ist von Pavel. Die Rosen in der Vase sind von ihm.

Der grüne Ball in der Astgabel sieht in die Küche, das Kaffeewasser kocht. Der Kaffee ist von Pavel, der Würfelzucker, die Zigarette, die Clara raucht, der Pullover, den sie trägt, die Hose, die Strumpfhose. Auch die Ohrklipps, der Lidschatten, der Lippenstift. Auch das Parfum von gestern abend.

Der kalte Zigarettenrauch schmeckt sauer auf der Zunge, und der kalte Atem schmeckt sauer im Mund, in der Luft fliegt er wie Rauch. Auch die kalten Staubwellen hinter den Lastern riechen anders in den Straßen als Sommerstaub. Auch die Wolken riechen anders in der Stadt als Sommerwolken. Clara geht vor dem Geheimdienstgebäude auf und ab.

Zwei Männer kommen die Treppe herunter, ein Mann, drei Männer, eine Frau zieht im Gehen eine Lammfelljacke an.

Hinter dem Kopf des Pförtners klebt ein Kalender, das Frühjahr, der Sommer, der Herbst, alle Monate, die schon gewesen sind, sind eingekreist, fast ein ganzes Jahr. Der Pförtner steht bis zum Bauch im Pförtnerhaus.

Claras Hals ist zugeschnürt, sie zündet sich eine Zigarette an, sind Sie bestellt, fragt der Pförtner, sie steckt das Feuerzeug nicht weg, hält ihm das Zigarettenpäckchen hin. Er legt die linke Hand aufs Telefon und zieht langsam mit der rechten zwei Zigaretten heraus. Er steckt eine in den Mund, die andere in die linke Brusttasche der Uniform. Eine für den Mund und eine fürs Herz, sagt er. Sein Feuerzeug flackert, er sieht sie an, zu wem, fragt er, bläst den Rauch hinauf in sein Haar. Sie sagt: PAVEL MURGU. Er drückt auf einen Knopf, der ist da, sagt er, wählt mit der Zigarette in der Hand eine Nummer, wen soll ich anmelden, fragt er. Sie sagt: CLARA. Die Zigarette steht in seiner Brusttasche wie ein Finger, wie noch, fragt er, sie sagt, Genosse MURGU weiß Bescheid.

Draußen rasseln die Laster, es ist kalt und trüb, und es schneit nicht. Die Bäume schütteln den Staub auf den Weg, kennen Sie den Genossen Oberst schon lange, fragt der Pförtner, sie nickt, ich hab Sie hier noch nie gesehn, sagt er. Er horcht mit dem Hals, mit dem Kinn in den Hörer, die Asche fällt herunter, jaja, sagt er. Die Zigarette ist ganz in seine Brusttasche gekrochen, warten Sie drüben im Café, sagt er, Genosse Oberst kommt in einer Viertelstunde.

Die Kellnerin trägt eine weiße Spitzenkrone auf der Kopfmitte. Ihr Haar ist grau, sie summt ein Lied im Gehen zwischen Rauch und leeren Tischen. Die Laster summen durch die Scheibe, von oben sieht man, was sie fahren, Holz und Säcke. Die Kellnerin wiegt das Tablett mit fünf Gläsern, am Tisch sitzen fünf Polizisten. Am Tisch daneben sechs Männer im Anzug und die Frau in der Lammfelljacke.

An der Decke ist ein brauner Wasserfleck und eine Lampe mit fünf Armen, vier leeren Gewinden und einer Glühbirne. Sie brennt, sie leuchtet nur dort, wo Zigarettenrauch hinaufsteigt. Die Frau in der Lammfelljacke ruft MITZI, die Kellnerin stellt das leere Tablett auf den Tisch, und einer der Männer im Anzug sagt, sieben Rum Jamaica. Ein Laster schüttelt die Fensterscheibe. Er fährt Fässer und Rohre. Wer weiß, woher die kommen, denkt Clara, auf den Fässern und Rohren liegt Schnee.

In der Ecke, neben der Tür, sitzen zwei alte Männer mit stoppligen, zahnlosen Gesichtern. Sie spielen Karten. Der eine trägt einen Grünspanring. Die Karten sind geknickt und abgegriffen, Eichelas, sagt der mit dem Ring, doch auf der Karte, die er aus der Hand zieht, sind keine Eicheln, nur graue Flecken.

Genosse MURGU, sagt der mit dem Grünspanring.

Pavel schüttelt ihm die Hand, wie stehst du mit dem Leben, fragt er, der mit dem Ring lacht mit seinem schwarzen leeren Mund, geben Sie einen aus, Genosse

MURGU, sagt er. Pavel nickt, der lachende Mund ruft MITZI.

Der andere legt die Karten mit dem Gesicht auf den Tisch, unsere MITZI war einmal eine große Sängerin, sagt er. Die Kellnerin summt, zwei Rum Jamaica, sagt der mit dem Grünspanring. Unsere MITZI ist ein Arbeiterkind, sagt der andere, aber ein Engel. Das waren noch Zeiten, unsere MITZI war jung und in der ganzen Stadt berühmt, das war bei der SCHARI NENI, da wurde am schönsten gesungen und unten im Keller der klarste Schnaps gebrannt.

Pavel sieht zu Clara, und Clara horcht und sieht einen Laster draußen fahren im Winterstaub. Der Laster fährt Sand und Steine.

Damals tranken die Gelehrten noch mit den armen Leuten, sagt der mit dem Grünspanring, und der Professor zeichnete mir mit einem abgebrannten Streichholz auf ein Stück Papier, wie dünn die menschliche Seele ist. Und der königliche Notar hatte nur Augen für unsere MITZI. Sie hatte einen Mund wie eine Rose, sagt der mit dem Grünspanring, und eine Stimme wie eine Nachtigall.

Der andere kichert mit seinen welken Lippen, und Brüste aus weißem Porzellan, sagt er, und ihre Brustwarzen, die schauten schöner als bei den anderen die Augen.

Die Männer im Anzug lachen, ein Polizist reißt seine Mütze vom Kopf und klopft damit auf den Tisch, die

Frau in der Lammfelljacke streichelt die Haarkringel an ihrem Kragen, Pavel nickt ihr zu, klopft dem Mann neben ihr auf die Schulter.

Die Kellnerin trägt das Tablett, sie summt nicht im Gehen. Ihr Gesicht ist weich und gerührt, ihre Augen verklärt, sie stellt den beiden zahnlosen Männern zwei Rum Jamaica auf die Karten, lächelt und seufzt und streichelt dem mit dem Grünspanring über den Kopf.

Pavel sitzt nur halb auf dem Stuhl. Ich bin so froh, sagt er zu Clara, jetzt trinken wir einen, er sieht den Wasserfleck an der Decke an. Dann die Kellnerin, zwei Rum Jamaica, sagt er, berührt mit einer Fingerspitze Claras Hand. Hier fallen wir auf, sagt er, hier horchen alle, und alle schauen zu.

Gefällt es dir hier, fragt Clara. Pavel zieht an seiner Krawatte, so wie dir in der Fabrik, sagt er.

Mein Kopf ist dunkel

Am Nachmittag kommt Adina aus der Schule. Sie wäscht sich die Hände, weil die Kreide an den Fingern frißt. In der Klomuschel schwimmen zwei Sonnenblumenschalen. Sie weiß, bevor sie daran denken kann: der Fuchs.

Der zweite hintere Fuß ist abgeschnitten und wie angewachsen an den Bauch gelegt. Sonst ist alles wie es war, das Zimmer, der Tisch, das Bett, die Küche, das Brot, der Zucker, das Mehl. Blinde Luft drückt sich draußen ans Fenster, blinde Wände sehen sich an. Adina fragt sich, weshalb das Zimmer, der Tisch, das Bett zuläßt, was hier geschieht.

Da stellt Adina den Wecker für den frühen Morgen ein, der Zeiger dreht den Grashalm in Ilijes Mund. Sie fährt zu ihm.

Die Taschenlampe reicht nicht zum Sehen, zum Zudrücken der Augen reicht der helle Kreis vor den Schuhen. Leere Kleider gehen an der Haltestelle auf und ab und tragen schon am frühen Tag volle Taschen.

Die Schiene quietscht, die Straßenbahn rauscht unter den Häusern. Dann fahren die hellen Fenster vorbei, alle wissen, wo die Tür aufgeht, wenn die Fenster stehen. Die Ellbogen drücken. Der Schlaf fährt mit, der Winterschweiß riecht bitter, das Licht geht in der Biegung zweimal an und aus, es ist gelb und schwach und springt doch mitten ins Gesicht. Zwei rotbraune Hühner schauen aus dem Korb einer Frau. Sie biegen die Hälse, halten die Schnäbel halboffen, als müßten sie, bevor sie atmen, ihre Luftröhre suchen im Hals. Ihre Augen sind flach, rotbraun wie die Federn. Doch wenn sie die Hälse biegen, glänzt in den Augen ein Nadelkopf.

Die Schneiderin aus der Vorstadt hatte in einem Frühjahr auf dem Markt zehn Küken gekauft. Sie hatte keine Glucke. Ich sitz hier und nähe und die wachsen von selbst, hat sie gesagt. Die Küken waren, solang sie Flaum hatten, bei ihr in der Werkstatt. Sie liefen herum oder saßen auf den Stoffresten und wärmten sich. Als sie größer wurden, waren sie von morgens bis abends im Hof. Nur eines blieb immer in der Werkstatt. Es hüpfte auf einem Fuß über die Stoffreste, der andere Fuß war verkrüppelt. Es hockte stundenlang und sah der Schneiderin zu, wie sie nähte. Wenn sie aufstand, hüpfte es ihren Schritten nach. Wenn keine Kunden da waren, redete sie mit ihm. Das Huhn hatte rostrote Federn und rostrote Augen. Da es am wenigsten herumlief, wuchs es am schnellsten, es war am ehesten fett. Es wurde als erstes geschlachtet, bevor es noch richtig Sommer war. Die anderen Hühner scharrten im Hof.

Die Schneiderin redete einen ganzen Sommer lang von dem verkrüppelten Huhn. Sie sagte, ich mußte es schlachten, es war wie ein Kind.

Der Mann auf dem Bahnsteig trägt einen großen schwarzen Schnurrbart im Gesicht, einen großen schwarzen Samthut auf dem Kopf und einen Blechofen mit drei Beinen vor dem Bauch. Und die Frau neben ihm trägt ein geblümtes Kopftuch und einen blumigen Rock und ein Ofenrohr mit einem Knie unterm Arm. Und das Kind neben ihr trägt eine Mütze mit einer dikken Quaste und eine Ofentür in der Hand.

Im Abteil sitzt ein alter Mann, gegenüber eine Mutter und ein Vater, und zwischen ihnen ein eingemummtes Kind.

Die Nacht zerreißt, Adina sieht den Viadukt oben über den Schienen, und unten die Treppen. Große dunkle Kleider gehen die Treppen hinauf, und kleine dunkle Kleider gehen schon oben im Himmel, als ob, wer ankommt dort oben, nur noch die Hälfte wäre von sich. Am Anfang des Tages, kurz vor der Arbeit, nur noch ein schrumpfendes, altes Kind.

Auf der anderen Seite gehen die Treppen nach unten vor das Tor der Fabrik. Auch wenn der Zug in den Ohren fährt, hört man die Fabrik.

Schlaf, sagt die Mutter, das Kind lehnt an ihr. Die Wohnblocks drücken im Dunkeln. Dahinter am Stadtrand steht das Gefängnis der Stadt, die Wachtürme fahren an der Scheibe vorbei, und in jedem steht ein gleicher eingefrorener Soldat, ein anderer Ilije, denkt Adina, einer, dem die Nacht, der Frost, die Waffe und die Macht vertraut, auch wenn er ganz allein ist.

Ein Jahr lang mußte Ilije jeden Monat dienstlich nach Bukarest fahren, jedesmal in diese Richtung aus der Stadt hinaus, am Gefängnis vorbei. Die Zellen sind hinten im Hof. Wer niemand dort hat, sieht sie nicht, hat Ilije damals gesagt, doch wer jemand dort hat, spürt im Kopf, wohin er sehen muß. Ein paar hundert Meter lang auf dieser Strecke, sagte er, teilen sich im Abteil die Gesichter. Dann spürt man unter allen anderen die Augen, die wissen, wo sie hinsehen müssen.

Man müßte immer schlafen, dann spürt man nichts, sagt der Vater zu dem Kind. Das Kind nickt. Die Frau mit den rotbraunen Hühnern geht am Abteil vorbei.

Früher habe ich im Zug immer geschlafen, sagt der alte Mann, und in der Straßenbahn. Ich fuhr jeden Morgen aus dem Dorf in die Stadt und jeden Abend nach Haus. Um fünf mußte ich zum Bahnhof gehen siebenundzwanzig Jahre lang. Ich kannte den Weg wie das Vaterunser. Ich habe einmal um ein Schaf gewettet, daß ich den Weg mit geschlossenen Augen finde, und ich habe das Schaf gewonnen. Ich habe den Weg mit zugebundenen Augen gefunden, und das im Winter bei Eis und Schnee. Und der Weg ist lang, mehr als dreitausend Schritte lang. Damals, sagt er, kannte ich jeden Riß in der Erde, ich wußte, wo ein Loch und wo ein Buckel ist. Und wo ein Hund bellt, wußte ich drei Straßen vorher, und wo ein Hahn kräht. Und wenn der Hahn montags nicht krähte, wußte ich, daß er sonntags geschlachtet worden ist. Bei der Arbeit schlief ich immer ein, sagt er, ich war Schneider, sogar mit der Nadel im Mund konnte ich schlafen.

Ich will einen Apfel, sagt das Kind, und die Mutter sagt, schlaf jetzt, und der Vater sagt, gib ihm doch einen Apfel.

Und jetzt bin ich alt, sagt der Mann, und kann nicht mehr schlafen, nicht einmal in meinem Bett. Macht nichts, sagt er, macht nichts.

Das Kind beißt in den Apfel, kaut langsam und bohrt den Finger in den Biß. Ist er gut, fragt die Mutter, und das Kind sagt, er ist kalt.

Adinas Vater brachte im Winter, montags, wenn er aus dem Schlachthaus kam, eine Tasche voll mit kleinen Äpfeln mit. Die waren so kalt, daß sich im Zimmer ihre Schalen weiß anhauchten wie Brillengläser. Einen Apfel aß Adina gleich. Der erste Biß schmerzte, er war so kalt, daß sich der Bissen in den Schläfen drehte, bevor man ihn schluckte. Und beim zweiten Biß füllte die Kälte den ganzen Kopf. Der Bissen schmerzte nicht mehr, weil das Hirn schon erfroren war.

Wenn Adina den kalten Apfel gegessen hatte, trug sie drei Äpfel in den Hof und ließ sie draußen in der Nacht erfrieren. Sie legte die Äpfel eine Handbreit auseinander auf die Steine, damit der dunkle Frost rund um die Schalen beißen kann. Am Morgen tauten sie auf in der Küche. Dann waren sie weich und braun. Adina aß am liebsten erfrorene Äpfel.

Der Vater des Kindes ist aus dem Abteil gegangen, er steht schon lange auf dem Gang, hält schon lange das kahle Feld in der Stirn. Drei Rehe hat er gesehen, und jedesmal die Mutter gerufen, und jedesmal hat sie im Schlaf das Kind und den Kopf bewegt und ging nicht hin.

Jetzt drängen sich die Fahrenden im Gang, auch Adina, auch eine runde Frau, die einen Fuchskragen mit verknoteten Füßen trägt, und der dürre alte Mann, der die Wette und das Schaf gewonnen hat.

Neben dem Zug fährt die Donau mit, man sieht auch das andere Ufer und Straßen, dünn wie ein Faden, und fahrende Autos und Wälder. Im Gang schürft kein Schuh, niemand geht, niemand spricht. Auch die Augen des alten Mannes sind groß und drücken die Falten weg. Aus dem Mund des Vaters kommt ein Seufzen, ein verbotenes Atemholen. Dann schließt er den Mund, schau, Jugoslawien, ruft er ins Abteil. Doch die Mutter bleibt im Abteil sitzen. Ihr Bruder ist vor sechs Jahren hinübergeschwommen, sagt er, jetzt ist er in Wien. Er blinzelt, er will im Glänzen die einzelnen Wellen sehen, haben Sie Kinder, fragt er. Adina sagt, nein.

Im Wartesaal steht keine Bank, nur ein kalter Eisenofen. Auf dem zersprungenen Betonboden liegt hellgrüne Spucke und Sonnenblumenschalen. Über dem Eisenofen ist eine Wandzeitung, dreimal das Bild des Diktators, das Schwarze im Auge ist so groß wie Adinas Mantelknopf. Es glänzt. Und die Spucke auf dem Boden glänzt.

Was glänzt, das sieht.

Vor dem Bahnhof steht eine Bank, hat Ilije im Sommer geschrieben, daneben ist die Bushaltestelle. Der Bus ist nur für Offiziere, die aus der Kleinstadt in die Einheit fahren. Doch manchmal nimmt der Fahrer auch Soldaten mit, am liebsten jedoch junge Frauen.

Im Bus sitzen fünf Offiziere. Sie tragen grüne Mützen mit grauen Pelzohren, sie sind mit grünen Schnüren auf den Kopf gebunden. Unter den Pelzohren stehen die Ohren der Offiziere, sie haben von der Frostglut rote Ränder. Ihre Hinterköpfe sind kahlgeschoren.

Der Fahrer trägt einen Hut und einen Anzug unter dem offenen Mantel. Aus den Mantelärmeln sehen weiße Manschetten mit dunklen Dreckstreifen und dicke blaue Manschettenknöpfe. An der linken Hand des Fahrers glänzt ein Siegelring. Drei Offiziere steigen ein.

Wohin, fragt der Fahrer, Adina hebt die Tasche auf die Treppe, in die Einheit, sagt sie. Er bückt sich, über seine Hand hängt ein blauer Schal. Er trägt die Tasche in den Gang, schöne Frauen sind immer das Richtige für unsere Armee, sagt er. Die Offiziere lachen, ihre Stimmen sind ein Schwall.

Adina setzt sich auf den ersten Sitz neben einen Offizier mit weißhaarigen Schläfen. Es riecht nach feuchten Winterkleidern. Zu wem fährt das Fräulein, fragt eine Stimme hinten, und Adina dreht den Kopf und sieht hinter leeren Sitzen einen goldenen Zahn. Ihr Mantel ist eingepackt in grüne Mäntel, zu einem Soldat, sagt sie. Der Fahrer hebt die Hand in die Luft, eine Fabrik streut Rohre und Zäune ins Feld, wir haben viele, sagt er, wenn wir dort sind, kann sich das Fräulein für einen entscheiden.

Der Mais dreht sich weg von der Scheibe, zerbrochen, vergessen im Frost, weshalb für einen, sagt der mit dem goldenen Zahn, es gibt genug in diesem Land. Das Lachen stößt in ein Waldstück, das ist schwarz und kahl.

Wie heißt dein Soldat, fragt der Offizier neben Adinas Ohr, seine Schläfe ist aus Papier, seine Augen sehen ihre Hände an, seine Augäpfel schimmern grün vom Mantel. Sie sagt, Dolga heißt er, Krähen fliegen übers Feld, und der Offizier sagt, von denen gibts zwei, und der mit dem goldenen Zahn lacht so laut, daß sich auf seinem Kopf die Schnur löst, daß ihm das linke Pelzohr auf die Schulterklappe fällt.

Er nimmt seine Mütze ab, sein Haar ist niedergedrückt, seine Schläfen kahlgeschoren. Er bindet die Ohren zusammen, die Schnur ist kurz, sein Finger dick, er schließt die Lippen über dem goldenen Zahn, die Schleife wird klein wie zwei Fingerspitzen, er setzt die Mütze auf.

Wie heißt er noch, fragt der Offizier neben Adina, und sie zieht ihre Finger in die Mantelärmel ein und sagt, Ilije.

Draußen läuft ein Graben, der ist von dürrem Schilf durchwachsen, was ist das Fräulein von Beruf, fragt der Offizier neben Adina und dreht an seinem Mantelknopf, und hinter der Biegung steht die Pappelallee, die Ilije beschrieben hat, und ein Mauerzaun und die Kaserne, und Adina sagt, Lehrerin.

Alles ist flach, hat Ilije geschrieben, man sitzt oder liegt draußen im Nichts, doch die kleinsten Pflanzen verdekken den Blick, man kann stehen und sieht nirgends hin.

Der Wind reißt an den Baumreihen, man hört ihn nicht, dann kennen Sie «Die letzte Liebesnacht, die erste Kriegsnacht», sagt hinter dem Fahrer ein Offizier, ein Buch wie im Leben, mein Fräulein, ein schönes Buch.

Sie haben alle kahle Nacken, kahle Schläfen, denkt Adina, sie werden seit Jahren geschoren, keiner von ihnen ist jung. Irgendwann werden sie lachen, und mitten im Lachen, mitten im Schwall einer am anderen merken, daß die Säcke mit den geschnittenen Haaren vollgestampft und so schwer wie sie selber sind.

Ilijes Hände zittern, seine Fingernägel sind dreckig und eingerissen. Eine Stunde war ich allein im Abteil, sagt Adina, es war weit und breit keine Sonne, doch überall standen Schatten, dann bin ich eingeschlafen.

Ich habe geträumt, sagt Adina, daß ein Fuchs über ein leeres Feld geht, es war frisch gepflügt. Der Fuchs hat sich im Gehen gebückt und Erde gefressen. Er fraß und fraß und wurde immer dicker.

Neben der Tür hängt eine Wandtafel, ein Bild mit einem Panzer am Waldrand, auf dem Panzer sitzen Soldaten, und einer davon ist Ilije. Die Offiziere stehen im Gras.

Du hast es gut, sagt Ilije, du hast noch Angst, mein Kopf ist dunkel, ich habe schon lange nichts mehr geträumt. Über und unter dem Panzer ist das Bild des Diktators, das Schwarze im Auge. Hier muß man sich täglich vergessen, sagt Ilije, nur eines weiß ich von mir, daß ich immer an dich denke. Neben dem Schwarzen im Auge hängen die Ehrendiplome der Einheit.

Ilije zeigt auf den Panzer, im Oktober, sagt er, waren wir mit dem Panzer im Gelände. Er küßt Adinas Finger, in welchem Gelände, fragt sie, hier ist doch alles flach. Rausgefahren, sagt er, hier ist alles Gelände, hinten am Wald ist ein Hügel. Den Hügel hinauf mußten wir alle absteigen und von hinten Steine unter die Ketten werfen, und den Hügel runter von vorne Steine. Als der Panzer am Waldrand unten war, haben wir uns ins Gras gelegt. Wir sind den ganzen Tag nicht aufgestanden. Am Abend sind wir zu Fuß in die Kaserne zurückmarschiert.

Seine Hand ist rauh, er lacht und schluckt seine Stimme, der Panzer steht heute noch draußen am Wald, sagt er, komm in den Hof.

Sein Arm zerrt und sein Mund, wenn die Russen auf uns gewartet hätten, sagt er, wären sie heute noch nicht in Prag.

Vor einem Haufen nasser Sandsäcke bleibt Ilije stehen, die schleppen wir von der Wand an den Zaun, vom Zaun an den Weg, vom Weg an die Wand, sagt er. Seine Schuhe klappern, wenn ich die los bin, sagt er und zeigt auf die klobigen Schuhe, ist es Sommer, und ich kenne nur noch einen weichen Weg, die Donau.

Ein Soldat trägt einen dampfenden Eimer vorbei, Adina zieht den Mantel eng an sich, schließt sich mit den Armen ein, damit im Sommer danach, sagt sie, deine Knochen im Weizen liegen. Die Pappelallee ist klein, sie kriecht in Erde, weil es bald dunkel wird, und Ilijes Gesicht ist nach vorne gezerrt, du kommst mit, sagt er, sein Hals ist lang, sein Nacken, seine Schläfen kahlgeschoren. Er beugt sich zu ihr, und sie schüttelt den Kopf.

Du wirst dort oben im Himmel ein Engel mit einer Schußwunde sein, sagt Adina und sieht auf den Boden, oder da unten, wo das Pflaster liegt. Dort wirst du nachts den Besen reiten, die Straßen fegen in Wien.

Und du bleibst hier, sagt Ilije, du wartest, daß sie deinen Fuchs zerschneiden, und dann.

Der Fuchs auf dem Tisch

Der Wecker tickt und tickt, es ist drei Uhr.

Vielleicht sind nachts die Füße am Fuchs wieder angewachsen, denkt Adina. Sie streckt den Fuß aus dem Bett, schiebt die hinteren Füße weg vom Fell. Daß der Schwanz, obwohl der abgeschnitten ist, so weich und buschig bleibt, ängstigt ihre Zehen. Daß er nicht schrumpft.

Sie trägt die beiden Füße und den Schwanz auf den Tisch, legt sie aneinander. Dann ist ein ganzer Fuchs da, nur halb in den Tisch gekrochen. Dann wühlt er unter der Tischplatte mit Kopf und Vorderbeinen, die Hinterbeine und den Schwanz stellt er auf die Tischplatte, um sich zu halten.

Am Küchenfenster steht der Mond, so aufgedunsen, daß er nicht bleiben kann. Er ist vom frühen Morgen angefressen. Es ist sechs Uhr, und der Mond ist übernächtigt, hat noch drei gelbe Finger, und einer ist grau und hält ihm die Stirn. Die frühen Busse rauschen, oder ist es oben die Grenze der Nacht, an der der Mond, weil er nicht rund ist, hängenbleibt, wenn er die Stadt verläßt. Hunde jaulen, als wär die Dunkelheit ein großes Fell gewesen, und die Leere der Straßen im Schädel ein ruhiges Hirn. Als hätten die Hunde der Nacht Angst vor dem Tag, an dem der suchende Hunger dem streunenden Hunger begegnet, wenn Menschen an ihnen vorübergehn. Wenn das Gähnen dem Gähnen begegnet, und mit dem gleichen Hauch im Mund das Sprechen dem Bellen.

Die Strumpfhosen riechen nach Winterschweiß. Adina zieht sie wie das Schaukeln im Zug über die nackten Beine, zieht den Mantel übers Nachthemd an. Im Mantel hängen noch die kleinen schwarzen Mäntel des Viadukts und die großen grünen Mäntel aus dem Bus. In den Mantelknöpfen steht noch der kleine Bahnhof und das Schwarze im Auge. In der Manteltasche ist noch Geld von der Reise und die Taschenlampe. Der Schlüssel liegt auf dem Küchentisch. An den Schuhen klebt noch der Dreck aus dem Hof der Kaserne. Sie schlüpft in die Schuhe.

Der Kreis der Taschenlampe stolpert, der Randstein ist eckig. Von der Mülltonne springt eine Katze, ihre Pfoten sind weiß, hinter ihr zerbricht Glas.

Der Parkplatz ist leer, das Stadion hält seinen Erdwall im Dunkeln, der Himmel darüber wird grau. Hinter dem Stadion klopft Eisen, dort ist die Fabrik. Die Schlote sieht man nicht, nur gelben Rauch. Die Straßenbahn quietscht an der Ecke. Fenster leuchten, sind wach, und Fenster daneben sind dunkel, an die Wände gelegt im Schlaf.

In den stillen Straßen der Macht hat der Morgen spätere Zeiten. Die Fenster sind dunkel, die Lampenstangen verschnörkelt. Die Lampen hängen in den Gärten über den Treppen, leuchten den Engeln und Löwen aus Stein. Die Lichtkreise sind Eigentum, sind nicht für die Gehenden, die nicht hier wohnen, die nicht hierher gehören.

Die Pappeln sind Messer, verstecken die Schneide und schlafen im Stehen. Drüben liegt das Café. Die weißen Stühle aus Eisen sind weggeräumt, der Winter braucht keinen Stuhl, er sitzt nicht, er geht um den Fluß, hängt unter den Brücken. Das Wasser glänzt nicht und sieht nicht, es läßt die Pappeln allein.

Die Angler gehen abends früh ins Bett und stehen morgens früh vor den Läden. Sie treffen sich am Nachmittag im rauchigen Kaffee, sie trinken und reden, bis das Wasser wieder glänzt. Im Turm der Kathedrale schlägt die Uhr siebenmal im Nebel, doch die Akazien sind oben schon wach. Jetzt werden die Schlösser aufgesperrt, die Riegel weggeschoben, die Ladentüren geöffnet. Die Akazien schälen das Holz an den Spitzen ins Graue. Am Ende des Parks sehen Dornen aus jedem Ast, unten die Stämme merken es nicht.

Es ist noch niemand im Laden. Die Kassiererin zieht eine Windjacke über den hellblauen Kittel an. Die Pelzmütze schluckt ihre Augenbrauen. Adina nimmt einen

Korb. Die Marmeladegläser sind ausgerichtet in Reihen. Sie sind gleich groß, gleich staubig, haben die gleichen Bäuche mit den gleichen Blechdeckeln und Etiketten. Wenn ein Offizier vorbeigeht, denkt Adina, werden sie marschieren. Nur der Rost an den Deckeln unterscheidet sie und die herausgequollenen Tropfen, die an den Bäuchen kleben.

Adina legt eine Schnapsflasche in den Korb. Der Kassiererin dampft der Kaffee ins Gesicht. Erst ab zehn Uhr werden Getränke verkauft, sagt sie, schlürft einmal kurz und einmal lang und wischt sich den Kaffeetropfen vom Kinn. Sie hebt die Augen halb unter die Mütze und stellt die Kaffeetasse hin. Sie greift in den Korb, der rote abgewetzte Lack ist an den Nägeln, als wachsen an den Fingern Fingerspitzen nach. Sie stellt die Schnapsflasche unter die Kasse.

Adina legt den Geldschein neben die Kaffeetasse. Ich war noch nie betrunken, sagt sie leise, es ist sieben Uhr, und ich war noch nie betrunken, der Tag steht vor der Tür, sagt sie laut, es ist sieben Uhr, alle Tage war es sieben Uhr, und alle Tage stand der Tag vor der Tür, und ich war noch nie betrunken, und ihre Stimme zerfällt, ihre Wangen sind heiß und naß, es ist sieben Uhr, hier ist mein Schnaps, und hier ist mein Geld und ein Tag vor der Tür, und ich war noch nie betrunken, und ich will nicht mehr warten, ich will mich jetzt betrinken, nicht erst um zehn. Die Kassiererin drückt ihr den Geldschein in die Hand, das wollen viele, sagt sie.

Ein Mann im hellblauen Kittel schiebt Adina an den Schultern zur Tür, sagt hinter ihrem Kopf Gesetz und Schnaps und Polizei. Ihre Schuhe schleifen, von den

Sohlen bröckelt in kleinen Stücken der trockene Dreck der Kaserne und in großen Stücken der nasse Dreck des Parks. Ihr Nachthemd hängt über ihre Strümpfe, eine Handbreit aus dem Mantel heraus. Die Kassiererin hält die Tür auf. Wer seid ihr, schreit Adina, faßt mich nicht an, hört ihr, faßt mich nicht an.

Adina läutet dreimal. Die Wohnungstür öffnet sich, ein grelles Viereck blendet ihr Gesicht. Sie geht durch den Flur, sie hält einen kahlen Ast in der Hand. Geh in die Küche, sagt Paul, Anna schläft noch im Zimmer. Adina nickt einmal und zweimal und dreimal, er sieht ihr nach, ihr Nachthemd hängt aus dem Mantel. Sie gibt ihm den kahlen Ast und lacht, lacht schallend, das wird Flieder, sagt sie. Sie sitzt am Küchentisch, vor ihr steht eine vertropfte Kaffeetasse, daneben liegt ein Schlüssel. Adina sieht auf die Uhr an der Wand, sie legt einen Geldschein auf den Tisch und greift sich ins Gesicht. Hier sind meine Augen, sagt sie, hier meine Stirn, hier mein Mund. Sie knöpft den Mantel auf, und das ist mein Nachthemd, sagt sie. Und hier hängt eine Uhr an der Wand, und hier liegt ein Schlüssel auf dem Tisch, und draußen steht ein Tag vor der Tür, ich bin nicht verrückt, es ist jetzt acht Uhr, und es ist alle Tage acht Uhr, und ich war noch nie betrunken, ich will mich jetzt betrinken, nicht erst um zehn. Sie schiebt die Kaffeetasse an den Tischrand.

Paul steckt das Geld in ihre Manteltasche, stellt ein Glas vor ihr Kinn, dann eine Flasche. Er gießt Schnaps in das Glas, er drückt ihr das Glas in die Hand. Sie trinkt nicht, sie weint nicht, ihre Augen rinnen und ihr Mund ist stumm. Er hält ihren Kopf. Anna steht in der Tür. Sie ist nicht gewaschen, nicht gekämmt, nur fertig angezogen. Sie nimmt den Schlüssel vom Tisch, sie zieht ihre Schuhe an. Auf den Schuhspitzen geht sie durch den Flur. Die Tür schlägt laut zu.

Du kannst bleiben, sagt Paul, ich muß jetzt zur Arbeit. Die Tür schlägt laut zu.

Da stehen Adinas Schuhe im Flur. Da liegt ihr Mantel im Zimmer auf dem Stuhl, da liegt ihre Strumpfhose auf dem Fußboden. Der kahle Ast, der Flieder wird, steht in der Vase neben dem Bett. Das Bett ist noch warm von Anna.

Der Handkuss

Adina zieht die Strumpfhose an, ihre Beine sind nicht in der Strumpfhose. Sie zieht den Mantel an, ihre Arme sind nicht im Mantel. Nur das Nachthemd hängt aus dem Mantel heraus. Sie steckt das Nachthemd in die Strumpfhose. Der Schlüssel, das Geld, die Taschenlampe sind in der Manteltasche. In der Küche liegt die Sonne auf dem Tisch, unterm Tisch liegt Dreck von ihren Schuhen, an der Wand tickt die Uhr und horcht auf sich selbst. Gleich ist es Mittag. Adina schlüpft in die Schuhe, ihre Zehen sind nicht in den Schuhen, sie sind in der Uhr. Adina geht auf den Zehenspitzen aus der Küche, bevor sich beide Zeiger auf der Kopfmitte des Tages treffen, wo es Mittag ist. Die Tür geht auf, die Tür schlägt zu.

Vor Adina geht ihr Atem, sie greift mit der Hand danach, sie fängt ihn nicht mehr ein. Am Wegrand steht eine Mülltonne. An der Mülltonne lehnt eine alte Frau mit einem Gehstock und einem Tuchsack. Er ist halbvoll. Der Gehstock kratzt auf dem Asphalt, er hat einen Nagel am unteren Ende. Sie beugt den Kopf und den Gehstock in die Mülltonne, sie spießt auf den Nagel trockenes Brot.

Die Ecke ist aus Fensterglas. Dahinter sitzt ein Mann unter einem weißen Tuch. Der Mann ist jung und dünn, sein Haarsack wird nicht schwer sein, denkt Adina, nicht schwerer als der volle Brotsack, wenn er stirbt. Die Schere geht auf und zu, kurze Haarspitzen fallen auf das Tuch. Der Frisör schneidet und redet. Er verlängert über den Winter hinaus die Zeit, so wie Adina den Heimweg verlängert, weil der Fuchs unterm Tisch wühlt, weil ein Baum hier mitten im Asphalt vor der Scheibe steht, wo das Haar geschnitten wird, und weil der Baum selber kahl ist.

Der zweite Bus biegt sein schwarzes Akkordeon. Die Falten öffnen und schließen sich. Die Hörner suchen sich den Weg, der Fahrer ißt einen Apfel. Ein Mann springt auf, bevor die Treppe steht. Seine Hosenbeine flattern, seine Schuhe glänzen. Er trägt eine Windjacke. Das Akkordeon quietscht, Baumstämme fahren durch die Scheibe, Mäntel gehen langsam, und das Fahren drückt sich an der Scheibe hinauf. Nur den Sarg, der mit Stricken auf das Dach eines roten Autos gebunden ist, nimmt der Bus eine Weile mit. Denn der Weg hält die Baumstämme fern, schiebt den Sarg über alles hinweg, durch das Akkordeon, von einer Scheibe zur anderen. Dann fahren Wohnblocks vorbei, vor denen der Gehsteig schon Wand ist. Der Sarg fährt durch die hinterste Scheibe, und der Mann in der Windjacke sieht ihm nach. Adina geht zur hinteren Tür. Die Tür geht auf, der Mann in der Windjacke kneift Adina in den Hintern. Sie steht auf den Treppen, sie stößt ihn weg, sie stolpert, die Tür schlägt zu, es fliegt Staub.

Das Gesicht des Mannes fährt weiter. Er zeigt ihr die Faust in der Scheibe, er öffnet die Finger und wirft ihr einen Handkuß zu.

Der Fuchs wühlt nicht unterm Tisch. Das ganze Fell liegt auf dem Boden vor dem Schrank. Adina legt den Schlüssel auf den Tisch. Sie steht im Zimmer, doch das Zimmer steht da für sich allein. Die hinteren Beine und der Schwanz liegen so dicht am Fell, daß man den Schnitt nicht sieht. Adinas Schuhspitze zieht das linke Hinterbein weg, das rechte Hinterbein weg, den Schwanz weg. Das rechte Vorderbein zieht den Bauch und den Kopf mit, es ist angewachsen. Das linke Vorderbein läßt den Bauch und den Kopf liegen. Es ist abgeschnitten. Das Bett ist offen.

Die Küche, die Äpfel, das Brot.

Adina steht im Bad, und das Bad ist mit sich allein. In der Klomuschel schwimmt eine Zigarettenkippe. Sie liegt seit Stunden im Wasser, sie ist aufgeplatzt.

Adina legt den Geldschein und die Taschenlampe auf den Tisch. Sie zieht den Mantel und die Strumpfhose aus. Sie legt sich ins Bett. Ihre Zehen sind kalt, das Nachthemd, das Bett ist kalt. Ihre Augen sind kalt. Sie hört ihr Herz auf dem Kissen klopfen. Sie dreht den Tisch in den Augen, den Geldschein, die Taschenlampe, den Stuhl. Der Wecker tickt und tickt, bis am Fenster das Licht verschwindet.

Es läutet, es ist nicht der Wecker. Adina findet ihre Zehen und den Fußboden am Bettrand. Sie knipst das Licht an, sie öffnet die Tür. Ein helles Viereck fällt ins Treppenhaus, sie lacht und hält die Wange hin. Paul hat einen kalten Mund. Er hält einen kahlen Ast in der Hand, das wird Flieder, sagt er. Sie streckt mit dem Ast in der Hand den Zeigefinger aus, sie zeigt mit der Astspitze zum Fuchs. Er hebt die abgeschnittenen Beine nacheinander auf, seit heute sind es drei, sagt sie, sieht ihn an und zieht ihm den Schal vom Hals. Sein Nacken ist kahlgeschoren, ich war beim Frisör, sagt er.

Sie legt den Schal aufs Bett. In jedem Zimmer, wo ich bisher wohnte, lag der Fuchs vor dem Schrank, auch im Studentenheim, wo das Zimmer eng war, sagt sie, wir wohnten zu viert. Im Heim war eine Katze, die war fett und fast blind, die hat keine Mäuse mehr gefangen. Von den Treppen vorne bis hinten zum Gang ist sie durch alle Zimmer gestreift. Sie hat jedes Speckstück gerochen und hat es gefressen. In unser Zimmer ging sie nie, sie hat den Fuchs gerochen.

Sie steckt die kahle Astspitze in den Mund, schau nicht so, sagt er, sonst wird es kein Flieder. Sie geht in die Küche, die Vase hat von den letzten Chrysanthemen einen braunen Rand. Ich hab Clara gestern im Krankenhaus gesehen, sagt er, sie riecht an dem Ast, Clara hat bei den Abtreibungen gewartet, sagt er, der Wasserhahn quietscht, er steht in der Küchentür, auf dem Wasser sind Blasen, sie füllt die Vase bis zum braunen Rand. Sie trägt die Vase an ihm vorbei, er geht hinter ihr her.

Noch ein Fuß, sagt Paul, das ist ein Fuchs, mit dem man den Verstand verliert. Er stellt den Ast ins Wasser, da braucht man keinen Feldstecher, das ist ein Fuchs, sagt er, da ist man zwischen Bett und Stuhl mitten im Wald, der kahle Ast stellt einen kahlen Schatten auf seine Wange. Der Feldstecher, sagt er, war heute morgen beim Pförtner. Der hat nicht hinten in den Wald geschaut, er hat zum Eingang nach vorne geschaut. Als ich vor ihm stand, hat er den Feldstecher nicht abgenommen, er hat mich angeschaut und hat zu mir gesagt, mein Herr, Ihr Auge ist so groß wie eine Tür. Der kahle Schatten in Pauls Gesicht könnte eine Falte sein. Dann kam ein Mann, sagt er, der gab dem Pförtner Geld, weil heute kein Besuchstag war. Der Pförtner ließ den Mann durch den Feldstecher schauen, ich zog meinen Mantel aus und nahm meinen weißen Kittel auf den Arm. Paul legt seine Finger auf Adinas Fingerspitzen, wie sagt man einem Mann, fragt er, der dem Pförtner Geld gibt und am Morgen schon mit einem frischgebackenen

Brot im Netz die Treppen raufgeht, daß seine Frau vor einer Nacht beim Stromausfall gestorben ist. Er zieht Adina zu sich, man geht langsam, sagt er, weil das frische Brot riecht, sie spürt, wie sich an ihrem Kopf sein Kinn bewegt, in seiner Ohrmuschel liegt abgeschnittenes Haar. Man hofft für diesen Mann, sagt er, daß dieser Feldstecher durch die Vergrößerung den Schreck genommen hat für einen ganzen Tag. Sie zieht die Beine unterm Nachthemd ein und stellt die Füße auf seine Knie. Man hofft umsonst, sagt er, denn man hört den Schritten dieses Mannes an, daß er in wenigen Minuten den Verstand verliert.

Adina hält ihr Gesicht in der Hand. Sie sieht zwischen den Fingern, wie hell die Zweige sind, wie dunkel im Wasser der Stiel.

Paul knipst die Taschenlampe an und aus. Er nimmt den Geldschein vom Tisch, den wolltest du mir heute morgen geben, sagt er, streift ihn mit der Hand glatt. Es ist ein Gesicht darauf, dreckig, zerknittert und weich. Er bohrt mit der Spitze des längsten Zweigs ein Loch in das Gesicht, er spießt den Geldschein an dem kahlen Ast auf. Noch ein Fuß, sagt er, und dann.

Die verlorene Schaufel

Das linke Knie hebt sich, das rechte Knie senkt sich. Das Gras ist zertrampelt, der Boden weich. Der Dreck rutscht weg, an den Knöcheln drücken die klobigen Schuhe. Die Schnürsenkel sind aus Schlamm, von morgens bis mittags zweimal gerissen und zweimal verknotet. Die Socken sind naß, der Wind weht und trocknet den Dreck an den Händen. Die Mütze ist in den Dreck gefallen.

Die Zigarette unterbrochen von Befehlen, wird drekkiger von jeder Hand, von morgens bis mittags die eine Zigarette viermal angezündet und Rauch in dünnen Flügen von Mund zu Mund, und dreimal ausgedrückt, der letzte hat sie glühend weggeschmissen.

Der Schützengraben ist tief genug, er reicht bis zum Hals, und das Licht steht so tief überm Gras wie der Panzer am Wald, wie die Stirn über den Augen. Der Tag wird zwischen Wald und Hügel in den Boden gezogen.

Es ist Abend, die Augenwinkel der Soldaten lauern, der Offizier mit dem goldenen Zahn ist nach dem letzten Befehl pissen gegangen, am Panzer vorbei, drei Bäume hinein in den Wald. Die Soldaten bewegen die Schuhe und Schaufeln nicht, sie schweigen und horchen, wie der Wasserstrahl des Offiziers den Boden trifft. Doch die Äste knacken, und die Krähen fliegen in die Nester und schreien, sie spüren den Nebel, der langsam die Bäume verhängt. Vielleicht spüren sie Schnee hinter der Landschaft, im flachen Rücken der kommenden Tage. Schnee, der rauh und trocken ist und liegen bleibt. Schnee, so weiß, daß ihre schwarzen Schnäbel immer offen sind und auskühlen, weil sie nichts zum Fressen finden, nur ausgefrorenen Mais.

Man hört den Strahl auf dem Waldboden nicht.

Der Offizier knöpft seine Hose zu, drückt seine Mütze tiefer in den Kopf, zieht seinen Schal enger um den Hals. Er kratzt mit einem dürren Ast den Dreck von seinen Stiefeln.

Antreten, abzählen, jede Stimme ist anders müde, jedes Atemholen vor jedem Mund ein anderes dunstiges Tier. Zwei Reihen, die Großen, die Kleinen.

Schaufel bei Schulter, schreit der Offizier, sieht die Reihen entlang, DOLGA, wo ist deine Schaufel. Ilije hebt die Hand an die Mütze, schlägt den einen Schuh an den anderen, zu Befehl, Genosse Offizier, meine Schaufel ist verschwunden. Der Offizier hebt den Zeigefinger, und sein goldener Zahn ist heller als sein Gesicht, such sie, sagt er, ohne Schaufel kommst du nicht zurück in die Einheit.

Rechts um, im Gleichschritt marsch, links rechts. Die Soldaten marschieren neben den Panzerspuren den Hügel hinauf. Die Hügelspitze schluckt sie von unten, der Himmel von oben.

Ilije hört ihren Gleichschritt nicht mehr, er geht am Schützengraben entlang. Seine Augen suchen den Graben ab, er ist dunkler als der Boden. Seine Hände schmerzen von der Schaufel, weil die Schaufel nicht mehr drückt, weil die Hände nicht mehr graben, weil die Schwielen Haut werden und brennen. Seine Schuhe finden nur Gras und Dreck, seine Augen den Hügel. Der hat sich in die Nacht gestellt, und der Wald ist eine schwarze Ecke, kein Baum steht drin.

Daß hinter dem Hügel die flache Ebene liegt, denkt Ilije, daß sie nachts vielleicht aus Wasser ist, gleiches glattes Wasser, daß er flüchten könnte, er wäre schwarz wie das Ufer und die Stelle, wo er abspringt, würde ihn nicht sehen, und das Wasser würde ihn tragen. Wenn man lange schwimmt, denkt er, gewöhnen sich die Augen an die Nacht und überqueren viel, und wenn man alles überquert hat, stoßen die Hände an ein anderes Ufer, an ein anderes Land. Doch er müßte, denkt er, bevor er auf der Hügelspitze ankommt, die klobigen Schuhe ausziehen. Er wäre sie los, schon bevor er abspringt, er ist sie los, wird am Ufer mit dem Aufschnüren, mit den verknoteten Schnürsenkeln keine Zeit verlieren. Und morgen, wenn der Tag genauso früh und düster mit einem Befehl anfängt, mit einem goldenen

Zahn, der schon lange wach ist, wenn die Kolonne in den Panzerspuren den Hügel raufmarschiert, sind diese Schuhe da, und die Bäume sind wieder im Wald und die Krähen.

Doch in einem Briefkasten weit weg liegt ein Brief für Adina. Es ist ein Bild von ihm drin, schwarzes Haar ohne Mütze, eine weiße Stirn und ein schwaches Lächeln ohne Grashalm im Mund.

Auf der Hügelspitze hat Ilije Angst, aus seinen eigenen Fußsohlen herauszutreten. Die Ebene ist schwarz, doch der Boden kein Wasser. Er geht neben den Panzerspuren her und hat Angst, sich nach sich selber umzudrehen. Der Schützengraben hat alles gesehen, und morgen weiß der Offizier mit dem goldenen Zahn, das ist Verrat. Sein Mund wird schreien, sein Zahn wird leuchten. Die Hügelspitze wird stumm dastehen und nicht mehr wissen, daß sie die Nacht in einer Stirn verbracht hat, daß sie es war, die einen durchsichtigen Schädel vor Angst zur Flucht getrieben hat.

Dann drückt jeder Schritt ein Loch in den Bauch, jeder Atemzug einen Stein in die Kehle. Zerbrochenes Maislaub kratzt an den Kniekehlen, Gras steht am nackten Hintern. Ilije muß scheißen. Er hebt den Kopf, er drückt. Er reißt ein Blatt vom Stiel, ein schmales, langes Maisblatt. Das Maisblatt bricht, und sein Finger stinkt.

Und das Maisfeld stinkt, und der Wald. Und die Nacht, und der Mond, der nicht da ist, stinkt.

Ilije weint und flucht mit der Mutter der Soldaten der Offiziere der Panzer und Schützengräben. Mit den Göttern und allen Geburten der Welt.

Seine Flüche sind kalt, seine Flüche sind nicht zum Essen, nicht zum Schlafen. Zum Herumirren und Frieren sind sie, steigen zwischen Maisstengeln hinauf und würgen sich. Zum Wirbeln und flachen Hinlegen sind seine Flüche, zum kurzen Toben und langen Stillhalten.

Wenn Flüche gebrochen sind, hat es sie nie gegeben.

Wenn es kalt ist, kann ich nicht ins Wasser schaun

Ich weiß, was ich weiß, sagt Clara laut, die Straßenbahn rauscht, fährt nahe am Geländer, Ilije ist empfindlich, sagt sie, die Brücke zittert, die Bäume drängen sich in den Park. Ich habe gewußt, sagt sie leise, daß er den Fuchs nicht aushält, ihre roten Fingernägel tauchen zuerst ins Haar und tauchen erst wieder auf nach einer weißen gebogenen Hand. Ich weiß auch, daß er nicht flieht, sagt sie. Und ihr Haar fliegt und stellt sich wie ein Fächer über ihre Stirn in den Wind. Das weißt du nicht, sagt Adina, woher kannst du das wissen. Sie sieht Claras Wange, ihre spitzen, schwarzgezogenen Augenwinkel.

Ohne Angler ist der Fluß ein Wasserstreifen in der Stadt, nur seine faule Gicht steht in der Mitte zwischen Spiegel und Grund, man riecht sie.

Claras Schuhe klappern auf den Steinplatten. Adina bleibt stehen und Clara geht noch drei Schritte, ohne es zu merken, geht immer genau in der Mitte der Steinplatten. Komm, sagt sie, wenn es kalt ist, kann ich nicht ins Wasser schaun. Dann bleibt sie stehen, dann steht ihr Haar dunkel wie Flußgras im Wasser. Da wird man nackt vor Kälte, sagt Adina. Clara zieht sie am Arm, mir wird ganz schwindlig, sagt sie. Dann geht sie weg vom Wasser, ein paar Schritte in den Weg hinein. Adina wirft ein dürres Blatt ins Wasser, aber kotzen mußt du nicht vom Fluß, sagt sie, und sieht dem Blatt nach, das schwer und schon so naß ist, daß die kleinen Wellen es nicht packen, Paul hat dich im Krankenhaus gesehen, sagt sie.

Ich weiß, sagt Clara, ich habe auch gewußt, daß er dir alles sagt. Ihre roten Fingernägel tauchen in die Manteltaschen, sie drückt mit beiden Händen aus dem Mantel einen Bauch heraus, ich war schwanger, sagt sie. Die gebogenen weißen Handgelenke tauchen wieder auf, die Fingernägel nicht. Wieso konntest du abtreiben, fragt Adina. An Claras dünnem Absatz klebt ein nasses Blatt, Pavel kennt den Arzt, sagt sie.

Das Gras ist niedergefroren im Park, es liegt in Bündeln neben den Wegen, dicht und leer. Doch die Äste oben horchen auch ohne Laub.

Clara nimmt einen Grashalm, sie muß nicht ziehen, er liegt nur da, er ist nicht angewachsen. Er ist geknickt, er steht nicht zwischen ihren Fingern. Adina dreht sich um, doch das Knacken ist kein fremder Schritt, es ist nur ein Ast unter dem eigenen Schuh, ist er Arzt, fragt Adina, und Clara sagt, er ist Anwalt. Sie dreht sich um, doch das Geräusch ist kein fremder Schritt, es ist eine Eichel, die auf den Weg gefallen ist. Wieso hast du mir nichts gesagt, fragt Adina, Clara wirft den Grashalm weg, er fliegt nicht, er ist zu leicht, er fällt auf ihren

Schuh, weil er verheiratet ist, sagt sie. Dann klappern Schuhe, und der Sand reibt auf dem Weg. Eine Frau schiebt ein Fahrrad vorbei, warum versteckst du ihn vor mir, fragt Adina, auf dem Fahrrad liegt ein Sack, weil er verheiratet ist, sagt Clara, die Frau sieht sich um, wir sehen uns selten, sagt Clara. Seit wann kennst du ihn, fragt Adina.

Vor dem Kino stehen neun Soldaten und ein Offizier. Der Offizier verteilt die Kinokarten. Die Soldaten vergleichen die Reihen und Sitze. Auf dem Plakat ist ein lachender Soldat und eine geschlossene Bahnschranke von einer Wange zur anderen. Über der Soldatenmütze steht der blaue Himmel, und unter dem Gesicht steht der Titel des Films HIER KOMMT KEINER DURCH.

Clara stößt mit dem Ellbogen, ihr Kinn zeigt auf die Soldaten, wie die da stehen, sagt sie, Adinas Augen irren in die dunkelgrünen Eiben, ich hab sie gesehen, sagt sie, Ilije ist nicht dabei.

Eine Stimme grüßt, der Zwerg auf seinen hohen Absätzen, auf seinen abgebrochenen Ziegelsteinen.

Clara lächelt, es ist kalt in der Stadt, sagt der Zwerg, Clara nickt. Sein Kopf ist zu groß, sein Haar dicht und so hell vor den dunkelgrünen Eiben, wie im Park das niedergefrorene Gras. Jetzt ist es ausgekühlt, sagt der Zwerg, als ich es gekauft hab, war es warm. Er trägt ein Brot unterm Arm.

FRÜHER EINMAL UND NICHT JETZT

Ein alter Mann zieht eine Gasflasche auf einem Handwagen. Auf dem Hahn der Gasflasche ist ein Deckel, am Deckel hängt eine Tasche mit Brot. Der Griff des Handwagens ist ein Besenstiel, seine Räder sind von einem Kinderdreirad. Die Räder sind schmal, bleiben in den Ritzen der Steinplatten stecken. Der Mann zieht und hat ein paar Schritte lang den Gang eines mageren Pferdes. Der Deckel der Gasflasche klappert. Der Mann bleibt stehen, läßt den Besenstiel auf die Steinplatten schlagen. Er setzt sich auf die Gasflasche, reißt ein Stück Rinde vom Brot. Kauend sieht er die Stämme der Pappeln an, dann an den Ästen hinauf.

Im Hinterkopf gehen Schuhe, im Nacken klappern Schritte. Adina dreht den Kopf, seine Hände stecken Sonnenblumenkerne in den Mund, seine Schuhe glänzen, seine Hosenbeine flattern, seine Windjacke knirscht. Die Schuhe klappern auf ihrer Wange. Es ist der Mann aus dem Bus, der den fahrenden Sarg von einem Fenster ins andere geschoben hat. Du gefällst mir, sagt er, und spuckt eine Sonnenblumenschale auf den Stein, du bist gut im Bett. Da steht eine Bank, und auf der Bank steht eine leere Flasche, du vögelst bestimmt gut, sagt er, und auf der nächsten Bank stehen nackte Nägel aus dem Eisen, wo ein Brett zum Sitzen war. Sie sagt, verschwinde, und setzt sich auf die dritte leere Bank. Sie rückt in die Mitte, er spuckt eine Sonnenblumenschale auf die Bank, sie lehnt sich an. Er setzt sich. Da sind noch Bänke genug, sagt sie und rückt ans Ende, er lehnt sich an und schaut ihr ins Gesicht. Sie lehnt sich nicht mehr an, verschwinde, oder ich schreie, sagt sie. Er steht auf, macht nichts, sagt er, macht nichts. Er lacht in sich hinein, er öffnet die Hose, er hält sein Glied in der Hand. Dann verabschiede ich mich, sagt er, und pißt in den Fluß. Sie steht auf, ihr steht vor Ekel die Zunge in den Augen, sie sieht beim ersten Schritt die Steinplatten nicht. Sie spürt, wie durch beide Ohren sich ihr Kopf mit kaltem Wasser füllt. Er schüttelt die Tropfen von seinem Glied. Ich bezahl dich, ruft er hinter ihr, ich geb dir hundert Lei, ich piß dir in den Mund.

Adina steht auf der Brücke, er geht langsam in die andere Richtung, in die Richtung, aus der er gekommen ist. Seine Hosenbeine flattern, seine Beine sind dünn. Er hebt im Gehen die Hand oft ins Gesicht, er ißt Sonnenblumenkerne. Sein Rücken ist schmal.

Er geht wie ein stiller Mensch.

Wie ist das mit dem kleinen Rumänen, der in die Hölle kommt, hat er gefragt, ich habe gesagt, ich weiß nicht. Daß ich es vor drei Wochen noch wußte, hat er gesagt. Dann hat er gesagt, daß ich, wie man an allem erkennen kann, daß ich doch meine, daß die Kleinen in den Himmel kämen, nicht in die Hölle. Das ist doch ein Widerspruch, hat er gesagt. Ich habe die Schublade geöffnet, weil ich erkältet bin, ich habe mein Taschentuch gesucht, und er hat gesagt, ich soll die Schublade schließen. Ich habe gefragt, weshalb, und er hat gesagt, es könnte doch etwas in der Schublade sein, was er nicht sehen soll. Ich habe gesagt, das ist ein Büro, und er hat gesagt, nach viereinhalb Jahren wird es in jeder Schublade intim. Ich habe gelacht und gesagt, daß ich nicht wußte, daß er so diskret ist. Dann hat er gesagt, er sei Anwalt von Beruf und gut erzogen. Also, was sieht der kleine Rumäne in der Hölle, hat er gefragt. Dann hat er selber den ganzen Witz erzählt: Ein kleiner Rumäne stirbt und kommt in die Hölle, es ist viel Gedränge, und alle stehen bis zum Kinn im heißen Schlamm. Der Teufel weist dem kleinen Rumänen den letzten freien Platz in einer Ecke zu, und der kleine Rumäne stellt sich auf den freien Platz und versinkt bis zum Kinn. In der Mitte, neben dem Sitz des Teufels, steht aber einer nur bis zum Knie im Schlamm. Da streckt der kleine Rumäne den Hals und erkennt Ceauşescu. Da fragt er den Teufel, wo ist da die Gerechtigkeit, der hat mehr Sünden als ich. Ja, aber der steht auf dem Kopf seiner Frau, sagt der Teufel.

Er lachte und lachte. Dann hat er gemerkt, daß er lacht, und sein Blick ist spitz geworden, er hat die

Schultern eingezogen, und sein Muttermal hat auf der Halsader gezuckt. Er hat mich gehaßt, weil er lachen mußte. Seine Handgriffe wurden überstürzt, seine Hände waren wie Messer und Gabel, er nahm ein Blatt Papier aus seinem Aktenkoffer und legte einen Kugelschreiber auf den Tisch. Schreib, hat er gesagt. Ich habe den Kugelschreiber angefaßt, und er hat durchs Fenster in den Fabrikhof geschaut und diktiert, ICH, und ich habe gefragt, ICH oder SIE, und er hat gesagt, schreibe ICH und deinen Namen. Mein Name reicht doch, habe ich gesagt, das bin doch ICH. Er hat geschrien, schreib, was ich dir sag, und dann hat er gemerkt, daß er schreit, hat sein Kinn angefaßt und seine Mundwinkel zwischen Daumen und Zeigefinger zusammengedrückt und leise gesagt, schreibe ICH und deinen Namen. Ich hab es geschrieben, WERDE KEINER PERSON, UNABHÄNGIG VON DER NÄHE ZU IHR, SAGEN, DASS ICH ZUSAMMENARBEITE. Ich habe den Kugelschreiber hingelegt und gesagt, das kann ich nicht schreiben. Er hat gefragt, warum, ich habe gesagt, damit kann ich nicht leben. Ach so, hat er gesagt, seine Schläfen haben gemahlen, doch seine Stimme ist ganz ruhig geblieben. Ich bin aufgestanden und vom Tisch weggegangen, ich habe mich ans Fenster gestellt und in den Hof geschaut, ich möchte in der Fabrik nicht mehr belästigt werden, habe ich gesagt. Na gut, hat er gesagt, ich dachte, du brauchst deine Nachmittage für dich. Er hat den Kugelschreiber in die Jacke gesteckt und das Blatt zerknüllt und das Knäuel in den Aktenkoffer gesteckt. Er hat den Aktenkoffer ganz geöffnet, und ich habe darin ein Bild gesehen. Ich konnte das Bild nicht deutlich sehen, nur eine Wand. Ich wußte, ich kenne diese Wand. Du glaubst, wir laufen dir nach, hat er gesagt, du wirst noch von selber kommen. Er hat den Aktenkoffer zugeschlagen, dann hat er die Tür zugeschlagen. Als er weg war, habe ich an dieser Wand meinen Vater gesehen, mit ausgehöhlten Wangen und großen Ohren. Es ist das letzte Bild, das meine Mutter von meinem Vater bekommen hat.

Wie heißt er, fragt Adina, und Paul sagt, MURGU, und Abi sagt, PAVEL MURGU. Wie alt, fragt Adina, und Paul sagt, fünfunddreißig, fünfundvierzig. Der ist noch keine fünfundvierzig, sagt Abi.

Das Café ist dunkel, die Gardinen an den Fensterwänden dunkelrot, die Tischdecken sind dunkelrot und schlucken das wenige Licht. Und die Mäntel und Mützen sind schwarz. Die Glühbirnen leuchten für sich, heller ist der Rauch, er hängt wie vom Reden durchtriebener Schlaf. In den Gardinenlücken draußen neben dem Fluß, auf den leeren Steinplatten, ist ein abendlicher Tag. Die Pappelstämme stehen sich selber auf den Füßen, am Uferweg dreht sich der Wind, treibt dürres Laub zusammen und verscheucht es wieder. Die Angler sind im Café. Sie trinken sich voll. Sie trinken, bis der Abend vom Suff in den Köpfen nicht mehr zu trennen ist. Aus der Luft fällt hier und da, wenn ihre Augen im Zufall durch die Scheibe sehen, ein Blatt. Und sie wissen, es kommt von weit her, denn die Pappeln am Wasser sind kahl, ihre Äste sind Angelruten. Die Angler trauen den kahlen Pappeln nicht. Sie wissen, daß die Angelruten oben das bleiben, was die Köpfe der Angler unten sind. Die Pappeln verbieten im Winter das Glück, sagen die Angler, die kahlen Pappeln fressen das Glück beim Trinken.

Wem hast du den Witz erzählt, fragt Paul. Wenn ich das noch wüßte, sagt Abi.

Der Angler mit der Angst vor den Melonen stellt sich eine halbvolle Schnapsflasche auf den Kopf. Er streckt die Arme wie Flügel weg, geht mit der Flasche auf dem Kopf einmal um den Tisch.

MURGU hat mir eine Erklärung vorgelesen, sagt Paul, daß mit Gesicht ohne Gesicht Ceauşescu gemeint ist. Er hat gesagt, sie sei von dir. Ich habe es nicht geglaubt. Dann hat er mir das Blatt gezeigt, es war deine Schrift. Er hat diktiert, sagt Abi, und im Zimmer nebenan hat ein Mann geschrien, ich habe die Schläge gehört, ich habe alles geschrieben. Das war vom Tonband, sagt Paul und sieht Adina an. Sie sieht zwischen den beiden Gesichtern ins Leere. Und im Leeren hat Abis Gesicht ausgehöhlte Wangen und große Ohren. Das war nicht vom Tonband, sagt Abi, das glaube ich nicht. Als ich gehen durfte, war es nach Mitternacht, sagt er. Ich kam die Treppen runter. Im Pförtnerhaus war ein handgroßer Spiegel ans Telefon gelehnt, daneben stand ein Aschenbecher mit Wasser und einem Rasierpinsel drin. Der Pförtner hatte weißen Schaum im Gesicht und ein Rasiermesser in der Hand. Ich glaubte nicht, was ich sah. Ich suchte an seinem Hals das Muttermal. Erst als ich daneben stand und der Pförtner das Rasiermesser von der Wange weghielt und schrie, es zieht, schließ die Tür, habe ich begriffen, daß der Pförtner sich rasiert. Auf der Straße ging niemand mehr, es war sackdunkel, sagt Abi, ich habe vor meinen Schuhen immer weißen Schaum gesehen. Dann kam eine leere Straßenbahn mit einem Wagen und hellen Fenstern. Der Schaffner fuhr allein und hatte weißen Schaum im Gesicht. Ich konnte nicht einsteigen.

Der Angler mit der Angst vor den Melonen hebt die Schnapsflasche an den Mund, er trinkt nicht, er schließt die Augen und küßt den Flaschenmund. Dann summt er ein Lied, die Augen der Angler schwimmen im Suff, und der Suff schwimmt im Rauch. Draußen schlägt die Uhr der Kathedrale, wer weiß wie oft, kürzer als ein hingesummtes Lied, niemand zählt nach, auch Adina nicht.

Wem hast du den Witz erzählt, fragt Paul.

Und in der Nacht habe ich geträumt, sagt Abi, daß ich in einer fremden Stadt das Grab gesucht hab. Ich wurde in einen steinigen Hof geführt. Die hintere Mauer war die Wand, an der auf dem letzten Bild mein Vater lehnte. Ich mußte ein weißes Band durchschneiden. Ein großer dicker Mann gab mir eine Schere, und ein kleiner dicker Mann in einem weißen Kittel stand neben mir und stellte sich auf die Zehenspitzen. Er sagte mir ins Ohr, der Hof wird eingeweiht. Dann gingen hintereinander Männer vorbei. Sie waren alle sehr dürr und hatten Augen wie Glaskugeln, kein Blick war drin. Der kleine dicke Mann fragte, siehst du ihn. Ich sagte, da kann er nicht sein. Der kleine dicke Mann sagte, das kann man nicht wissen, die sind alle schon tot.

Paul und Abi schweigen, halten ihre Köpfe in den

Händen, ihre Schädel mit dem angeschlagenen Verstand. Tiratira tirata, summt der Angler, und sein Mund steht in jedem Gesicht. Die Schnapsflasche geht um den Tisch von Hand zu Hand. Jeder Angler schließt die Augen und trinkt.

Es ist ein Abend im Café, der sich mitten in der Stadt die Uhrzeit nimmt, wie hier und da, wie nebenbei ein menschengroßer Schatten sich im Fluß das Leben. Es ist ein Winter in der Stadt, ein langsamer, vergreister, der seine Kälte in die Menschen steckt. Ein Winter steht da in der Stadt, in dem der Mund auskühlt, in dem die Hände abwesend das gleiche festhalten und fallen lassen, weil die Fingerspitzen an der Hand wie Leder werden. Ein Winter steht da in der Stadt, in dem das Wasser nicht einmal zu Eis gefriert, in dem die Alten ihr vergangenes Leben wie Mäntel tragen. Ein Winter, in dem die Jungen sich wie Unglück hassen müssen, wenn zwischen ihren Schläfen der Verdacht des Glücks aufkommt. Und dennoch mit den kahlen Augäpfeln ihr Leben suchen. Ein Winter geht da um den Fluß, wo statt des Wassers nur das Lachen friert. Wo stottern schon geredet ist, und laut geschrien schon das halbgesagte Wort. Wo jede Frage in der Kehle abklingt und immer wieder stumm und stummer mit der Zunge an die Zähne schlägt.

Der Angler mit der Angst vor den Melonen küßt den Flaschenmund und singt:

Früher einmal und nicht jetzt
Schlief ich und mein Schwanz schlief nicht
Aber jetzt und jetzt und jetzt
Schläft mein Schwanz und ich schlaf nicht.
Tiratira tirata

Das Muttermal

Die Dunkelheit ist ins Treppenhaus gesperrt, sie riecht nach gekochtem Kraut. Sie findet, obwohl die Tür des Wohnblocks offensteht, den Luftzug nicht. Auf den ersten Treppen hängt sie schwer an den Beinen. So schwer, daß auch der bleiche Kreis der Taschenlampe im Geländer hängenbleibt und durchs Geländer an die Wand springt ohne Geräusch. Die Schuhe klappern im Kopf. Im ersten Stock ist eine Trockenkammer, da fällt eine Handvoll Licht von draußen auf weiße Windeln. Der Müllschacht daneben ist grau, wie ein Stoffarm. Im zweiten Stock steht eine kahle Geranie in einem Plastikeimer. Sie riecht nach schimmliger Erde und gekochtem Kraut. Adina will sie nicht streifen, sie weicht ans Geländer aus. Im dritten Stock quietschen Schuhe. Hosenbeine kommen die Treppen herunter, ein Hemd leuchtet heller. Adina hält die Taschenlampe höher. Der bleiche Kreis springt auf die Schulter des Mannes. Sein halbes Gesicht, sein Auge, sein Ohr, die weiße Hemdkragenspitze. Zwischen Hemdkragen und Ohr steht beleuchtet ein Muttermal. Die Kante seiner Nase, der Kreis der Taschenlampe ist an seinem Kinn geknickt.

Die beiden Nüsse, denkt Adina, und dieser Mann, die eine Nuß an der anderen in seiner Hand zerdrückt, und wie heißt du, hat seine Stimme gefragt, er ist schon unten im zweiten Stock, er geht und bleibt hinter sich in Adinas Kopf zurück. Es war Sommer, was machen wir jetzt, hat er gefragt. Und den Witz mit dem kleinen Rumänen hat er erzählt. Sein Muttermal hat auf der Halsader gezuckt, hat Abi gesagt.

Im vierten Stock läutet die Glocke, Adina zieht den Zeigefinger ein, die Glocke schweigt, ich weiß, was ich weiß, hat Clara gesagt, und die Tür knarrt, und Claras Haar steht zerwühlt in der Tür.

Dann drückt Adina den Türflügel an Claras Wange, und ihr Haar geht einen Schritt zurück, steht hinter der offenen Tür. Als gehöre das Haar zur Tür, geht Adina vorbei, geradeaus durch den Flur. Die Küchentür steht offen, es riecht nach Kaffee.

Zwei Tassen auf dem Tablett, zwei Löffel, Zuckerkörner verstreut auf dem Nachtkästchen. Das Bett ist offen, das Muster im Damast auf dem Kissen, wie Geflüster aus dem Mund gehaucht.

Er war bei dir, sagt Adina, der Mann, gerade jetzt im Treppenhaus, das war Pavel. Clara hebt ihr Haar, ja, sagt sie, da steht ihr Ohr glühendrot an der Wange unter ihren dünnen Fingern, da hängt sich das Haar, das zerwühlte, um ihre Augen, ihr seht euch so selten, sagt Adina, und selten ist jeden Tag. Ihr Atem hetzt jedes Wort, ich weiß, warum du ihn versteckst, sagt sie, lüg mich nicht an, dein Anwalt ist beim Geheimdienst. Unter Claras Arm an der Stuhllehne hängt ein Handtuch, und ihre dünnen Finger knöpfen die Bluse zu, die weißen runden Knöpfe, du lügst, auch wenn du schweigst, sagt Adina. In der Vase stehen rotgequollene Nelken, ihre Stiele berühren sich, um die Blätter ist das Wasser trüb.

Ich könnte nichts tun, was dir schadet, sagt Clara, auch er nicht. Auf der Nähmaschine liegt eine Strumpfhose, Adina hält sich das Kinn mit der Hand und geht in die Küche.

Clara lehnt am Kühlschrank, stellt ihren Zeigefinger über den Mund, Pavel ist ein guter Mensch, sagt sie mit geschlossenen Lippen. Der Kaffeetopf steht schief auf dem Rost, der Herd ist vertropft, Pavel hat es versprochen, sagt Clara, er weiß, ich kann ihn nur lieben, wenn dir nichts passiert. Das Geschirrtuch liegt zerknäult auf dem Tisch. Und der Fuchs, sagt Adina, hat er dir gesagt, warum sie den Fuchs zerschneiden. Der fickt dich im Auftrag, er wollte uns beide, sagt sie, die eine im Sommer, die andre im Winter, der hat, wenn er morgens aufwacht, zwei Wünsche im Kopf wie zwei Augen – für Männer wird seine Faust hart, für Frauen sein Schwanz.

Draußen am Fenster des Wohnblocks hängt ein Samtrock, der ist oben rot und trocken, unten ist er schwarz vom Wasser, daß der Saum unaufhörlich tropft. Und die anderen, sagt Adina, hat er versprochen, dein guter Mensch, daß er sie beschützt. Clara beißt die Lippen zusammen, sieht an Adina vorbei schnurgerade durchs Fensterglas, du kennst ihn nicht, sagt sie, drückt ihr Haar mit der Hand auf den Kopf.

Mit so einem gehst du ins Bett, sagt Adina. Die Zukkerdose ist offen, an den braunen Kaffeeflecken ist der Zucker hart wie Stein. In den Baum draußen bläst Wind, du kennst ihn doch nicht, sagt Clara, der eingedellte grüne Ball steckt in der Astgabel. Dich kenne ich nicht, sagt Adina, der eingedellte grüne Ball läßt einen zweiten Winter über sich ergehen, die ich kenne, das bist nicht du, sagt sie, ich dachte, daß ich dich kenne. Claras Zehen sind eingezogen. Blaugewürfelt am Knie zieht sich die Kälte der Fliesen hinauf in den Bauch, du schläfst mit einem Verbrecher, schreit Adina, du bist wie er, du trägst ihn im Gesicht, hast du gehört, du bist so wie er. Clara wärmt einen kalten Fuß an dem andern, ich will dich nicht mehr sehen, schreit Adina, nie wieder. Ihre Hände schlagen um sich, ihre Augen sind aufgerissen, ihr Blick ist der Jäger, springt aus den Augen und trifft. Was der nasse Mund schreit, ist Glut auf der Zunge. Ihr Zorn ist Haß und so schwarz wie ihr Mantel.

Bleib hier, sagt Clara. Adina schüttelt die dünnen Finger, die nach ihr greifen, vom Mantel, zerrt ihren Ärmel los. Faß mich nicht an, schreit sie, ich kann deine Hände nicht sehen. Claras Haar bleibt in der Küchentür. Der Flur erlaubt den Zehen keinen Schritt. Die Tür schlägt zu.

Die Treppen laufen an der Wand hinauf, die Taschenlampe wirft das Licht weg. Adina hält sich im dritten, im zweiten Stock mit der gleitenden Hand fest am Geländer. Der Müllschacht poltert, sie hört etwas fallen im Rohr, etwas fallen im Kopf. Zwei Treppen später zerbricht unten Glas.

Wenn man draußen unterm Baum das Kinn hebt und hinaufsieht, ist der eingedellte grüne Ball in der Astgabel so klein und dunkel, als wäre nichts dort oben als noch einmal das Auge. Mäntel gehen vorbei, statt Menschen ist in diesen Mänteln der November. In seiner zweiten Woche ist er so schwermütig und alt, daß am Morgen schon der Abend kommt.

Meine Mutter war immer schon meine Großmutter, hat Clara gesagt, nicht von den Jahren her, nur wie sie mit ihren Jahren umging. Als sie anfing alt zu werden, sagte Clara, war ich noch ein Kind. Sie hat mich fest an sich gedrückt und mir ins Ohr gesagt, wo bist du denn, mein Kind, wo bist du so weit weg. Als sie anfing alt zu werden, fing ihr Mann an jung zu bleiben, sagte Clara, er wurde immer jünger neben ihr. Als hätte er sie belauert, auf ihre Kosten seine Haut geschont. Als hätte meine Mutter sich welken lassen auch für ihn. So will ich nicht werden, sagte Clara, so soll man nicht sein. Dann hat er sich beeilt. Was mit ihr seine Stärke war, wurde dann seine Schwäche. Es kam ein Sommer in die Stadt, als wäre es für ihn der erste. Er konnte sich in diesem ersten Sommer ohne sie nicht halten und ist ihr nachgestorben.

Das Tor des Stadions steht offen. Auf dem Parkplatz warten Polizisten und Hunde. Männer drängen sich aus dem Tor hinaus, sie singen und schreien. Im Stadion im Licht flog der rumänische Ball gegen die Dänen. Das Fußballspiel ist gewonnen. Aus dem Erdwall des Stadions steigt Licht in den Himmel hinaus, als hätte der Mond sich verirrt. Wer sind schon die Dänen, die Hände der Männer tragen die Trikolore, drei eigene Streifen. Den hungrigroten, den stummgelben, den blaubewachten Flicken im abgeschnittenen Land. Wer kennt schon die Dänen, die Lippen der Männer reden von Welt und Weltmeisterschaft, ihre Lieder kriechen den Hals hinauf, wie Gestrüpp am Erdwall des Stadions. Was wollen die Dänen im Land, der Langstreckenläufer steht teilnahmslos. Wenn Freude tobt, ist er mit sich allein. Dann ist er ein Fremder.

Erwache Rumäne aus deinem ewigen Schlaf, singt ein alter Mann. Das Lied ist verboten, er stellt sich auf den Randstein, er sieht die Schnauze eines Hundes und die Schuhe eines Polizisten, er singt sich weg von der Angst, er hebt das Kinn so hoch. Seine Hand hält die Pelzmütze fest. Er reißt sie vom Kopf, er schwenkt sie, er wirft sie auf den Boden und tritt mit den Schuhen darauf. Und trampelt und trampelt und singt, daß man im Lied seine Schuhsohlen hört. Und das Lied ist verboten, und das Lied riecht nach Schnaps. Die Fahnen sind oben irr, die Köpfe der Männer darunter besoffen, die Schuhe verwirrt. Die Fahnen gehen mit den Männern auf der Straße drüben in die Nacht.

Die Stimme des alten Mannes stockt. Mein Gott, sagt er an der kahlen Akazie, was könnten wir sein auf der

Welt, und wir haben kein Brot zu essen. Ein Polizist geht auf ihn zu und ein Hund, und noch ein Polizist. Da hebt er die Arme und schreit in den Himmel hinauf, Gott verzeih uns, daß wir Rumänen sind. Seine Augen glänzen im schütteren Licht, im Augenwinkel beeilt sich der Glanz. Der Hund jault und springt an seinen Hals hinauf. Zwei, drei, fünf Polizisten tragen ihn weg.

Der Parkplatz hebt sich und senkt sich, mit ihm die kahle Akazie. Die Straße wirft ihre Schritte über sein Gesicht. Der Parkplatz steht kopf. Der Himmel ist unten die Donau, der Asphalt ist oben die Nacht. Im umgestülpten Blick, dort unterm Erdwall, oben am Himmel im abgeschnittenen Land legt sich weißes Licht um die Stadt.

Der Kopf des alten Mannes hängt ganz unten.

Das Wespenspiel

Im Gesicht des Kindes mit den weit auseinander liegenden Augen und schmalen Schläfen steht schon am Morgen der Fleck der Einsamkeit. Das Kind sitzt mitten zwischen anderen Kindern in der Bank, und es sitzt allein. Seine Augäpfel sind rot, die braunen Kreise darin verwaschen.

Zweimal in der Stunde ist Adina versucht, das Kind an die Tafel zu rufen. Sie sieht, in seinen Augen, die durchs Fenster gehen, daß die Gedanken hinter der Scheibe nicht stehenbleiben. Es ist ein Blick, der viel zu überdenken hat. Dann ruft Adina ein Kind an die Tafel, das vor dem abwesenden Kind sitzt. Und dann ein Kind, das neben dem abwesenden Kind sitzt. Die Augen an den schmalen Schläfen des Kindes sind so weit weggegangen, sie merken es nicht.

Nach der Stunde setzt sich das Kind aufs Fenstersims und gähnt. Es sei in der Nacht mit seiner Mutter hinter der Kathedrale gewesen, zwei Straßen weiter dort hinter der Brücke, sagt das Kind. Dort wohnt der ungarische Pfarrer, dort waren viele Leute beten und singen. Auch Polizisten und Soldaten waren da, sie haben nicht gebetet und nicht gesungen, nur zugesehen. Es war kalt und dunkel, sagt das Kind. Wenn man betet und singt, friert man nicht, hat meine Mutter gesagt. Deshalb haben die Leute nicht gefroren. Und weil ihre Gesichter und Hände hell waren von den brennenden Kerzen. Auch meine Hände, sagt das Kind. Wenn man eine Kerze vor das Kinn hält, leuchtet sie durch den Hals und durch die Hand. Das Kind drückt seine linke Hand mit ausgestreckten Fingern an die Fensterscheibe. Die Polizisten und Soldaten haben gefroren, sagt das Kind. Adina sieht die grauen Warzenketten an den Fingern. Die Pappeln stehen spitz und kahl im Himmel. Meine Mutter hat gesagt, überall wo niemand ist, kann jemand sein, wie im Sommer manchmal Schatten sind, wo nichts und niemand ist, sagt das Kind. Meine Mutter hat gesagt, das sind Schubläden, die man nicht sieht und nicht öffnen kann. Die Schubläden sind in den Baumstämmen, im Gras, im Zaun, in den Wänden, hat meine Mutter gesagt. Das Kind zeichnet mit der Kreide in der rechten Hand seine linke Hand ans Fensterglas, in diesen Schubläden ist immer ein Ohr, hat meine Mutter gesagt. Da wo das Kind seine Hand von der Fensterscheibe wegzieht, steht auf dem Glas der grüne Umriß einer durchsichtigen Hand. Das Ohr horcht, hat meine Mutter gesagt. Wenn uns jemand besucht, stellt meine Mutter das

Telefon immer in den Kühlschrank, sagt das Kind. Es lacht, das Lachen fliegt vom Gesicht weg. Es neigt den Kopf und lehnt ihn an die Hand, in der es die Kreide hält. Ich stelle das Telefon nie in den Kühlschrank, sagt das Kind.

Das Kind zeichnet grüne Fingernägel in die durchsichtigen Finger. Wo der Umriß der Finger verwackelt ist, malt die Kreide grüne Warzen unter die Fingernägel.

Der Himmel ist grau, das ist keine Farbe, weil alles grau ist. Die Wohnblocks drüben sind grau, anders grau als der Tag, anders farblos.

Sie haben keine Warzen, Genossin, sagt das Kind zu Adina. Wenn man groß ist, vergehen die Warzen, sie gehen an die Kinder. Meine Mutter hat gesagt, wenn die Warzen vergehen, kommen die Sorgen.

Ein warmer Dunst kommt aus dem Mund des Kindes. Man sieht ihn nicht. Draußen, unter den spitzen Pappeln, würde man ihn sehen. Er würde kurz danach im Schweigen in der Luft hängen. Und sich selber wegtragen. Man würde sehen in der Luft, was der Mund gesagt hat. Das würde nichts ändern. Auch, was man sehen würde in der Luft, wäre nur für sich und nicht vorhanden. Wie alles in den Straßen nur für sich und nicht vorhanden ist, die Stadt nur für sich, die Menschen in der Stadt nur für sich. Es ist nur diese aufgeschlitzte Kälte, die für alle da ist, nicht die Stadt.

An den durchsichtigen Fingern auf der Fensterscheibe hingen grüne Beeren.

Der Hochzeitszug ist klein. Er geht hinter dem Traktor her, hinter den Musikanten. In der ersten Straße hinter dem Erdwall des Stadions ist das Jugendhaus, da ist das Standesamt. Neben dem Hochzeitszug gehen sechs Polizisten. Sie haben sich selber eingeladen, Hochzeiten sind verboten, haben sie gesagt, weil Versammlungen verboten sind.

Das Tor des Stadions ist geschlossen, die Dänen sind wieder zu Hause, doch das Lied, das verbotene Lied hat um sich gegriffen, hat nicht aufgehört in der Stadt.

In der Nacht haben Hunde gebellt, überall in den Straßen und näher als sonst im schneelosen Winter, wenn die Nacht vor sich selber liegt. Als die Nacht längst ausgewachsen war, daß nur die Kälte sie noch in der Stadt hielt, waren noch Menschen unterwegs. Es war später als der späteste Heimweg. Sie gingen mit Taschenlampen quer über Straßen. Und, wo sie stehenblieben, gingen die Taschenlampen aus und Streichholzflammen legten sich auf ihre Finger. Dann brannten Kerzen.

Auf dem Heimweg geht Adina hinter sich her. An der Ecke, an der dicken rostigen Drahtrolle, kriecht eine Rostschliere über den Weg. Im Gefrieren und Auftauen rinnt, wenn kein Schnee kommt, der Draht langsam aus. Der Hund OLGA bellt vor der Holzbaracke, grüne Beeren leuchten in seinen Augen. OLGA, sagt Adina laut. Im Kopf des Hundes ist eine Schublade, sie läßt sich nicht öffnen. Der Tag ist eingesperrt in diesen

Schädel. Er ist zurückgedreht in diesem Nachtgebell. Der Weg kennt sich selber, hat keine Entfernung. Die Schritte verwackeln und sind immer gleich.

Dann beeilen die Schuhe sich, der Kopf ist leer, auch wenn der Fuchs im Kopf steht. Der Fuchs steht immer im Kopf.

Immer wenn Adina von der Straße in die Wohnung kommt, dreht sich die Kälte in den Fingerspitzen um und glüht, weil Adina ins Bad sieht. Danach schiebt ihr Schuh den Schwanz und zwei Füße vom Fell weg. Jeden Tag.

In der Klomuschel schwimmt eine Zigarettenkippe. Sie ist noch nicht aufgequollen. Adina stellt den Schuh auf den vorderen Fuß. Der rechte vordere Fuß schiebt sich mit der Schuhspitze weg. Er läßt den Hals liegen.

Während das Herzklopfen in den Mund schlägt, legen ihre Finger die Schnittstellen genau an den Bauch.

Pavel könnte Trauzeuge sein, doch seit den Dänen haben die Leute ihre Fahnen nicht weggelegt, gehen nachts nicht in die Häuser. Pavel hat Bereitschaftsdienst, Tag und Nacht, hat er gesagt. Wo wohnen die Dänen, ihr Ball ist verhext, ihre dünne Haut ohne Sonne. Die wohnen dort oben, wo sich die Erdkugel zusammenzieht. So sehen sie aus, hat Pavel gesagt.

Die Klarinetten zerreißen das Hochzeitslied, die Geigen halten den dünnen Faden nur zwischen den Wohnblocks, wo in der Enge ein Echo steht. Das Akkordeon öffnet und schließt sich im Schritt. Clara zieht ihren dünnen Stöckel aus dem Riß im Asphalt. Die Nelke ist abgebrochen, im Knopfloch steckt der Stiel.

Vor dem Traktor hängt die gelbe Baggerschaufel in der Luft. Vorne die lehmigen Zähne. Das Brautpaar steht in der Baggerschaufel. Der Schleier flattert, in den Schlaglöchern zittern die weißen Nelken der Braut. Ihre weißen Ärmel sind lehmig. Der Zwerg trägt einen schwarzen Anzug und ein weißes Hemd und eine schwarze Fliege. An seinen neuen Schuhen sind die Absätze so hoch wie zwei abgebrochene Ziegelsteine. Grigore trägt einen großen Hut, die Pförtnerin ein Kopftuch mit roten Seidenfransen. Der Pförtner trägt einen Kranzkuchen in der Hand. Seine Augen sind feucht, er singt:

Die Jugendzeit ist nun vorbei
Für immer jetzt der schöne Mai.

Die Braut ist Mara. Zwei Jahre lang hat sie auf diesen Tag gewartet, und jetzt sind Versammlungen verboten.

Wir heiraten, wir machen keine Politik, hat der Bräutigam gesagt.

Der Biß an Maras Bein ist seit langem verheilt. Sie hat ihn wochenlang jeden Morgen im Büro gezeigt. Zuerst war er rot, dann wurde er größer und blau. Als er grün war, war er am größten. Die Zähne wuchsen sich aus und liefen in die Haut. Dann wurde er gelb, franste aus, schrumpfte und verschwand.

Mara hatte Schwierigkeiten mit ihrem Bräutigam. Er wollte die Verlobung brechen. Sie mußte ihm den Fleck jeden Abend zeigen, und er gewöhnte sich daran. Doch er glaubte nicht, daß der Biß vom Direktor war. Er sagte, wenn ich wüßte, daß es nicht GRIGORES Zähne sind.

Schneegänse leben vom Schnee, der nicht kommt. Nicht hierher. Sie winden die Hälse und öffnen die Schnäbel. Sie schreien. Sie torkeln auf dem flachen Boden. Der Nachtfrost ist aufgetaut, sie spreizen die Flügel, nehmen schwer Anlauf. Wenn sie die Schwimmhäute spannen, heben sie ab. Dicht überm Gras flattert die Luft, dann über die Bäume hinweg, als wäre ein Rauschen aus Blättern im kahlen Wald. Oben, im Flug durch den Himmel, richten sich die Schneegänse aus, lassen die Ebene, das Feld und den Mais klein aus den Flügeln fallen. Es ist kein Schnee, doch wo sie einmal geflogen sind, bleibt das Gelände eingeschnürt in ihre Bahnen, eine weiße Kugel. Und unten am Boden steht angewachsen der schwarzgrüne Hügel. Federn fliegen lange hinterher.

Die Krähen bleiben im Wald, weil er schwarz ist. Die Äste stellen sich tot.

Die Soldaten spielen das Wespenspiel. Sie stehen im Kreis. Mitten im Kreis steht die Schnake, die Hand mit dem Daumen an die Schläfe gedrückt, die Finger dicht und gerade. Das Gesicht weggedreht, die Finger dürfen keine Lücke haben. Sie versperren die Sicht. Alle Wespen summen um die Schnake, eine sticht. Die Schnake muß raten, welche Wespe sie gestochen hat. Wenn die Schnake lange raten muß, wird sie ganz zerstochen. Die Schnake rätselt, die Schnake hat Angst. Die Hand ist fest an die Schläfe gedrückt, der Schlag auf die Hand tut weh. Bei jedem Stich fällt die Schnake zu Boden. So oft, bis sie nicht mehr stehen kann. So lange und länger. Die Lippen der Wespen zittern und summen. Die Schnake muß alle Wespen ansehn, muß raten im Stehen.

Wenn die Schnake nicht mehr stehen kann, darf sie eine Wespe sein.

Doch jedesmal bleibt die Schnake nach dem letzten Stich im Dreck liegen, ohne sich zu regen. Der Offizier mit dem goldenen Zahn berührt sie mit der Stiefelspitze. Wenn sie aufsteht, hat sie blaue Flecken um die Augen, und alle Knochen schmerzen, wenn sie eine Wespe ist.

Ilije hat Glück, er muß heute nicht die Schnake sein.

Im Sommer bekommt mein Sohn jeden Sonntagnachmittag zehn Lei von mir, sagt der Offizier. Seine Augen hängen am Himmel, er sieht den Schneegänsen nach, in den Bergen liegt Schnee, sagt er, sie ändern die Richtung.

Er schluckt. Mein Sohn, sagt er, zieht seine weißen Sandalen an, ohne den Geldschein aus der Hand zu legen. Dann fahren wir mit dem Auto in die Stadt. Ich gehe in den Sommergarten und trinke Bier, und mein Sohn läuft mit meinem Ausweis um die Ecke ins Parteibuffet, er ißt so gerne Torte. Er schmatzt an seinem goldenen Zahn, die Torten liegen in der Vitrine, und die Vitrine ist so hoch, daß sie meinem Sohn im letzten Sommer noch unter die Augen reichte. Er ist viel gewachsen, sagt der Offizier, im nächsten Sommer sieht er sie schon besser. Am liebsten ißt er die Torte mit der hellgrünen Glasur, sagt er. Die Bienen machen den Kuchen süß, sagt der Koch jedesmal zu meinem Sohn, denn mein Sohn ist ängstlich, er hält sich die Augen zu.

Er bläst, sein Atem ist grau in der Luft, auf der Himbeerglasur sitzen die meisten, sagt er. Die Hand des Kochs ist jeden Sommer geschwollen von Wespenstichen. Die Schwellung ist gruselig blau. Wenn er bedient, muß der Koch sich ein weißes Tuch über die Hand hängen. Das ist es, sagt der Offizier, die Bienen fliegen im Sommergarten ums Bier herum, sie stechen nicht. Sein goldener Zahn glänzt. An die Torten im Parteibuffet gehen nur die Wespen, sagt er.

Ilije sieht den schwarzgrünen Hügel hinauf und spürt einen Blick lang, daß dieses Gesicht sehr bleich und der goldene Zahn ein gelber Schnabel ist. Der Schnabel von einer Schneegans.

Wenn der Panzer schon seit Wochen am Wald steht, wenn der Schützengraben schon seit Tagen fertig ist, wenn der Offizier mit dem goldenen Zahn die halbe Jahreszeit in der Kaserne leid ist und angewidert von den Sandsäcken im Hof, geht der Marsch der Kolonne zum Wespenspiel durch zerbrochenen Mais auf den Feldweg hinaus, über den Hügel.

Die Schneegänse torkeln auf den Boden. Sie bringen, wer weiß von woher, Kälte mit, schreien und ziehen die Flügel ein. Sie fliegen immer weit weg. Dort fressen sie Schnee, kommen immer zurück, fressen kein Gras, keinen Mais. Wenn sie nicht fliegen, stehen sie da und schauen zum Himmel hinauf und meiden den Wald.

Das Wespenspiel ist ein guter Ausgleich, ein schöner Kampf, sagt der Offizier. Er spielt nicht mit, er bewacht das Spiel. Die Spielregeln glänzen an seinem goldenen Zahn. Umdrehen, sagt er zur Schnake. Und jetzt summen, sagt er zu den Wespen. Er läßt sie summen, solange er will. Stechen, stechen, schreit er, und jetzt drauf, nicht wie ein Floh.

Die auslaufende Stadt

Die Frau mit dem großgewellten kastanienroten Haar putzt die Fensterscheiben. Neben ihr steht ein Eimer mit dampfendem Wasser. Sie hebt ein graues tropfendes Tuch aus dem Eimer, zieht ein graues feuchtes Tuch vom Fenstersims, dann ein weißes trockenes Tuch von ihrer Schulter. Dann bückt sie sich und hält zerknülltes Zeitungspapier in der Hand. Die Scheibe glänzt, ihr Haar ist in zwei Flügel geteilt, steht geöffnet in der Scheibe. Sie schließt die Fensterflügel und schließt ihr Haar.

Die Petunien sind schwarz vom Frost, Stiele und Blätter ein schwarzes Geknäul. Wenn es wärmer wird, werden die erfrorenen Petunien aneinander kleben.

Erst wenn die Sonne zwei Wochen lang mit lauwarmen Zähnen über dem Stadion stehenbleibt, kauft die Frau neue weiße Petunien vom Markt. Sie sind in eine Zeitung eingepackt, wenn sie neben der Hand der Frau auf dem Fenstersims stehen. Dann reißt die Frau das schwarze Kraut aus der Erde. Mit einem großen Messer bohrt sie die tiefen Wurzeln aus, mit einem großen Nagel lockert sie die Erde auf. Wenn sie die neuen Petunien nacheinander aus der Zeitung nimmt, sind ihre Wurzeln kurz und aus Haar. Sie bohrt mit dem Nagel die Löcher in die Erde und steckt das Haar in die Löcher. Sie drückt die Löcher mit den Fingern zu. Dann gießt sie die neuen weißen Petunien, daß zwei Tage Wasser aus den Kisten tropft.

Die erste Nacht richtet an den frischgepflanzten Petunien Stiele und Blätter aus, daß sie da, wo das großgewellte Haar morgens im Fenster steht, nicht mehr zu sehen sind. Der Tag wärmt, die Petunien blühen für sich. Die Winterflecken kriechen unter den weißen Blüten jeden Tag weiter nach unten. Sie kriechen unter die Stadt.

Die Pappeln und Akazien lassen ihre kahlen Rinden grün schimmern, bevor die Blätter kommen. Dann ist die Kälte weg, und nichts ist zugedeckt. Dann steigt der Diktator in den Hubschrauber und fliegt übers Land. Über die Ebenen, über die Karpaten. Alte Männerbeine stehen oben, wo der Wind herkommt und den Winter aus den Feldern trocknet.

Wo ein Gletschersee an seiner Schläfe glänzt, hat die Tochter der Dienstbotin zu Adina gesagt, streckt er die Hand aus. Er winkelt die alten Beine an und sagt, der See muß trockengelegt werden, weil im Wasser kein Mais wächst.

In jeder Stadt hat er ein Haus. Die Stadt zieht sich vor

der Landung an seiner Schläfe zusammen. Wo er landet, wird er übernachten. Wo er übernachtet, fährt ein Bus, dessen Fenster mit Brettern zugenagelt sind, langsam durch die Straßen. Im Bus sind Käfige aus Draht. Der Bus hält vor jedem Haus, denn aus jedem Haus werden die Hähne und Hunde eingesammelt und weggefahren. Nur das Licht darf den Diktator wecken, sagte die Tochter der Dienstbotin, das Krähen und Bellen macht ihn unberechenbar. Es könnte sein, sagte sie, daß die alten Männerbeine mitten in der Stadt, auf dem Weg zum Opernbalkon, wo er seine Rede halten wird, stehenbleiben. Daß er kurz die Augen schließt, weil im Morgengrauen ein Hahn in seinen Schlaf gekräht, ein Hund gebellt hat. Daß er, wenn er das Schwarze im Auge öffnet und die Oper wieder dasteht, die Hand ausstreckt und sagt, die Oper muß abgerissen werden, weil da, wo eine Oper steht, kein Wohnblock stehen kann.

Er haßt die Oper, sagte die Tochter der Dienstbotin. Die Frau des Offiziers hat von der Frau eines Offiziers aus der Hauptstadt gehört, daß er einmal in der Oper war. Daß er gesagt hat, eine Bühne voller Leute, eine Bühne voller Instrumente, und man hört fast nichts. Einer spielt, die anderen sitzen herum, hat er gesagt. Er hat die Hand ausgestreckt. Am nächsten Tag wurde das Orchester aufgelöst.

Der Diktator zieht jeden Morgen neue Unterwäsche an, sagte die Tochter der Dienstbotin. Einen neuen Anzug, ein neues Hemd, eine neue Krawatte, neue Socken, neue Schuhe. Alles ist in durchsichtige Säcke eingeschweißt, hat die Frau des Offiziers aus der Hauptstadt gesagt, damit es niemand vergiften kann. Im Winter jeden Morgen neue Heizbatterien, einen neuen Mantel, sagte die Tochter der Dienstbotin, einen neuen Schal, eine neue Pelzmütze oder einen neuen Hut. Als sei alles, was er am Tag davor getragen hat, zu klein geworden, weil in der Nachtruhe die Macht wächst.

Sein schrumpfendes Gesicht wird größer auf den Bildern, seine graue Stirnlocke schwärzer.

Was er am Tag davor getragen hat, geht, wenn die alten Männerbeine schlafen, wie Dunkelheit durchs Land. Wie viele schwarze Pelzmützen am Tag, so viele Nächte mit weißem Mond, sagte die Tochter der Dienstbotin.

Denn wenn am Tag die Pelzmütze auf seinem Haar war, scheint nachts kein gelber Mond. Höchstens ein halber weißer, mit aufgesperrtem Mund, mit einem Mundwinkel, der sich nicht schließen kann und in den Himmel sickert. Ein Mond, der Hunde jaulen läßt, und ihren Blick, den glühenden, tief in den Kopf drückt, wenn sich im Turm der Kathedrale die Glocke zu zwölf Schlägen aufrafft. Ein Mond mit einer Wange im Gesicht, die dicht am Heimweg lehnt. Ein Wegelagerer der Nacht, eine Lücke in der Dunkelheit hinter der letzten Straßenbahn.

Wo nachts ein Mensch aussteigt und nie zu Hause ankommt, liegen morgens Steine.

Vor dem Fenster steht der Schleichweg des Abends eine Weile wie spätes Licht. Der Fußboden ist dunkel, der Fuchs ist heller, streckt die abgeschnittenen Füße weg.

Man könnte das Fenster aufreißen. Wenn Wind käme, würde die Wand flattern, man könnte sie wie einen Vorhang mit dem Finger eindrücken, wie stehendes Wasser. Ilije weiß das, denkt jeden Tag an seine Ebene aus Wasser, an seinen weichen Weg. Er hat seinen Grashalm zerkaut und geschluckt, hat ihn gegessen. Er hat seinen Mund aus dem Bild gezogen, an seine Wange einen toten Fleck gestellt, den Adina mit dem Finger nicht berühren kann.

Adina zieht die Hände vom Tisch. Der Tisch ist warm, wo die Hände lagen. Und auf dem Boden unten, wo der Fuchs der Jäger ist, legen die Finger abgeschnittene Füße ans Fell. Und danach, wenn die Hände oben den Tisch gewärmt haben, greifen sie an die Stirn. Die Hände spüren, daß die Stirn genauso warm ist, daß sie jedoch im Unterschied zum Tisch nichts mehr vom Wohnen weiß.

Die Glocke läutet kurz nacheinander, lange. Die Wohnung erschrickt. Adina sieht durch das Auge der Tür. Clara steht im Treppenhaus, im Nadelöhr. Ich sehe dein Auge, sagt sie, mach auf. Adina zieht das Gesicht weg, das Türauge ist frei, dann von Claras Auge bedeckt. Ihre Faust klopft an die Tür, ich weiß, sagt sie, daß du zu Hause bist. Adina lehnt an der Wand. Im Treppenhaus schlagen die Schnallen von Claras Handtasche auf den Boden auf. Dann knistert Papier.

Durch den Türspalt schiebt sich ein Zettel in den Flur.

Adina liest:

ES WERDEN LEUTE VERHAFTET ES GIBT

LISTEN DU MUSST DICH VERSTECKEN BEI MIR SUCHT DICH NIEMAND

Die Tür des Nachbarn geht auf und wieder zu. Auf den Treppen klappern Claras Stöckelschuhe. Adina zieht den Zettel mit der Fußspitze vom Türspalt weg. Sie bückt sich, liest noch einmal mit den Knien unterm Kinn. Sie zerknüllt den Zettel, wirft ihn in die Klomuschel. Er schwimmt, das Wasser überschlägt sich und frißt ihn nicht. Dann greift Adinas Hand ins Wasser, nimmt den Zettel, glättet ihn, faltet ihn, steckt ihn in die Manteltasche.

Der Schranktüren stehen offen. Die Reisetasche auf dem Teppich steht offen. Ein Nachthemd fliegt, fällt neben die Tasche auf den Fuchs. Ein Pullover, eine Hose fällt in die Tasche. Ein Handtuch, ein Knäuel Strumpfhosen und Höschen, eine Zahnbürste, eine Nagelschere, ein Kamm.

Das Krankenhaus stellt das Straßenende zu, hält kleine, beleuchtete Fenster hin, eine Kette von Monden. Ohne Dach sind die Fenster, ohne Übergang ist der Himmel über ihnen angenäht, ohne einen Stern. Ein Auto bleibt stehen, zwei Männer sitzen drin. An der Windschutzscheibe schaukelt ein Kinderschuh. Der Scheinwerfer biegt sein Licht auf den Boden. Adina dreht das Gesicht weg. Wenn der Motor schweigt, müßte man durch den Mantel ihr Herzklopfen hören. Die Strahlen schneiden die Reisetasche von ihrer Hand ab. Die Männer gehen ins Krankenhaus.

Vor dem Eingang sind Treppen, links und rechts wird der Boden tief, da steht Gestrüpp. Adina schiebt die Reisetasche ins Gestrüpp. Es ist kahl. Zweimal zuckt ihre Hand, dann ist es nur ein vergessenes Blatt, feucht und dürr. Die Tasche steht tief, die Treppen sind hoch, der Wind ist dunkel und schwerer als Laub.

Adina wartet ohne Hände. Sie sagt dem Pförtner ihren Namen nicht, er wird mich sehen, wenn er kommt, sagt sie. Der Pförtner telefoniert. Ihre rechte Hand spürt den nassen Zettel in der Manteltasche.

Der Pförtner geht auf und ab. Seine Augen sehen durch die Glaswand, ein Stück Treppe, ein Stück Nacht und ein verklungenes Geräusch legen sich in seinen Blick. Sein Auge hält alles aus, weil es den Feldstecher kennt. Seine Schuhe knirschen. An seinen Mundwinkeln laufen zwei Falten in den Mund hinein. Die Lampe an der Decke schaut, anstatt zu leuchten. In den Augen des Pförtners steht das Gestrüpp heller als draußen. Denn aus den Augen des Pförtners schauen zwei glühende Kerne, in beiden Augenmitten steht eine Glühbirne.

Paul kommt die Treppen herunter, seine weiße Mütze ist eine große Petunie, sie schluckt sein linkes Ohr. Adina legt den nassen Zettel in seine Hand. Das Papier ist zerknittert, hat mehr Falten als sein ausgestreckter Daumen.

Paul liest, der Pförtner horcht aus Gewohnheit in die Nacht, sein Blick ist verstohlen, der Wind klappert draußen am Blechschild. Warte im Auto, sagt Paul, seine weißen Tuchschuhe stehen auf dem Granitboden, er legt ihr zwei Schlüssel mitten in die Hand, damit sie nicht klimpern, sagt er, die Schlüssel sind mit einer weißen Schnur aus Verbandmull zusammengebunden, zähle die Fenster unten, sagt er, das Auto steht rechts vor dem zehnten. Zieh deine weißen Schuhe aus, sagt Adina, man sieht sie überall, er sieht auf den Boden, ich weiß, daß ich draußen kein Arzt bin, sagt er. Sein weißer Kittel ist aus Kalk, frisch gestärkt und frisch gebügelt.

Die Hände erschrecken nicht mehr vor dem Strauch. Auch wenn die Blätter innen naß und dürr sind. Adina trägt die Reisetasche mit beiden Händen vor dem Bauch, damit sie am Mantel nicht anders als der Mantel ist. Doch auf dem Weg, den man vor Dunkelheit nicht sieht, steht Pauls weiße Petunienmütze, seine weißen Tuchschuhe, sein weißer Kittel. Sie zählt die Fenster unten, wo das Gestrüpp sich hinzieht, sie sieht von einem Fenster zum andern die einzelnen Äste im Wind, und daß Paul ein Zuckerbäcker ist, der am Fleisch der Menschen lernt. Sein Auge vergrößert die Innereien unter der Haut, bis sie kalt sind.

Die Autotür knackt. Die Tasche steht auf dem Hintersitz. Adina fragt sich, wohin die kleine Nagelschere zwischen dicken Kleidern in der großen Tasche gekrochen ist. Neben der Tasche liegt Annas Schal. Ein Auto parkt vor dem Eingang. Aus den Vordertüren steigen zwei

Polizisten, aus den Hintertüren zwei Hunde. Sie schnüffeln auf dem Asphalt, sie riechen die Schritte. So klein wie die Nagelschere in der Tasche möchte Adina jetzt im Auto sitzen.

Paul kommt aus der hellen Tür, er geht die Treppen herunter, seine Schuhe sind dunkel. Wie ein Nachtwächter geht er neben dem Gestrüpp, er zählt die Fenster. Er hat eine Hose wie ein Gehsteig an.

Er klopft an die Scheibe, die Tür geht auf, seine Beine sind sein Gepäck. Was suchen die Polizisten, was suchen die Hunde, fragt Adina, er dreht den Schlüssel, und das Auto summt. Sie bringen jede Nacht Verletzte von der Grenze, sagt er, die meisten sind tot, wir fahren zu Abi, sagt er, dann zu Liviu aufs Land.

Die Straße läuft, die Stadt ist ein Fingerhut, steil und schwarz, die Wohnblocks so eng wie die Schläfen. Neben der Leichenhalle ist eine Werkstatt, sagt Paul, dort werden die Särge zugeschweißt und mit Polizeiwache nach Hause geschickt. Da schaut niemand mehr rein, sagt Paul.

Das Fenster oben ist beleuchtet. Paul läutet nicht, er klopft nur einmal an die Tür, Abi öffnet, lacht und zieht die Augenbrauen hoch, er riecht nach Schnaps. Adina legt ihm den Zettel auf die Hand, Paul faßt ihn am Arm, komm, sagt er, wir fahren aufs Land. Abis Augen sind starr, zu groß und zu klein in seinem Gesicht, er nickt. Dann reißt er sich los, ich will nicht wissen wohin, sagt er, ich fahre nicht mit, viel Glück, was heißt das, viel Glück, die Dörfer sind klein.

An schwarzen Straßenenden gehen Menschen, sie tragen Taschenlampen, die Nacht nimmt ihnen die Kleider. Paul fährt langsam, Paul fährt leise.

Adina denkt eine Weile, daß die Stadt, weil das verbotene Lied um sich gegriffen hat, nie aufhört. Daß die Straßen immer weiter ins Land laufen und überall die Stadt sind. Daß irgendwo im dunklen Feld, wenn der Weg sich dreht, die Glocken schlagen, weil der Wald hinter dem ausgefrorenen Mais ein Park ist, daß dahinter der Turm der Kathedrale steht und daß der leere Acker gar nicht leer ist, weil mitten drin der Fluß kriecht.

Daß der Diktator die auslaufende Stadt von oben aus der Luft gesehen hat, daß er alle Soldaten um die auslaufende Stadt gestellt hat. Daß sie mit ihren Schaufeln die auslaufende Stadt abgraben vom Land. Daß nirgends eine Brücke ist. Daß auch Ilije gräbt und gräbt und ihr ein Zeichen macht, die Finger hebt und senkt wie Wellen, die Schaufelspitze mit den Schuhen in den Stadtrand tritt und an die Donau denkt.

Daß Paul mit seinen weißen Schuhen einsteigt, daß er fährt und fährt, und wo die Stadt zu Ende und das letzte Licht am Rand verloschen ist, kein Wort mehr spricht. Daß er, während unten ein Feldrand herumirrt, nach oben in den Himmel schaut und einen weißen Mond sucht. Und plötzlich daran denkt, daß er ein Arzt ist und daß schweigend neben ihm ein Mensch sitzt, der warme Eingeweide hat in seinem Bauch.

Der Nachttopf

Pauls Hand fährt über Adinas Gesicht.

Sie schreckt auf, wir sind da, sagt Paul, sie hat eine Rinne aus Sand im Kopf, zieht Pauls schwere Hand von der Wange, hab ich geschlafen, fragt sie, ihr Gesicht ist verstellt, ihre Wangen sind eingebrochen, als sie die Augen aufriß.

Die Bank vor Livius Haus ist an einem Ende tiefer. In der Pfütze sind die Beine in den Schlamm gewachsen. Die Fenster stehen dunkel hinter dem Zaun. Am Tor ist der Riegel zu.

Im Süden, wo die Donau das Land abschneidet, sind die Häuser Straßendörfer. Da ist keine Ausdehnung mehr, die Zäune sind aneinandergehängt, hinter jedem Haus liegt ein Garten, hinter jedem Garten ein Rand. Hunde haben keinen Platz zum Streunen, keinen Platz zum Bellen. Nicht wegen Räubern, hat Liviu im Sommer gesagt, hier wird nichts gestohlen, die Leute halten so viele Hunde, damit man die Schüsse nicht hört, und Gänse statt Hühnern, weil sie die ganze Nacht schnattern. Die Leute haben sich daran gewöhnt, das Bellen und Schnattern hören sie nicht mehr, sie hören die Schüsse.

Adina horcht, die Gänse schnattern kurz und tief im Hof, und im Nachbarhof, und im Hof gegenüber. Sie sind eingesperrt in Brettern. Man hört ihre Füße treten, ihre Flügel drücken am Holz. Sie stoßen sich, sie finden keinen tiefen Schlaf. Ein Straßendorf ist jede Nacht ein Strumpf wie ihre Hälse.

Im Sommer war Liviu Bräutigam. Er hat eine Lehrerin aus dem Dorf geheiratet, weil er fremd und sich selbst überlassen war. Seine Frau ist so jung, daß sie sein Alter kaum berührt. Er hat sein Schweigen und Horchen für sich, denn sie ist es gewohnt, daß Frauen reden und Männer daneben sitzen und für sich sind. Sie ist mit den Schüssen aufgewachsen, mit den Hunden und Gänsen.

Im Sommer, als Adina mit Paul auf Livius Hochzeit war, hatte diese junge Frau im weißen Schleier und langen Kleid das Gesicht eines Lamms. Ein Lamm, das noch nie Gras gefressen hat, hat Paul damals gesagt. Sie wurde von allen umarmt, geküßt, und Liviu hat nur Hände gedrückt und das Gesicht weggezogen. Sie hat viel gegessen, und Liviu hat abwesend gekaut. Und Liviu tanzte, als hätte er Steine in den Taschen, und sie, als wär alles Weiße an ihr eine fliegende Feder. Geredet hat sie nicht viel, und wenn sie etwas sagte, hat sie gelächelt. Der Dorfpolizist war besoffen, erzählte beim Essen

Witze und lachte allein, weil sein Suff sich um denselben einen Satz drehte, den niemand verstand. Der Pfarrer stülpte seine schwarze Mütze auf den Hals einer Flasche, die Suppennudeln blieben hängen in seinem grauen Bart. Nach dem Essen hob er seine Kutte bis zum Knie und tanzte mit dem Polizisten. Liviu sah Adina und Paul an, wann heiratet ihr, fragte er. Paul sagte, bald. Adina spürte die Lüge über ihr Gesicht laufen. Sie fragte das Lamm, seid ihr verwandt, und zeigte auf den Polizisten. Liviu schwieg, das junge Lamm lächelte und sagte, so ist das auf dem Land, der Polizist gehört dazu.

Paul hält Kiessteine in der Hand. Er wirft an die Fenster, sie kratzen am Glas, dann rascheln sie, weil auf dem Boden dürre Blätter liegen. Die schlafen tief, sagt Paul. Die Hunde bellen lauter, die Gänse sind stumm. Paul steigt über den Zaun und klopft mit den Fingern an die Scheiben. In das letzte Fenster springt Licht.

Livius Kopf ist vom Schlaf zerdrückt. Der Fensterflügel knarrt, ich bin es, sagt Paul. Er hebt das Kinn hinauf, sein Gesicht steht im Dunkeln, wir müssen uns verstekken, sagt er. Liviu erkennt seine Stimme.

Sie schieben das Auto in die Scheune. Liviu bedeckt es mit Stroh und stellt Säcke vor die Räder. Die weißen Gänseflügel leuchten durch die Bretterritze, sie schnattern, ihre Schnäbel klopfen ans Holz.

Das Lamm steht im Nachthemd, barfuß in zu großen Schuhen auf der Treppe und leuchtet mit der Taschenlampe einen Kreis in die Scheune. Doch der Kreis kommt nicht an, er bleibt in einer Pfütze stehen, weil er sich im Wasser selber sieht.

In der Küche, im Licht lächelt das Lamm, wir haben gestern über euch geredet, sagt Liviu, man redet von euch, und ihr steht vor der Tür, sagt das Lamm. Adina stellt die Tasche neben den Herd, Paul greift in die Jacke und legt eine Zahnbürste auf den Tisch, das ist mein Gepäck, sagt er.

Das Lamm führt Adina ins dunkle Zimmer, zieht die Gardine zu, die dicken Rosensträuße. Auf der Tischdecke sind sie noch einmal. Hier ist die Taschenlampe, sagt sie, macht kein Licht, man sieht es von draußen. Sie schiebt die Kleider zusammen im Schrank, jeder weiß hier, in welchem Zimmer wir schlafen, hier ist noch Platz für eure Kleider, sagt sie.

Es ist das gleiche Zimmer, das gleiche Bett. Am frühen Morgen nach der Hochzeit lag Adina neben Paul und fragte, weshalb lügst du, Paul seufzte und Stechmücken flogen ums Licht, weshalb glaubt Liviu, daß wir noch zusammen sind. Paul gähnte und sagte, ist das so wichtig. Am Hochzeitsmorgen hatte es geregnet. Dann kam eine stechende Hitze, die Nacht kühlte nicht ab, man konnte das Fenster nicht schließen. Paul schlief ein, bevor er den Mund schließen konnte. Er deckte im Schlaf seine Beine auf, er schnarchte bis in die Zehen. Adina löschte das Licht, die Grillen zirpten durch das ganze Dorf verwackelte Töne. Die Volksmusik drehte sich noch in ihrem Kopf. Die Stechmücken rochen den Schnaps und kamen nur an ihr Gesicht, Paul hatte mit Liviu viel getrunken und mit einem zahnlosen Buchhalter über die sinkenden Eiweißprozente in der Milch der staatlichen Kühe geredet.

Adina hatte in dieser Stechmückennacht geträumt, daß sie mit dem zahnlosen Buchhalter tanzte. Auf dem Boden im Hof lag ein Löffel, und der Buchhalter trat bei jedem Schritt darauf. Sie zog ihn weg, ganz nahe an den Gartenrand. Doch als er am Gartenrand weiter mit ihr tanzte, lag auch da ein Löffel, und er trat bei jedem Schritt darauf. Und eine welke Frau, die noch älter war, saß mit dem Rücken zum Tisch und schaute ihm zu. Sie sagte, tanz anständig, die Dame kommt aus der Stadt.

Die Taschenlampe wühlt in der dunklen Tasche, der Kamm liegt ganz oben, die Nagelschere auf dem Boden, die Zahnbürste zwischen den Strumpfhosen. Das Nachthemd ist kalt auf der Haut. Die Armhöhlen riechen nach Schweiß, auch die Füße. Paul hält seine Zahnbürste mit dem Stiel im Mund. Liviu stellt einen weißen Nachttopf neben das Bett, geht nicht in den Hof, auch am Tag nicht, sagt er.

Paul läßt die Zahnbürste aus dem Mund auf den Tisch fallen, er geht um den Tisch, leuchtet mit der Taschenlampe einen Rosenstrauß an. Draußen bellen Hunde, er riecht an den Gardinenrosen, darf ich meine Schuhe neben deine stellen, fragt er, leuchtet Adinas Schuhe an und stellt seine daneben. Er legt sich angezogen aufs Bett und lacht.

Ich muß, sagt Adina, sie nimmt den Nachttopf, im Bett liegt kein Gesicht, nur Pauls Kleider, ich mußte schon in der Scheune, sagt sie. Ich hab auf dem Weg dreimal vor Angst, sagt Paul, sie leuchtet in den Nachttopf, der ist ganz neu, das Schlimmste daran ist das Rauschen, sagt sie. Ich bin doch Musiker, sagt Paul, sie schiebt den Nachttopf zwischen ihre Beine, ich werde pfeifen, sagt er, mein Großvater war verstritten mit seinem Schwager, er hat immer vor seinem Haus die Pferde angehalten und gepfiffen, bis sie pißten, dann fuhr er weiter. Dann rauscht es, und Adina spürt warmen Dunst an den Schenkeln. Auf dem Stuhl liegt eine Zeitung, Adina deckt den Nachttopf damit zu und horcht. Hinter der Gardine hängt der Wind, er schüttelt die kahlen Äste. Ich hab mir das Rauschen anders vorgestellt, sagt Paul.

Wir hatten ein Sommerklo und ein Winterklo und vier Nachttöpfe, sagt Adina. Das Sommerklo war hinter den Weinreben in einem dürren Garten, das Winterklo war hinter dem Gang. Das Sommerklo war aus Brettern, das Winterklo aus Steinen. Ich hatte einen roten Nachttopf, meine Mutter einen grünen, mein Vater einen blauen. Der vierte war aus Glas, er war der schönste, doch er wurde nie benutzt. Der ist für Gäste, sagte meine

Mutter. Wir hatten nie Gäste, nur kurzen Besuch. Die Schneiderin kam zwei-, dreimal im Jahr und brachte für meine Mutter ein Kleid und aß zwei Kipfel im Stehen und ging. Und im Herbst, wenn mein Vater Pflaumenschnaps aus dem Dorf mit den Schafen hatte, kam manchmal der Frisör. Er trank nacheinander drei Gläser im Stehen und ging. Mein Vater sagte manchmal, du könntest mir noch schnell die Haare schneiden. Der Frisör sagte, das kann ich nur im Laden, ich brauche auch einen Spiegel, ich muß mich beim Schneiden so sehen wie dich.

Wer zu uns kam, wohnte in dieser dreckigen Vorstadt. Niemand war ein Gast, niemand blieb über Nacht, sagt Adina. Paul sagt nichts. Er ist in den Kleidern eingeschlafen, ohne Gesicht.

Die Fingernägel wachsen

Ich hab daran gedacht, dann hab ich es wieder vergessen, sagt eine Frauenstimme vor dem Fenster. Die Rosensträuße der Gardine sind größer am Tag. Draußen schreien Gänse, ihre Stimmen sind anders als in der Nacht, heller. Adina sieht die Gänse in einer weißen Reihe stehen, aneinandergerückt so lang wie das Straßendorf, und ein Stück länger hinaus, in den Acker, wo der ausgefrorene Mais sie nicht mehr wegläßt, sie der Reihe nach bis ins Dorf hinein frißt, solang die Federn warm sind. Daß die Leute so lang wie das Dorf in einer Reihe an den Fenstern sitzen und zusehen, wie der Mais die Gänse frißt, und nicht erschrecken, weil sie an die Schüsse der Grenze gewöhnt sind, denkt Adina. Daß sie nur staunen, weil die ausgefrorenen Maisstengel aneinandergerückt ins Dorf wandern, und sich so lang wie das Dorf mitten in die Straße stellen.

Pauls Gesicht liegt grau auf dem Kissen, es ist älter als in der Stadt. Seine Kleider sind zerknittert, sind der gestrige Tag. Auf dem Schrank steht eine Reihe Einweckgläser, sie sind mit Zellophan und grünen Fäden zugebunden. Ganze Aprikosen in den Gläsern wie Steine. Ihr Kopf ist innen kalt, sie klopft sich mit den Fingerspitzen an die Stirn. Ihre Zahnbürste liegt neben seiner Zahnbürste, daneben die Nagelschere. Sie nimmt ihre Zahnbürste mit dem Stiel in den Mund.

Vor dem Schrank spürt Adina den Fuchs an den Zehen, am Teppichrand liegen nur weiße Fransen, sie schließt die Augen und schlüpft barfuß in die Schuhe. Sie riecht an ihrem Handtuch. Mit dem Nachttopf in der Hand geht sie in die Küche.

Im Herd ist Glut. Auf dem Küchentisch liegt Speck und ein Brotlaib, daneben ein Zettel: WIR KOMMEN UM 12.

So stehen die Tage, wie die Gänse in Adinas Kopf, aneinandergedrängt ohne Dorf, versteckt wie ein Rückgrat und endlos lang. Tage vom Nacken bis in die Fingerspitzen, aus Bett und Gardinen und Nachttopf und Küche. Kurz und lang sind die Tage, daß das Horchen nach jedem Geräusch Angst mit Abwesenheit verwechselt. Daß die Ohren wacher sind als die Augen, die alles hier kennen im Haus.

Radio und Fernseher nur wenn wir zu Hause sind, hat Liviu gesagt, die Nachbarn könnten es hören.

Wenn am Tor eine Stimme ruft, und der Mann, der am Riegel zerrt, in der Gardinenlücke eine Uniform trägt, suchen Adina und Paul im Haus die hinterste Tür. Sie stehen aneinandergedrängt in der Speisekammer, bis nichts mehr zu hören ist. Dann liegt eine Zeitung im Hof auf der Treppe, dann war es der Briefträger. Wenn Liviu und das Lamm aus der Schule kommen, liegt die Zeitung auf dem Küchentisch. Und auf der ersten Seite steht die Stirnlocke und das Schwarze im Auge. Und darunter steht, daß der geliebteste Sohn des Volkes in den Iran geflogen ist, und Tage später, daß er aus dem Iran zurück und wieder im Land ist.

Und Adina denkt, daß die Ohren am Kopf vom Horchen ihre Muscheln, ihre Schnörkel glätten müßten, glatt wie Handteller müßten sie sein, Finger müßten ihnen wachsen, die so schnell zucken wie Angst. Nur das Rauschen im Nachttopf ist beim Horchen jedesmal anders, bei Paul jedesmal länger als bei ihr, und Paul spielt mit dem Strahl und kann mit falscher Stimme lachen über den gelben Schaum. Nur wenn er scheißen muß, flucht er und quält sich an der Verstopfung und sagt, daß er sich fühlt wie eine Laus, die sich in einer Bettkante versteckt.

Die Zeitung auf dem Nachttopf ist immer die vom vergangenen Tag, und immer legt Paul sie mit der Stirnlocke nach unten. Und kurz danach legt er Holzscheite und trockene Maiskolben in den Herd, sieht viel zu lange in die Glut, und aus den Augenwinkeln unter seinem Arm durch. Denn Adinas Brüste hängen nackt über die Waschschüssel, und die Seife schäumt, und Adina weiß, daß er ihr mit dem glutheißen Gesicht und kalten Händen an die Brüste faßt. Sie wartet darauf und kann es nicht leiden. Dann steht sein Gesicht gealtert und ihr Gesicht leer im Lindenblütentee, durch die Löffelstiele getrennt, jedes in seiner eigenen Schale. Und beide Löffel rühren, bis der Zucker schmilzt. Ich habe noch keinen Schuß gehört, sagt Paul, ich höre die Hunde bellen und die Gänse schnattern, und den Briefträger rufen am Tor. Ich horche auf das, was laut ist, obwohl ich von Liviu weiß, daß die Schüsse leise sind, wie wenn ein Ast abbricht, nur anders.

Irgendwann drehte sich der Schlüssel in der Tür, und Liviu stellte einen langen Sack in die Küche, einen Weihnachtsbaum, den man im Straßendorf nicht sehen durfte, eine schmächtige Silbertanne, die der Vater eines Schülers, ein Lastfahrer, gestohlen hatte in einem Forstweg in den Karpaten. Das war gestern, sagt Paul, und Adina sagt, nein, das war heute morgen. Liviu stellte den Sack an die Wand und mußte gleich wieder gehen, zur Sitzung, sagte er. Er sperrte von außen zu, und Paul zog den Sack von der Tanne, die Nadeln schauten spröd und grau in die Küche. Steck die Tanne zurück in den Sack, sagte Adina, ich kann sie nicht sehen.

Gestern war was anderes, als die Nagelschere knackte. Adina sah den gebogenen Nagelrand vom Fingerende auf den Tisch fallen. Seit der Fuchs zerschnitten wird, wachsen meine Nägel schneller, sagte sie. Paul lachte seine falschen Töne, sie steckte den Zeigefinger in den Mund und biß den Nagel mit den Zähnen ab, zerbiß ihn klein und aß ihn. Ich sehe jeden Tag in der Schule, daß bei den verwahrlosten Kindern die Nägel und Haare schneller wachsen als bei den behüteten, sagte sie. Wenn man in Angst lebt, wachsen die Haare und die Nägel schneller, man sieht es an den geschorenen Nakken der Kinder. Paul schnitt Speck, schnitt durchsichtige Scheiben und drehte sie auf den Lippen, bevor er sie schluckte. Als Arzt muß ich dir widersprechen, sagte er, zeigte auf die Stirnlocke in der Zeitung, wenn es so wäre, würden diese Haare an einem Tag von der Stirn bis zu den Zehen wachsen. Er rieb sich die Fingernägel mit dünnen Speckscheiben ein, und sie glänzten, was weißt du von Menschen, sagte Adina, was siehst du, wenn du sie aufschneidest, weil sie krank oder tot sind. Nichts. Ist ein Diktator ärztlich erklärbar, ist er im Hirn, im Magen, in der Leber oder in der Lunge. Paul hielt sich die Ohren zu mit seinen glänzenden Fingernägeln, der Diktator schlummert im Herzen wie in deinen Romanen, schrie er.

Die Stirnlocke wächst jeden Tag bis zu den Zehen, dachte Adina, der Sack mit den Haaren ist längst voll, vollgestampft bis zum Rand und schwerer als er. Er betrügt alle, auch den Frisör.

Und vorgestern stand die Suppe im Teller, und Paul wollte Adina zum Essen rufen, und rief ABI statt Adina. Dann stand die Suppe im Teller und zog, während beide schwiegen, eine dünne Haut, die am Löffel hängenblieb. Und Paul sagte, weißt du, wem Abi den Witz mit dem kleinen Rumänen erzählt hat. Wem, fragte sie und Paul sagte: Ilije.

Adina sah in ihren Teller, die Suppenaugen blieben rund, verteilten sich auch mit dem Löffel nicht. Adina hörte zum ersten Mal ein Geräusch. Es war kein Hund und keine Gans, es war, wie wenn ein Ast abbricht, nur ganz anders. Es war innen im eigenen Kopf.

Und am gleichen Tag, am Abend oder am Abend danach, brachte das Lamm für den Weihnachtsbaum eine Tüte voll Schokolade. Die Stücke waren in rotem Stanniol, und an jedem Stück hing ein seidener Faden. Von einer Krankenschwester, sagte das Lamm, ihr Sohn ist mein Schüler. Sie aß ein Stück, steckte es ganz in den Mund und ließ es lautlos auf der Zunge schmelzen, Liviu will manchmal zurück in die Stadt, sagte sie, jetzt ist es gut, daß wir hier sind, daß wir, wie Liviu sagt, am Ende der Welt sind. Hier weiß jeder, was sein Nachbar vorgestern gegessen hat, sagte das Lamm, was er kauft und verkauft und wieviel Geld er hat. Und wieviel Schnaps jeder im Keller hat, sagte Liviu. Sie aß noch ein Stück Schokolade, dann zerschnitt sie eine Gans, sie schnitt die Schenkel vom Bauch ab, die Flügel vom Brustkorb. Ich verhalte mich unauffällig, sagte Liviu, auch in der Schule. Ich höre zu und denke mir meinen Teil. Das Lamm hob den Brustkorb der Gans an den langen Hals und schnitt den Magen auf. Er war voll mit kleinen Steinen, ich weiß, ich bin ein Opportunist, sagte Liviu, sonst wärt ihr jetzt nicht hier. Wie lange könnt ihr euch verstecken, fragte das Lamm und legte ein Lorbeerblatt auf den Tisch.

Wo könntet ihr in diesem Land noch leben, fragte Liviu. Adina schälte Kartoffeln und Paul schaute zu, wie sich die Schale ringelte zwischen Daumen und Messer.

Sollen wir hinters Feld an die Donau, fragte Adina, sollen wir flüchten, willst du Schüsse hören und dir ausrechnen, daß wir es sind. Wir bräuchten keine halbe Stunde und würden da drüben im Weizen liegen, bis im Sommer der Mähdrescher kommt. Paul zog Adina an der Schulter zurück, und sie sagte in sein Gesicht, der Buchhalter wird die steigenden Eiweißprozente im Mehl erklären. Paul hielt mit der Hand ihren Mund zu. Sie stieß seine Hand weg und sah die Kartoffel verschwimmen. Manchmal, sagte sie, wird euch beim Essen ein Haar in den Zähnen hängen, eines, das nicht dem Bäcker in den Teig gefallen ist.

Durchsichtiger Schlaf

Nach dem Abend mit der geschlachteten Gans gingen alle wortlos ins Bett und schliefen sehr tief. Denn alle nahmen das Haar aus dem Brot mit in den Schlaf. Der Schlaf kroch in dieser Nacht so tief in sie hinein, weil er sich vor dem Abend schämte.

Adina legte an diesem Abend ihr Nachthemd auf den Tisch und sagte, ich zieh mich nicht aus, ich friere. Sie nahm den Mantel aus dem Schrank und legte ihn auf die Decke. Paul war niedergeschlagen und weggedrängt von sich selbst. Adina dachte nicht an Schlaf, sie war so wach, daß ihre Augen das ganze Zimmer füllten. Sie rührte sich nicht, sie wartete. Paul atmete ruhig im Schlaf.

Dann schlüpfte sie in die Schuhe und zog den Mantel an. Sie wollte weg, die Straße entlang, nicht zur Grenze, nur in den Mais aufs Feld. Vielleicht kann man sich hinlegen, dachte sie, und erfrieren. Ilije hatte gesagt, daß der Frost durch die Zehen kommt, daß er nur wehtut, bis er im Bauch ist. Dann geht es schnell. Und wenn er am Hals ist, fängt die Haut an zu glühen. Man stirbt im Warmen.

Draußen bellten die Hunde, nichts raschelte im Zimmer, nichts knarrte.

Pauls Hand griff nach ihr und zog sie ans Fenster. Er schob die Gardine weg, hob den weißen Spitzenvorhang dahinter über ihr Haar. Das kannst du nicht tun, sagte er, schau, in der Pfütze steht Wasser, nicht Eis, die Gänsespuren im Dreck sind weich, es hat nicht gefroren. Er sah sie an, mit diesen weißen Spitzen auf dem Kopf bist du wie das Lamm, sagte er.

Er zog ihr den Mantel aus. Adina wehrte sich nicht, dachte nur, während er ihr die Schuhe und Kleider auszog, daß sein Schlaf durchsichtig ist, ein langer Gang, und so leer, daß sich nichts vor ihm verbergen kann, nicht einmal das, was sich jemand neben ihm im Dunkeln denkt.

Und dann hatte sie keinen Halt, als er an ihre Brüste griff, und es kamen vergangene Jahre in ihren Körper zurück, die Jahre mit Paul. Sein Glied war heiß und stur, und ihre Haut glühte anders als der Wunsch, im Mais zu erfrieren. Doch sie wußte, daß nicht sie es war, die glühte. Es war das Versteck. Jetzt lag der Fuchs auch bei ihnen im Haus, und Liviu und das Lamm werden der Gefahr des Fuchses nicht gewachsen sein.

Adina saß im Dunkeln neben Paul, seine Zigarette glühte, er streichelte ihre Stirn. Da war die, die gestöhnt hatte, nicht mehr drin. Machst du dir Vorwürfe, fragte er, sie sah die Aprikosen in den Einweckgläsern unter der Zimmerdecke in der Luft stehen, den Schrank sah sie nicht, ja, sagte sie, aber das macht nichts. Auch die

Aprikosen in den Einweckgläsern sah sie nicht, sie wußte nur, daß sie dort sind.

Denn bei jedem Handgriff, bei jedem Schritt, im Schlaf, hinter allem, was sie tat, wußte sie, daß Liviu und das Lamm in einem Straßendorf leben, daß Weihnachten mit einer Krüppeltanne auf sie wartet, daß sie die Tannennadeln geschmückt ans Fenster drücken werden für die Gehenden von draußen, wie damals. Und daß niemand draußen gehen wird, höchstens zwei Fremde, die den ganzen Morgen übers Feld gegangen sind – eine Frau mit einem Kind, das einen Fuchs will.

Für dich ist Trennung, sagte Paul, daß ich immer für dich da bin, aber nie mit dir schlafe. Die Zigarette glühte und fraß sich schnell an seinen Mund.

Sei still, sagte Adina, mir platzt der Kopf.

In dieser Nacht träumte sie, daß Clara in einem Kleid mit gelben Rosensträußen im ausgefrorenen Mais stand. Der Wind raschelte dürr, und Clara trug eine große Tasche. Sie sagte, hier ist niemand, sie suchen dich nicht. Sie öffnete die Tasche. In der Tasche waren Quitten. Clara sagte, iß, ich hab sie gewaschen für dich. Adina nahm eine Quitte und sagte, das hast du nicht, sie hat Pelz auf der Schale.

Schwarzweisser Himmel

Jeden Morgen, wenn Adina die trockenen Lindenblüten ins kochende Wasser fallen läßt, quillen sie auf, die Stiele und die hautigen angewachsenen Blätter werden hellgrün. Um die Tage auseinanderzuhalten, zählt sie das Teekochen. Es ist immer gleich, immer ist es Morgen, und die Gänse und Hunde sind auf den Straßen. Auf dem Tisch liegt immer ein Zettel: WIR KOMMEN UM 12 oder 1 oder GEGEN ABEND. Der Lindenblütentee schmeckt immer nach Schlaf. Der Nachttopf stinkt neben der Küchentür.

Sie sieht selten durch die Lücke des Küchenvorhangs, denn die Zäune im Hof sind aus Draht, und die Fliedersträucher kahl. Man sieht durch die Höfe und Gärten.

Nur Paul sieht oft hinaus und sagt vor sich hin, welche Farbe der Himmel und der Dreck hat und ob es kalt ist.

Heute morgen waren Stimmen im Dorf, Paul sitzt, seit er wach ist, vor der Gardinenlücke. Hier ist die Straße leer, sagt er, doch mitten im Dorf wird gejohlt und geschrien.

Adina sieht durch die Lücke des Küchenvorhangs. Die Sonne ist grell, der kahle Flieder legt seinen Schatten auf den Sand. Die Nachbarin stellt drei Stühle in den Hof. Ihr Gesicht ist klein und verrunzelt. In der Sonne hat sie einen Schnurrbart und keine Augen. Sie trägt zwei Kissen und zwei Daunendecken in den Hof und schüttelt sie und hängt sie über die Stühle.

Pauls Tee ist kalt geworden, weil seine Augen hinter den Rosensträußen der Gardine besessen sind.

Liviu läuft mit offenem Rock ohne Mantel an der Gardinenlücke vorbei. Liviu kommt nach Hause gehetzt, sagt Paul, setzt sich schnell an den Küchentisch und trinkt von seinem kalten Tee. Adina sieht in der Lücke des Küchenvorhangs, daß Liviu das Tor nicht abschließt, er läuft am kahlen Flieder vorbei. Er hält seinen Schal in der Hand. Adina zieht den Vorhang zu, setzt sich schnell neben Paul und hält sich den Kopf mit den Händen. Der Schlüssel dreht sich in der Tür. Livius Gesicht ist rotgeschwitzt, er wirft seinen Schal auf den Küchentisch. Hört ihr nicht, was auf der Straße ist, keucht er, kommt ins Zimmer.

Seine Hände zittern, er schaltet den Fernseher ein, Ceaușescu hat seine Rede nicht halten können, sagt er, die Leute haben ihn niedergeschrien, ein Leibwächter hat ihn hinter den Vorhang gezogen. Adina weint, auf dem Bildschirm verschwimmen steinige Würfel und Fenster, das Zentralkomitee und davor Mäntel, zusammengedrängt, Tausende Mäntel verschwimmen wie ein

Acker, darüber ist Geschrei. Adinas Wangen brennen, ihr Kinn löst sich auf, ihre Hände sind naß, die kleinen schreienden Gesichter sind eine Schliere aus Augen, sie schauen hinauf in den Himmel. Er flieht, schreit Liviu, er flüchtet, er ist tot, schreit Paul, wenn er flieht, ist er tot.

Über dem Balkon des Zentralkomitees hängt ein Hubschrauber in der Luft. Und wird kleiner, eine schwimmende graue Nadelspitze, die verschwindet.

Auf dem Bildschirm steht ein leerer, schwarzweißer Himmel.

Liviu küßt den Bildschirm, ich freß dich, ich freß dich, sagt er. Seine nassen Küsse hängen im schwarzweißen Himmel. Adina sieht alte Männerbeine in der Luft stehen, zwei spitze Knie und weiße Waden, und die Stirnlocke hoch oben, so hoch wie noch nie. Paul zieht an allen Fenstern die Gardinen auf. Es ist so hell im Haus, daß die Wände schaukeln, weil jede Wand größer als das ganze Zimmer ist.

Das Lamm steht in der Tür und atmet noch vom Gehen und lacht sich zwei runde Tränen in die Augen und sagt, vor der Kirche wird der Polizist in der Unterhose verprügelt. Der Buchhalter hat ihm die Hose ausgezogen, und der Pfarrer hat seine Polizeimütze an den Baum gehängt.

Die Alte da drüben weiß alles, sagt das Lamm, sie hat vor zwei Tagen gesagt, daß dieser Winter zu warm ist.

Winterblitz und Winterdonner
Im Dezember Himmelsscherben
Daran muß der König sterben.

Das hat sie gesagt. Ich bin alt, früher war das so, hat sie gesagt. Und heute morgen hat sie gefragt, ob ich gestern nacht etwas gehört hab. Das waren keine Schüsse, hat sie gesagt, es war ein Gewitter, nicht hier, es war weiter oben im Land.

Liviu und Paul trinken Schnaps, die Flasche gluckst, die Gläser klimpern. Paul marschiert in Livius Morgenmantel barfuß mit dem Schnapsglas in der Hand um den Küchentisch und singt mit tiefer zittriger Stimme das verbotene Lied:

Erwache Rumäne aus deinem ewigen Schlaf

Liviu hängt ihm ein zerknülltes Geschirrtuch auf die Schulter und tanzt mit der Flasche und singt hoch und meckernd:

Heute heiter, morgen heiter
Wird die Sache noch ein bißchen weiter.

Im Küchenschrank scheppern die Töpfe, Paul läßt die erwachenden Rumänen mitten im Ton fallen, tanzt um Liviu herum und singt mit:

Noch ein Fick, Fick, Fick
Noch ein Fick, Fick, Fick
Immer vorwärts nie zurück

Das Lamm lehnt am Herd, hinter ihrer Schulter hängen die Kissen und Daunendecken der Alten im Nachbarhof. Sie sind so hell, als würden sie auf den Stühlen schlafen.

Wo wird der Hubschrauber landen, fragt das Lamm, und Paul sagt, im Himmel, im Schlamm bei den kleinen Rumänen.

Als ich ein Kind war, stand neben dem Marktplatz ein Kettenkarussell, sagt das Lamm. Wenn es zum ersten Mal schneite, wurde es abgestellt, weil Mihai nicht in der Kälte sitzen durfte. Mihai hatte einen steifen Fuß. Wenn man fahren wollte, mußte man beim Volksrat Karten kaufen. Die Kinder bekamen drei Karten für eine Fahrt und die Erwachsenen fünf. Mit dem Geld sollte durchs ganze Dorf eine Asphaltstraße gelegt werden. Mihai verlangte die Karten und riß an jeder eine Ecke ab und warf die Ecken in einen Hut. Die größeren Mädchen ließ er im Sommer umsonst fahren, weil er ihnen vor dem Fahren hinter einer großen Kiste in die Hose greifen durfte. Einige beklagten sich beim Bürgermeister, doch der sagte, das macht nichts, das tut doch nicht weh. Mihai ließ den Motor anlaufen und schaltete ihn ab. Alle Fahrten waren gleich lang, denn er sah immer auf die Kirchenuhr. Mittags machte er eine Pause, er aß und füllte ein Faß Dieselöl in den Motor. Er reparierte den Motor nur in der Nacht, um am Tag keine Fahrt zu verlieren. Er kannte sich aus, er hatte den Motor selbst gebaut aus zwei alten Traktoren. Wenn nur Mädchen da waren, fuhr ich auch, sagt das Lamm. Mit den Jungen fuhr ich nicht, denn sie fingen die fliegenden Sitze der Mädchen und verdrehten die Ketten, bis die Mädchen kotzen mußten. Mihai zeigte den Jungen, wie man die Sitze der Mädchen fängt.

An einem Winterabend fuhren zwei schwarze Wagen durchs Dorf. Sie kamen von einer Inspektion an der Grenze. Man sagte, es seien drei hohe Parteifunktionäre, ein Grenzoffizier und drei Leibwächter drin gewesen. Sie waren stockbesoffen. Einer von ihnen klopfte beim Briefträger ans Fenster und fragte, wer den Schlüssel hat. Der Briefträger zeigte ans Dorfende, wo Mihai wohnte.

Mihai schlief schon, als es am Fenster klopfte. Er wollte nicht öffnen, doch das Klopfen hörte nicht auf. Ja, sagte Mihai, ich habe den Schlüssel, doch im Motor ist kein Öl. Öl hab ich keines, sagte er, das Öl ist beim Volksrat. Als Mihai mit dem Leibwächter und dem Schlüssel ankam, sah er in den Motor und sagte, für eine Fahrt wird es reichen. Und dann, fragte der Leibwächter. Dann geht der Motor aus, sagte Mihai.

Der Leibwächter winkte, und alle stiegen aus den Wagen und setzten sich in die Sitze, die Leibwächter zwischen die Funktionäre, der Grenzoffizier dahinter. Mihai wartete neben dem Motor, bis alle die Ketten am Sitz geschlossen hatten. Fahr an, sagte der Leibwächter, wenn es läuft, kannst du nach Hause gehen.

Der Motor lief, die Sitze flogen, die Ketten spannten sich quer in der Luft. Mihai ging nach Hause, der Mond schien und es wurde sehr kalt. Doch der Motor brummte, die Sitze flogen die ganze Nacht.

Am Morgen stand das Karussell, sagt das Lamm, und die Sitze hingen unten, und in ihnen hingen die sieben Männer. Sie waren erfroren.

Das Lamm wischt sich zwei Tränen von den Augen, und sein Mund öffnet und schließt sich. Am nächsten Tag kam eine Kommission ins Dorf. Das Karussell wurde verboten, es wurde abgebaut und weggetragen. Durch das Dorf wurde nie eine Asphaltstraße gelegt. Mihai und der Briefträger wurden als Klassenfeinde verhaftet. Mihai sagte beim Prozeß, es sei Nacht gewesen, und das Dieselöl sei schwarz. Er habe sich getäuscht, wahrscheinlich war der Motor voll. Und der Briefträger sagte, er habe den Motor die ganze Nacht gehört, erst gegen Morgen sei es draußen still geworden. Er habe einmal durchs Fenster geschaut und die Genossen durch die Luft fliegen sehen. Ja, er habe sie jaulen gehört, sagte er, doch er habe sich nichts dabei gedacht, es habe so ausgesehen, als würden die Genossen sich freuen.

Erfrorene Himbeeren

Der schwarzweiße Himmel ist leer geblieben, das verbotene Lied hat um sich gegriffen in Zügen, in Bussen, auf Pferdewagen im ganzen Land. In zerrissenen Manteltaschen und schiefgetretenen Schuhen. Auch im Auto zwischen Adina und Paul. Sie fahren zurück in die Stadt.

Der Himmel im Straßendorf ist blau und leergejohlt von dem verbotenen Lied. Und der Dorfpolizist hat seine Hose wieder angezogen und seine Mütze am Baum hängenlassen. Er hat seine Schubladen nicht geräumt, hat nur das Bild seiner Frau und der beiden Kinder in die Jacke gesteckt. Am Dorfende hat er quer überm Acker den weitesten Weg gesucht.

Die alte Nachbarin trägt ihre Kissen und Daunendekken ins Haus, denn wie alle Tage, nur lauter, steht jetzt der Abend hinter dem Dorf.

An der Grenze, am anderen Ende des Landes, wo die Ebene wie eine Nasenspitze nach Ungarn reicht und die Schranke dunkel bleibt, ist ein kleiner Übergang. Vor der Schranke wartet ein Auto. Ein Mann im dicken Pullover reicht seinen Paß durchs Fenster. Der Grenzoffizier liest:

KARACZOLNY ALBERT
Mutter MAGDA geborene FURAK
Vater KARACZOLNY ALBERT

Als er seinen Paß ins Handschuhfach legt, schlüpft aus dem Kragen an den Hals des Mannes ein fingerspitzengroßes Muttermal. Der Schlagbaum öffnet sich.

Am Fenster oben ist der Vorhang zugezogen. Die Wohnung ist nicht zugesperrt, der Schlüssel steckt von innen in der Tür. Abi ist nicht in der Wohnung, auch kein Zettel. Der Schrank steht offen, auf dem Teppich liegt eine Streichholzschachtel. Auf dem Küchenboden ein umgefallener Stuhl. Auf dem Küchentisch steht eine halbvolle Schnapsflasche und ein volles Glas. Auf dem Herd steht ein Topf mit angeschimmelter Suppe.

So geht man nicht weg von zu Hause, sagt Paul, nur wenn man muß.

Am Café hinter den stillen Straßen der Macht sind die Scheiben zerschossen. Die roten Vorhänge sind heruntergerissen. An den Tischen sitzen Soldaten. Die Pappeln stehn spitz und hoch und schauen ins Wasser. Wo im gestreiften Sommer Angler standen, stehen Tag und Nacht Soldaten. Sie brauchen keine Uhrzeit, im Turm der Kathedrale schlägt die Glocke und hört sich selber nicht.

Die schwarzgrünen Eiben zwischen Oper und Kathedrale sind zerbrochen, die Schaufenster der Läden zersplittert und leer. Die Schüsse an den Wänden so dicht wie schwarze fliegende Steine.

Die Treppen der Kathedrale sind vollgestellt mit dünnen gelben Kerzen. Sie flackern schief wie der Wind. Die langen roten Nelken, die kurzen, weißen Zyklamen sind zertreten von den vielen Schuhen und noch nicht welk. Die Treppen sind bewacht von Panzern und Soldaten. Der Zwerg sitzt auf dem Randstein neben einem Holzkreuz. Er trägt ein schwarzes Band am Arm. Er streckt die Beine aus, seine abgebrochenen Ziegelsteine sehen auf den Gehsteig. Er verkauft gelbe Kerzen. Am Kreuz hängt das Bild eines Toten, ein junges Gesicht, am Kinn steht ein Pickel. Der Mund lächelt und lächelt. Adina schließt die Augen, aus dem Bild lächelt ein Engel mit einer Schußwunde. Paul hebt sein Gesicht ganz nahe an das Bild. Neben seinen Schuhen sitzt eine eingemummte Frau. Die Kerzen liegen vor ihr auf einem Tuch. Sie ißt ein weichgekochtes Ei. Sie bohrt die Fingerspitze in das Eigelb und leckt sie ab. Ihr Finger und ihr Mundwinkel und das Eigelb sind gelb wie die Kerzen. Sie wischt den Finger an den Mantel und hält Adina und Paul zwei Kerzen hin.

Ich kann nicht beten, sagt Adina, Paul zündet eine Kerze an.

An der dicken Holztür der Oper hängen Bilder. Paul hebt die Hand, über die Pelzmütze eines alten Mannes. Sein Finger berührt ein Bild. Es ist Pavels Gesicht, der Mund lächelt, über dem Hemdkragen steht ein Muttermal. Weiter unten berührt Adinas Finger ein Gesicht, es ist der Mann, der in den Fluß gepißt hat und gleich danach am Ufer gehen konnte wie ein stiller Mensch. Unter den Bildern steht: SIE HABEN GESCHOSSEN.

Alle haben in die Luft geschossen, sagt der Alte mit der Pelzmütze, die Luft war in den Lungen.

Am Fenster ist der Vorhang zugezogen. Sie waren hier, sagt Paul. Die Wohnungstür ist geschlossen. Die Schranktüren stehen offen, die Kleider liegen auf dem Boden, die Bücher, das Bettuch, das Kissen, die Decke. Die Schallplatten liegen in der Küche auf den Fliesen. Sie sind zerbrochen, zertreten mit den Schuhen.

Adina sperrt die Wohnungstür auf. Das Bad ist offen, das Waschbecken ist leer, in der Klomuschel schwimmt keine Sonnenblumenschale. Der Schrank ist geschlossen.

Unter Adinas Schuhspitze schiebt sich der Fuchsschwanz vom Fell weg. Dann der erste, der zweite, der dritte Fuß.

Dann der vierte.

Adina schiebt den Schwanz mit den Fingerspitzen ans

Fell. Dann den rechten Hinterfuß, dann den linken, den rechten Vorderfuß, und den linken. Das ist die Reihenfolge, sagt sie. Paul sucht den Fußboden ab. Es liegt nirgends ein Haar.

Kann ich hier bleiben, fragt Paul.

Adina steht vor der Badewanne, aus dem Rohr rinnt heißes Wasser, der Spiegel behängt sich mit Dunst. Sie zieht ihre Bluse aus, sie hält die Hand unters Wasser. Sie dreht den Wasserhahn zu und zieht die Bluse wieder an. Im Zimmer redet der Fernseher.

Ich habe meine weißen Schultern gesehen im Bad, die Wanne, den weißen Dunst, ich kann mich nicht ausziehn, sagt sie, ich kann mich nicht waschen. Sie wühlt in der Reisetasche. Die Nagelschere liegt ganz unten.

Der Schlaf schüttet den Kopf zu, bevor das Bett warm ist. Denn Adina und Paul nehmen in den Schlaf das gleiche zerlöcherte Bild mit, das den Schädel aufreißt, das größer ist als der Kopf.

Ich habe euch geliebt wie meine Kinder, sagte die Frau des Diktators ins Zimmer. Er nickte, er sah die Nagelschere neben Adinas Hand auf dem Tisch und zog seine schwarze Pelzmütze in die Stirn. Er trug sie, die gleiche seit einigen Tagen. Dann schlugen Kugeln durch den Bildschirm, fielen an die Wand einer Kaserne, in den dreckigsten nackten Winkel im Hof.

Die Wand stand zerschossen und leer.

Zwei alte Bauern lagen auf dem Boden, ihre Schuhsohlen schauten ins Zimmer. Um ihre Köpfe im Kreis standen schwere Soldatenstiefel. Ihr seidenes Tuch war vom Kopf an den Hals gerutscht. Seine schwarze Pelzmütze nicht. Die wievielte war es, die gleiche, die letzte.

Könntest du die beiden Leichen öffnen, fragte Adina, Paul öffnete und schloß die Nagelschere, das wäre schlimmer, als wenn ich in meine Mutter und in meinen Vater sehen müßte, sagte er. Mein Vater hat mich oft geschlagen, ich habe Angst gehabt vor ihm. Wenn ich beim Essen seine Hand sah, wie sie das Brot hielt, ist meine Angst vergangen. Dann war er wie ich, dann waren wir gleich. Doch wenn er mich schlug, konnte ich mir nicht denken, daß er mit dieser selben Hand auch Brot ißt.

Paul atmete tief aus einer Müdigkeit von vielen Tagen. Wo bei anderen das Herz ist, ist bei denen ein Friedhof, sagte Adina, lauter Tote zwischen ihren Schläfen, klein und blutig wie erfrorene Himbeeren. Paul rieb sich Tränen von den Augen, ich ekle mich vor ihnen, und ich muß um sie weinen. Woher kommt dieses Mitleid, fragte er.

Zwei Köpfe auf dem Kissen, getrennt durch den Schlaf, die Ohren sind unterm Haar. Und über dem Schlaf, hinter der Stadt, wartet ein leichter, trauriger Tag. Winter und warme Luft, und die Toten sind kalt. Das volle Glas in Abis Küche trinkt keiner leer.

Clara schläft ein paar Straßen weiter mit dem gleichen zerlöcherten Bild ein. Durch ihren Schlaf läutet das Telefon. Die rotgequollenen Nelken stehen im Dunkeln, das Wasser glänzt in der Vase. Ich bin in Wien, sagt Pavel, bald kommt jemand zu dir und gibt dir meine Anschrift und einen Paß, du mußt gleich kommen, sonst bin ich nicht mehr hier.

Die Fremde

Die leuchtenden Fenster fahren und schwenken hin und her und bleiben auf den Schienen. In dunklen Straßen ist hier und da ein Licht. Wer wach ist hinter den Wänden, hat Licht in den Fenstern. Wer jetzt schon wach ist, muß in die Fabriken. Die Halteschlingen baumeln an den Stangen, neben der Tür sitzt der Zwerg. Die Schiene quietscht. Neben Clara steht eine Frau mit einem Kind auf dem Arm. Und an jeder Haltestelle poltert die Tür, und das Kind seufzt, und der Zwerg schließt die Augen, und die Tür geht auf. Und niemand steigt ein, nur der Sand, den der Wind hereintreibt. Man sieht ihn nicht. Er ist wie Mehl, nur dunkel. Man hört ihn, wie er auf dem Boden kratzt.

Und an der Ecke, wo der Zaun sich bis zur Schiene vordrängt und ein Ast das helle Fenster streift, singt das Kind mit abwesender Stimme in den Wagen:

Immer drückt mich der Gedanke
Mein Haus und mein Feld zu verkaufen

Die Mutter senkt den Kopf und sieht auf den leeren Boden, der Zwerg senkt den Kopf, Clara senkt den Kopf. Unter den Schuhen singen die Schienen mit. Die Halteschlingen wiegen sich und horchen.

Der Lautsprecher am Fabriktor ist stumm, die getigerte Katze sitzt neben dem Tor, sie hat in den Augen grünes Stanniol. Die Losungen in den Hallen sind verschwunden, sie stehen im Hof. Der Zwerg geht in den Draht, seine abgebrochenen Ziegelsteine klappern. Hinter ihm läuft die getigerte Katze.

Grigore ist Direktor, der Direktor ist Vorarbeiter, der Pförtner ist Lagerverwalter, der Vorarbeiter ist Pförtner.

Crizu ist tot.

Und durch den gleichen Morgen, eine Stunde später, wenn es draußen heller ist und die Wohnblocks im grauen Himmel eine Herde sind, geht Adina zur Schule. In der zerbrochenen Telefonzelle liegt eine Brotrinde. Am Straßenende liegt die große Drahtrolle. Vor der Holzbaracke liegt eine leere Kette im Hof. Der Hund Olga ist nicht mehr da.

Im dreckigsten nackten Winkel im Schulhof, vor einer Wand, liegt ein Berg. Die eine Hälfte ist aus Tuch, geflochtene Kordeln, gelbe Quasten, Schulterklappen. Die andere Hälfte ist aus Papier, Losungen, Landeswappen, Broschüren und Zeitungen mit den Reden und Bildern.

Das Kind mit den weit auseinander liegenden Augen und schmalen Schläfen trägt ein Bild vor dem Gesicht. Auf dem Bild ist die Stirnlocke und das Schwarze im Auge. Die Stirnlocke reicht dem Kind bis zu den Schuhen. Die Rahmen verbrennen wir nicht, sagt die Tochter der Dienstbotin. Sie reißt die Stirnlocke aus den Rahmen, meine Mutter ist allein im Haus des Offiziers geblieben, sagt sie, der Offizier ist verhaftet, und seine Frau hat sich versteckt. Die Zwillinge bringen einen Korb mit Pionierkrawatten und roten Pionierfahnen mit gelben Seidenfransen.

Die Tochter der Dienstbotin hält das Streichholz an den Berg, an die Hälfte aus Papier. Das Feuer frißt sich schnell hinauf, das harte Papier wellt sich wie graue Ohren, wie lange habe ich darauf gewartet, sagt die Tochter der Dienstbotin. Das weiche Papier zerfällt, das hat man dir nicht angesehen, sagt Adina. Die Zwillinge spießen brennende Seidenfransen auf Stöcke und laufen durch den Hof. Was sollte ich tun, sagt die Tochter der Dienstbotin, ich mußte schweigen, ich hab ein Kind. Der Wind bläst den Rauch über die Wand. Das Kind mit den weit auseinander liegenden Augen steht neben Adina und horcht.

Ich weiß, sagt Adina, die Männer hatten Frauen, die Frauen hatten Kinder, die Kinder hatten Hunger. Die

Tochter der Dienstbotin zieht sich eine Haarsträhne durch den Mund, sieht den halbverkohlten Berg an, jetzt ist es vorbei, sagt sie, und wir leben. Nächste Woche komm ich dich besuchen.

Die Tochter der Dienstbotin ist Direktorin, der Direktor ist Sportlehrer, der Sportlehrer ist Gewerkschaftsleiter, der Physiklehrer ist Verantwortlicher für Veränderung und Demokratie.

Die Putzfrau geht mit dem Besen durch die Gänge und staubt, wo Bilder hingen, die leeren Wände ab.

In der Stadt hängt ein Bild, dein guter Mensch hat geschossen, und du hattest Geburtstag. Auch wenn ich hier gewesen wäre, hätte ich dir nichts schenken können, keine Schuhe, kein Kleid, keine Bluse. Nicht einmal einen Apfel. Adina lehnt am Tor, aus dem Schulhof quillt Rauch. Wenn man sich nichts schenken kann, sagt sie, ist man sich fremd.

Er hat nicht geschossen, sagt Clara, er ist im Ausland. Ihre Augenlider schimmern blau, ich habe einen Paß, sagt sie, was soll ich tun. Ihre Wimpern sind lang und dicht und ruhig.

Du bist eine Fremde, sagt Adina, was willst du hier.

Und oben im fünften Stock sieht man, wie ein warmer Winternachmittag hinter den Erdwall des Stadions zieht. Und Adina und die Tochter der Dienstbotin sehen ihm nach. Auf dem Tisch steht eine Schnapsflasche und zwei Gläser. Adina und die Tochter der Dienstbotin stoßen an und trinken aus. Ein Tropfen rinnt in jedem Glas auf den Boden.

Die Tochter der Dienstbotin hat ihre Tochter mitgebracht, sie ist zweieinhalb Jahre alt. Sie sitzt auf dem Teppich und streichelt sich mit dem Fuchsschwanz die Wange. Sie redet mit sich. Adina füllt die Gläser noch einmal. Die Nachbarin mit dem großgewellten, kastanienroten Haar steht am offenen Fenster.

Die Katze hat einen Schnurrbart, sagt das Kind. Unter seinen Fingerspitzen schiebt sich der Kopf des Fuchses vom Hals weg. Das Kind legt den Fuchskopf auf den Tisch.

Adina spürt zum zweiten Mal ein Geräusch im Kopf, wie wenn ein Ast abbricht. Nur anders.

Die Tochter der Dienstbotin hebt das Glas.

Macht nichts

Am Flußufer, hinter der letzten Brücke, sind keine Steinplatten, keine Bänke, keine Pappeln, keine Soldaten.

Auf dem Boden der Schachtel liegen die Fuchsbeine, darüber der Bauch, der Schwanz. Oben liegt der Kopf. Die Schachtel ist von Clara, sagt Adina. Wir kamen aus der Stadt, sie hatte sich Schuhe gekauft und sie gleich angezogen. Paul drückt den Finger durch die Mitte des Deckels, da kommt die Kerze hinein, sagt er.

Er schließt die Schachtel.

Ich wollte ihn behalten, sagt Adina, ich saß am Tisch, ich stand am Schrank, ich lag im Bett, ich hatte keine Angst mehr vor ihm. Paul stellt die Kerze in das Loch, und jetzt der Kopf, sagt sie, der Fuchs ist ein Jäger geblieben. Die Kerze brennt, Paul hält die Schachtel auf das Wasser.

Er läßt sie los.

Dann hebt er den Kopf zum Himmel, Abi liegt da oben auf dem Bauch, sagt er, und sieht uns. Macht nichts, sagt Paul, das macht nichts. Er weint. Die Kerze ist hell wie ein Finger. Vielleicht hat Ilije recht, sagt er.

Die Nacht dehnt sich, die Schuhschachtel schwimmt.

Und weit weg im Land, wo die Ebene bald aufhört, wo jeder jeden Weg kennt, wo die gleiche Nacht mit der Fußspitze gerade noch hinreicht, geht Ilije die Abkürzung durchs Feld. Er trägt seine Soldatenuniform, seine klobigen Schuhe und einen kleinen Koffer. Der Bahnhof steht allein, die Lichter der Kleinstadt leuchten, wo der Himmel abbricht, aneinandergereiht wie ein Schlagbaum. Jetzt sind die Grenzen nicht weit.

Im Wartesaal sind keine Wandzeitungen, hinter dem Glas in den leeren Kästen liegt noch der Sommerstaub. Der Bahnwärter ißt Sonnenblumenkerne.

Temeswar, sagt Ilije.

Der Bahnwärter spuckt Sonnenblumenschalen durch das Schalterfenster, hin und zurück, fragt er.

Nur hin, sagt Ilije. Sein Herz klopft.

Der Erdwall des Stadions zieht das kahle Gestrüpp enger an sich. Der letzte fliegende Ball ist vergessen, das verbotene Lied hat sich durchs Land gesungen, jetzt drückt es am Hals, wenn es um sich greift, es ist stumm. Denn die Panzer stehen noch überall in der Stadt, und die Brotschlange vor dem Laden ist lang. Der Langstreckenläufer hängt oben am Erdwall seine nackten Beine über die Stadt, ein Mantel schlüpft in den andern.